KB105950

이 현(본명 李蓮)

경북 영양에서 태어나 동아대 영문과를 졸업했다. 1988년 《문학사상》에 단편 「시선(施善)에 대하여」가 당선되어 등단했으며 10여 편의 중·단편을 발표했다. 특히 「시선에 대하여」는 MBC에 방영된 바 있다. 월간 《의료계》 및 미래문학 대표, 《환경일보》 논설위원 등을 역임했다.

이현 소설

수라도

이현 소설

민음사

차례

수라도(修羅圖) · 9

시선(施善)에 대하여 · 161

개와 맥주 · 201

입석 · 235

노조 탄생 · 267

대미(大尾) · 297

책머리에 · 수라의 세계에 던진 화두 · 7
작품 해설 · 인간 심성 또는 합리성의 문제 논하기 · 권영민 · 333

수라의 세계에 던진 화두

진작 했어야 할 일을 미루다 애꿎은 시간만 낭비했다.

1988년 《문학사상》으로 등단한 이래 틈틈이 글을 써 오긴 했지만 생업에 밀려 창작집 하나 내지 못했다.

모든 일이 그렇듯 나 자신이 문학에 대한 확신을 갖지 못했기 때문에 미적거리다 그리 된 듯하다. 여기 실린 작품들은 대부분 문예지에 실렸던 것들이고, 중편 「수라도(修羅圖)」만 미발표작이다. 이 작품은 인간의 근본적인 선악의 문제를 주인공의 삶을 통해 조명해 보려 한 것인데, 소재와 배경에 이질감이 있고 이것을 한 방향으로 엮어 내는 응집력이 부족해서 뜻과 같지 못했다. 독자 제현의 해량(海量)을 기대할 수밖에 없다.

특히 이 글은 제목 때문에 고심했다. 수라(修羅)는 불가에서 제석천과 싸워서 패배한 악신인데, 흔히 아수라(阿修羅)로 표현되기도 한다. 작품의 이미지와 맞는 듯해서 선택했는데 출판사 측에서 이미 「수라도(修羅道)」라는 다른 작품이 있다고 해서 개명하려고 했지만, 이미 완성된 글의 내용까지 바꿀 수가 없어서 조금 미흡하지만 「수라도(修羅圖)」로 결정하게 됐다. 이런 결정이 내려진 배경은, '修羅道'는 아수라왕이 지배하는 악의 세계를 뜻하고 '修羅圖'는 처절한 싸움터를 상징하기 때문에 글자 하나 차이지만 완연히 다른 개념으로 볼 수 있기 때문이다.

이 글의 문학적 성패는 독자들이 가늠하겠지만, 뭔가 모자라는 듯한 부끄러움을 느낀다. 글을 쓰는 일이 누가 시켜서 하는 일은 아니라지만 어렵기는 범사(凡事)와 다를 바 없다. 더구나 인생의 한 갑자(甲子)를 넘긴 나이에 책을 내고 보니 더욱 그렇다. 그간 써 놓았던 습작들이 20여 편 쌓여 있으니 이걸 바탕으로 앞으로도 몇 차례 실랑이질을 해 볼 예정이다. 독자 제현들의 많은 충고와 성원 바란다.

그리고 말을 꺼내기가 조심스럽긴 하지만, 이 책이 나오기까지 많은 용기와 충고를 준 아우 이문열에게 고맙게 생각한다. 그간 제작에 힘써 주신 민음사 편집부에도 감사드린다.

2007년 여름
이 현

수
라
도 修羅圖

1

내가 불암사에 거처를 정한 이튿날 그가 찾아왔다.

그는 객사 옆방에 사는 박봉출이라고 자기소개를 하고, 혼자 있기 적적하던 차에 이렇게 와 주셔서 고맙다고 했다. 나이는 60대 초반으로 보이는데 어쩐지 신체 균형이 맞지 않고 한쪽으로 심하게 기울어져 있어서 그쪽으로 곧 찌그러질 것 같았다.

그가 내게 그런 느낌을 주는 것은 깡마른 체구에 비해 둥글넓적한 얼굴이 너무 크고, 왼쪽 눈이 현저하게 작고 밑으로 처진 반면 다른 한쪽 눈은 희멀겋게 위쪽으로 치떠져 있는 데다 눈알이 잠시도 쉬지 않고 빙글빙글 돌아가고 있었기 때문이었다. 거기다가 왼쪽 어깨도 한쪽이 밑으로 처져 있고 오른쪽은 그만큼 위로 치켜 올라가 있었다. 이런 외모만으로도 그의 첫인상은 밝지 못했는데, 불과 10여 분 동안 나눈 대화도 어둡기는 마찬가지였다.

그가 한 말은 거의가 불암사에 대한 험담으로, 스님의 성격이 까다롭다든지 음식이 나쁘다든지 하는 사소한 것들이었지만, 낯선 곳에 처음 찾아온 사람에게는 매우 불안하고 불쾌한 기분마저 들게 했다.

이 절은 규모가 크고 주변 경관이 수려해서 관광지 같은 느낌이 들었고 절의 구도도 아래, 위 절로 나뉘어 있어서 한층 더 운치가 있었다. 위 절 건물은 약사전(藥師殿)과 암자가 기역자형으로 이어진 형태였다. 그리고 조금 낮은 곳에 승가원(僧家院)이라는 2층 한옥 구조로 된 큰 건물이 있었는데, 건물 규모에 비해 거주하고 있는 사람은 각종 고시 준비생 다섯 명과 관리인 그리고 식당 공양 보살 할머니뿐이었다. 승려라고는 칠순이 넘은 주지 스님이 암자에 홀로 기거하고 있었다.

그리고 아래 절은 위 절에서 70여 미터 아래쪽에 내려서 있었는데, 이 절의 중심부인 대웅전을 가운데 두고 극락전과 관음전이 마주 보고 있는 형태였다. 여기에는 총무 스님이라는 분이 있고 젊은 학승(學僧) 하나와 경내 잡무를 맡아보는 법사(法師) 그리고 50대 중반의 공양 보살이 있었다.

그런데 이 절은 수려한 주변 경관과는 달리 어쩐지 생동감이 없고 도화지에 그려진 절처럼 단조롭고 평면적인 느낌이 들었다. 나중에 알게 된 것이지만, 이 절은 개인 사찰이고 태고종(太古宗) 계열이어서 승려들이 대부분 대처승이었다. 그런 이유에서인지 경내 계율이 엄하지 않고 새벽 타종과 독경, 그리고 간단한 아침 예불 정도가 승려들의 일과 전부라 할 만큼 모든 게 느슨했다. 가끔씩 들리는 신도들의 봉축기원(奉祝祈願)이나 영가천도(靈駕遷度) 같은 것들이 있었지만, 그것도 한 달에 두세 번을 넘지 않았다. 그러니 경내는 늘 횅뎅그렁하게 비어 있고 정적 속에 멈춰 서 있는 듯했다.

내가 이곳에 왔을 때는 3월 초순으로 아직 봄꽃이 피긴 이른 때였지만 산사의 들꽃들은 벌써 움을 내밀고 더러는 수줍은 꽃망울을 피우고 있었다. 개나리, 진달래가 그렇고 흰 목련이 뒤를 따라 소담스러운 꽃 순을 펴 들었다. 그러나 그때는 워낙 내 몸과 마음이 만신창이가 되어 있어서 그런 것들이 눈에 들어오지도 않았다. 며칠이 지나 조금 마음의 여유가 생긴 후에야 절망과 실의의 덩어리를 지고 있던 나에게도 유난히 화려했던 그 봄의 정취가 한 가닥 위안이 되어 주었다.

박봉출과는 첫 만남 이후 미우나 고우나 하루 세 끼 공양 때면 얼굴을 마주 대하고, 이런저런 인사치레도 해야 했기 때문에 자연 친밀감이 생기게 되었다. 그렇게 며칠이 지난 어느 날이었다. 그가 늦은 저녁 시간에 술병을 들고 내 방문을 두드렸다.

"객쩍으실 텐데 술이나 한잔하자고요."

객쩍다는 말의 용법이 잘 안 맞았지만, 나는 그것을 심심하고 출출하다는 뜻으로 알아들었고, 이내 수긍이 갔다. 대체로 사찰에서는 세끼 식사를 일반 가정보다 두 시간 정도 앞당겨 하기 때문에 잠들기 전까지 저녁 시간이 너무 길어서 이 생활에 길들여지기 전까지는 공복감과 무료함을 견디기 어려운 데가 있었다.

"그런데 어떻게 이런 늦은 시간에……."

"아, 늦긴? 이자 8신데 시내 같으믄 아직 초저녁이야요."

"하긴 그렇습니다만……."

우리는 급조된 술상을 사이에 두고 별 내용 없는 이야기를 주거니 받거니 하면서 낯선 밤 낯선 사람을 조금씩 익혀 갔다. 그야말로 객쩍은 이야기가 조금 열을 받을 무렵 소주 한 병이 바닥났다.

"선생도 술깨나 하시는구먼……."

그가 짜부라진 작은 눈에 안광을 발하며 나를 째려봤다.

"네, 그런 소리 종종 듣습니다만……."

"내 그럴 줄 알았디."

그가 회심의 미소를 지으며 점퍼 주머니에서 또 술 한 병을 꺼내 놓았다.

"기런데 말이야요. 내레 뭐 하나 묻갔시오. 선생은 이 절에 왜 왔시까?"

"네, 뭐 건강도 안 좋고 좀 쉬기도 할 겸해서 왔습니다."

"팔자 좋은 양반이로구먼. 그래 전에는 뭘 했소?"

"네, 조그만 사업을 했습니다."

"한창 일할 나인데 왜 그만뒀시까?"

"그만둔 게 아니라 국가가 못 하게 만들었습니다."

"기럼, 사장님이시구먼. 기러니까 IMF사태 때 당한 거이고……. 내 어쩐지 얼굴이 어둡다 했지! 연세는 어떻게 됐수?"

"연세랄 것도 없고 이제 쉰입니다."

"쯔쯔, 띠 동갑이구먼. 내가 예순둘이니까……."

이렇게 나이가 밝혀지자 그때부터 그의 말꼬리는 조금씩 잘려 나갔고 술이 오를수록 심한 이북 사투리가 튀어나왔다.

"내레 삼팔따라지외다. 얄닐곱에 단신 월남했디요!"

"그럼, 6·25 때 오신 겁니까?"

나는 대뜸 6·25 때 월북하신 아버지가 떠올라 물어봤지만 이내 입을 다물었다. 일본 유학 시절부터 좌경 사상에 물들어 사회주의 활동을 했고, 6·25 전쟁 때는 인민군 장성으로 참전했다가 월북하신 아버지의 경력 때문에 이런 사람들에게 섣불리 속내를 털어놓았다가는 무슨 봉변을 당할는지 모를 일이기 때문이었다.

"햇수로는 같지만 나는 2월 달에 왔고 전쟁은 6월 달에 났으니끼 좀 달르치. 니북에서는 그때 한창 전쟁 준비하는데 막바지였디. 기래서 우리 집 100석지기 땅을 몰수하고도 모자라

형님하고 아버지까지 군대에 끌고 간 거 아이가서? 그러니 어러케? 오마니가 가만 보니까 나까지 군대에 끌려가면 우리 집에 씨가 마르게 생겼거든. 기러니끼 밤에 몰래 미숫가루 한 자루하고 돈 한 뭉치를 쥐어 주며 남쪽으로 가라, 어디 가서든 죽지만 말고 씨나 전해라, 하고 날 내보낸 거 아니우. 기러니 어떡하가서? 어린거이 뭘 알간? 그저 오마니가 시키는 대로 북두칠성 남쪽 자루 따라 냅다 뛴 거이디, 뭐!"

"그 나이에 삼팔선을 어떻게 넘었습니까?"

"야, 그땐 삼팔선이고 뭐이고 없었어야. 나도 처음에는 삼팔선이라기에 무슨 선을 쳐 놓은 줄 알아서. 기런데 아무리 남쪽으로 내려가도 선이 없는 기야. 기런데 말이야요, 내 재미있는 얘기 하나 하디. 그때 내레 사리원에서 구월산 자락 따라 남쪽으로 내려오는데, 산길을 걷다 보면 여기저기서 월남하는 사람들을 만나게 되거든. 그런데 그때는 사람 만나는 거이 호랑이 만나는 거보다 더 무서웠어. 서로 의심을 하니까. 기러다가도 서로 이심전심 마음이 통하면 동행이 되는 기야. 그렇게 만난 일행이 다섯이 됐는데, 그중에 한 아주망이 애를 업고 서리 큰 보따리까지 이고 쩔쩔매는 기야. 기래 보니끼 불쌍하더라고. 나야 뭐 달랑 미숫가루하고 옷 몇 가지 든 조그만 보따리 하나뿐이었거든. 기래서 짐을 좀 들어 줬디. 기런데 한참 가다 얼굴을 보니까 웃기는 기야. 무명 수건으로다 얼굴을 꽁꽁 싸매고 눈 코 입만 남았는데 얼마나 안 씻었는지 그냥 새카만 기야. 기래 내가 보다 못해 좀 씻으라고 했더니 언제 죽을지 모르는 몸 뭐 하러 씻느냐며 통 씻지를 않더라고……. 기런데 나중에 보니께 나이 들어 보이게 일부러 검정 칠을 한 것이더라고."

나는 술도 얼얼하게 취하고 덮어 누르듯 척척 감겨 오는 사투리도 답답해서 이제 얘기를 좀 끝내 줬으면 싶을 때 마침 두 번째 술병마저 바닥이 났다.

"아이고, 이젠 술도 다 됐습니다."

내가 이렇게 얼버무리며 뒷마무리를 하려는데 그가 손을 까딱 들어 제지하고 일어나 자기 방에 가서 또 술 한 병을 들고 왔다. 이젠 술도 취했고 서로 간의 거리도 좁아져 속내를 털어 놓을 만하자, 이미 선수를 잡은 그가 말꼬리를 틀어잡고 막무가내로 떠들어 댔다.

"기래 한참 가다 보니께 임진강 어루목이 나와. 그래서 모두들 이자 여기만 넘어서면 남조선이 얼마 안 남았구나, 하고 서리 좋아 날뛰는데, 웬 검정 두루마기에 나카오레(중절모) 쓴 남자하고 눈매 매서운 여자 부부가 나타나는 거야. 기런데 자기들도 월남하는 사람들이라며 슬슬 달라붙더라고. 기러더니 하나씩 자꾸 캐묻는 기야. 기래서 사람들이 별 의심하지 않고, 자기 신분들을 어느 정도 감춘다고 감춘다면서도, 대강은 바른대로 말했디. 야! 기런데 말이야, 사람이 죽고 사는 거이 다 팔잔가 봐. 내가 그때 보니까 아무래도 그 사람들이 좀 수상

쩍더라고. 기래서 내가 그 아주망한테 나를 열네 살 먹은 아들이라고 말해 달라고 하고, 오마니, 오마니하고 따라다닌 기야. 그땐 내가 바짝 말라 가지고서리 쥐 방울만 했거든. 기래서 내가 산 기야. 지금 생각해도 순간적으로 어러케 그런 꾀가 났는지 신통방통한 기야! 알고 보니까 그 사람들은 보위부 요원들이지 않았가서! 갑자기 두루마기 속에서 따발총을 꺼내더니 사람들을 산자락으로 끌고 가서 기냥 드르르 해 버린 기야! 나중에 안 일이지만 거기가 바로 삼팔선이었어."

"그럼 그 아주머니도 그때 죽은 겁니까?"

"아니디! 큰일 날 소리 하디 말라우. 아무리 빨갱이 악질분자라도 남편 죽고 아이 둘 딸린 에미나이까지 죽이가서? 그 아주망과 나는 그 후에도 여러 번 죽을 고비를 넘기고 포천을 거쳐 서울까지 온 거라. 기런데 막상 와 보니 갈 데가 이시야디! 도봉산 자락에 군용 천막을 치고 살았는데, 그 아주망도 갈 곳이 없다면서 떠날 생각을 안 하는 기야. 사실 나는 그때 너무 어려서 여자를 몰랐지만 어쩐지 그 아주망이 떠날까 봐 겁이 나더라고. 기런데 이상한 건 그 아주망이 세수를 하고 옷을 갈아입고 하니까 체니(처녀)가티 이뻐 보이고 나한테도 수줍어하는 거라. 기리니께 나도 자꾸 싱숭생숭해지더구먼. 남녀 간이란 게 참 묘한 거이야. 기래 어느 날 밤에 다짜고짜 집어넣어 버렸디."

"아니, 뭘 집어넣어요?"

"사실, 집어넣을 것도 없었어. 뭐 벌써 들어가기도 전에 물이 새던걸. 그저 몇 초 담갔다 뺀 거디. 아, 기런데 말이야 아침에 보니깐 빤쓰에 피가 벌겋게 묻은 기야. 나는 내가 너무 세게 찔러 버려서 그거이 다 찢어진 줄 알고 깜짝 놀라 물어 봤디. 그런데 그 아주망이 배시시 웃으며 체니는 다 첫날밤에 피가 난데요, 하는 기야.

그래, 아주망이 무슨 체니냐고 했더니 그때서야 고백을 하더라고. 자기는 아주망이 아니고 스무 살 된 체니고, 저 아이는 네 살 된 동생인데 다섯 식구가 월남하다가 다 죽고 남매만 살아서 이모가 살고 있다는 서울로 무작정 왔다는 기야. 그래 생각해 보니끼니 잘됐다 싶더라고. 나이는 나보다 세 살 위라도 체니가 분명하니께 서로 의지하고 살믄 되겠다 싶더구먼. 그때는 어렸으니까 결혼이고 뭐이고 그딴 생각은 할 줄도 몰랐다. 기래서 나도 스무 살이라고 공갈치고 저녁마다 올라타고 신나게 굴러 댄 거야. 그러다 보니께 애새끼도 생기고 해서 지금까지 같이 살게 된 거디."

"완전 드라마 같군요."

그가 뭔가 더 신세타령을 늘어놓고 싶은 눈치였지만 나는 서둘러 술자리를 끝냈다.

그 후부터 우리는 적어도 술 마시는 것만큼은 의기투합하여 공동 부담으로 사흘이 멀다 하고 뻔질나게 술판을 벌였다.

2

내가 거주하고 있는 객사는 대웅전으로부터 300여 미터 동쪽으로 떨어진 계곡 입구에 있었는데, 사철 맑고 찬 개울물이 집 앞으로 흐르고 있었다. 계곡은 수천 년 동안 아무도 모르게 생성과 소멸을 거듭한 자연림과 기암괴석들로 장관을 이루며 객사 주변을 감싸고 있었다. 절에서는 이 물을 막아 큰 연못을 만들어 놓았다.

그 연못은 바로 객사 앞에 있어서 나는 식후 담배를 피워 물고 한가한 망상에 빠져 그 주변을 거닐 때나, 넘쳐나는 시간이 무료해질 때면 그곳 황금 잉어들의 유희를 바라보며 관어이인(觀魚而仁)의 삼매경에 젖기도 했다. 고기들은 대개 팔뚝만 한 황금 잉어들이 주류를 이루었고, 시도 때도 없이 신도들이 방생한 각종 물고기들도 수를 셀 수 없이 많았다. 그래도 대개는 붉은색 아니면 흰색 계열의 잉어 종류였는데, 때로는 붕어, 피라미, 미꾸라지, 거북이까지 섞여 들기도 했다. 자연의 법칙은 이곳에서도 질서 정연하게 진행되고 있었다. 이 연못의 주인 격인 잉어들은 동종 이외의 고기들을 끊임없이 괴롭히고 조금이라도 빈틈만 보이면 잡아먹어서 이 연못은 자연스럽게 잉어 연못으로 변해 갔다.

한때 박 영감은 신도들이 가지고 온 붉은 비단 붕어를 얻어 기르다가 그 붕어들이 비실비실 죽어 가자 연못에 던져 넣었다.

그러나 붕어들은 오래잖아 배를 뒤집었고, 곧 잉어 떼의 밥이
되고 말았다.

그런데도 다음 날 박 영감은 자신이 놓아준 고기를 찾다가
없으니까 대뜸 제일 큰 비단 붕어를 가리키며 "내 고기 저기
있다!"며 내게 동의를 구했다. 그러나 나는 대꾸해 주지 않았
다. 그러자 그 후부터 그는 내가 연못가에 서 있기만 하면 달
려와 "내 고기가 저기 있다!"고 소리치고 손가락질하며 그 큰
붕어가 자기 고기임을 강조했다. 그래도 내가 여전히 아무 반
응이 없자 그는 점점 더 약이 올라 했다.

"내 고기 저기 있다!"

어느 때는 헤엄쳐 다니는 물고기를 여기저기 쫓아다니며 손
가락질하기도 했다. 그래도 나는 못 본 척 왼고개를 틀어 버렸
다. 그것은 그의 터무니없는 관찰력을 나무라서라기보다는 억
지를 부려 대는 그의 탐욕에 동조해 주기가 싫었기 때문이었다.

객사는 가운데 응접실을 중심으로 양쪽에 방이 각각 두 개
씩 붙어 있는 일자(一字)형 구도인데, 입구 쪽 방 두 개를 박
영감과 내가 각각 쓰고 있고, 안쪽 두 방은 학승과 법사가 쓰
고 있었다.

법사라는 칭호는 법력이 높은 고승에게 붙이는 존칭인데,
이 절에서는 어쩐지 경내의 온갖 잡역을 맡아 하는 심부름꾼
을 법사라고 부르고 있었다. 그는 30대 중반의 노총각으로, 성
격이 서글서글하고 모난 데가 없는 호인이었다. 그러나 자세

히 보면 그저 사람 좋은 것만이 아닌, 어딘가 좀 모자라고 자폐증 비슷한 병력이 엿보이는 그런 사람이었다.

법사는 외형상으로 보면 승복도 입었고 새벽부터 일어나 법당을 청소하고 점등은 물론 타종, 아침 예불, 각종 치성, 제례 의식 준비까지 일반 승려와 다를 바 없는 일정을 보내고 있었다. 하지만 일과가 끝난 저녁 시간은 대부분은 객사 주변을 맴돌며 사소한 자기 나름의 취미 생활을 즐기고 있었다. 이를테면 절 주변을 돌아다니며 이상한 나무뿌리나 돌, 뒤틀린 나뭇가지들을 주워 모아 갈고 다듬어 장식용 가구를 만들고, 여름철에는 틈틈이 스님들 눈을 피해 산딸기나 오디, 아직 여물지 않은 솔방울 따위를 따다 과일주를 담그는 일들이었다. 그러면서 때때로 은근히 박 영감을 유혹하여 그 과일주를 팔아 먹는 재미까지 보고 있었다.

거기다 그는 이런저런 이유로 돈이 생기면 방바닥에 아무렇게나 던져 놓고 그 위를 밟고 다니며 무관심한 척했다. 그래 놓고는 가끔씩 사람들을 고의적으로 불러들여 은근히 자신의 높은 수행과 무욕함을 자랑했다. 그러다 만약 누가 왜 돈을 이렇게 사방 뿌려 놓았느냐고 물으면, 그는 기다렸다는 듯 조금 뜸을 들였다가 대답했다.

"원래 수행자는 물욕이 없는 법입니다. 이까짓 돈은 한갓 휴지 쪽에 불과한 것이지요. 나무 관세음보살!"

고승들의 수행록이나 어디서 주워들은 이야기를 흉내 내

본 것인 듯한데 어쩐지 그에게는 어울리지 않았다. 그러다 평소에 의심의 눈초리를 감추지 못하던 박 영감이 기어이 법사의 그 알량한 불심의 꼬리를 잡고 늘어졌다. 어느 날 또 법사가 예의 그 황당한 설법을 늘어놓자 자발없는 박 영감이 찌그러진 작은 눈으로 째려보다가 결단을 내렸다.

"아, 기래요? 길믄 내레 오늘 법사님 방 청소 좀 해 주갔시요. 이 휴지 쪽 전부 쓸어 가도 괜찮갔디요?" 하면서 정말로 방 안에 흩어진 돈들을 주워 모았다. 그러자 법사는 안절부절못하는 기색이 역력한데도 겉으로는 턱짓을 하며 대범한 척했다.

"가져가시오. 다 가져가!"

그러다가 박 영감이 짐짓 돈을 챙겨 주머니에 쓸어 넣고 일어서자 그는 갑자기 울상이 되어 어린애처럼 바짓가랑이를 붙잡고 늘어졌다.

"한 번만 봐 주세요. 봐 달라니까요! 다시는 안 그럴게요!"

우리는 박장대소를 했다.

"휴지 조각 주워 가는데 높은 수행을 쌓으신 법사님이 왜 이 야단이야, 엉? 나도 이것으로다 시주 한번 해 보려는데……."

"봐 줘요, 한 번만 봐 달라니까요"

그는 그런 사람이었다. 이 법사가 우리들의 저녁 술자리에 관심을 보인 것은 이 일이 있고 오래되지 않아서였다. 그는 일을 마치고 우리 방문 앞을 지나다가 떠들썩한 우리의 술자리만 보면 공연히 서성거리고 헛기침을 하며 인기척을 냈다. 처음에는 우리도 슬며시 자격지심(自激之心)이 들어 하던 말도 낮추고 조심을 했는데, 그런 일이 너무 잦으니까 그의 의도가 다른 데 있음을 알아차리게 되었다.

"저 친구가 술 한잔 생각이 있는 거 아닌가?"

박 영감의 그런 의심은 적중했다. 어느 날 그는 더 이상은 못 참겠다는 듯 방문을 노크했고, 우리는 지고 있던 짐을 내려놓듯 편안하게 그를 받아들였다. 그리고 그날부터 그는 우리의 중요한 멤버가 되어 한몫을 단단히 했다. 그는 술을 많이 마시지는 않았지만 술만 좀 들어가면 뜬금없이 왕년에 짱돌 잡고 놀던 이야기를 늘어놓았다.

"나도 왕년에는 짱돌 잡고 놀았다고요. 내가 이 아래 읍내 극장 뒷골목에서 놀았걸랑요. 물개파 애들하고 붙었는데 내가 가만둬요? 그냥 짱돌로다 내리갔더니 이게 뻗어 버린 거예요!"

"기래서 어떻게 됐서?"

"어떻게 되긴 뭘, 그냥 발길로 질러 버렸지요!"

"기래서 죽었서?"

"에이, 아저씨는 그런 거까지 물어봐요, 곤란하게!"

"기럼, 살인자야?"

"몰라요. 하여튼 빵깐 보낸다고 그래서 토낀 거 아녜요? 그래 이젠 마음잡고 살아 보려고 절에 들어온 거예요."

"그게 다야?"

"또 있어요. 내가 집에서 마음 못 잡고 노상 술만 먹고 생떼를 부리니까 우리 엄마가 날 절에 판 거예요."

"왜 아들을 팔아?"

"나는요, 술만 취하면 계속 먹걸랑요. 사흘이고 나흘이고 뻗을 때까지 계속 가는 거예요. 그래서 정신병원까지 가서 고친 거라고요."

"기래서 지금은 괜찮아?"

"그럼요. 지금은 멀쩡하잖아요. 보세요. 히히히."

어디까지가 맞는 말인지 알 수가 없었다. 그의 말은 앞뒤가 맞지 않아서 다음 날이면 짱돌 잡고 놀던 이야기의 배경과 주제가 달라지곤 했다. 그러나 우리는 법사의 자제력을 존중하여 그에게 많은 술을 권하지 않았다. 법사 자신도 그것만은 적당한 선을 유지했다.

법사의 참여로 우리의 술자리는 한층 더 풍성해졌을 뿐더러 대외적으로도 조금 안정이 되었다. 법사가 틈틈이 날라 오는 안줏거리와 그가 만들어 오는 각종 과일주로 소주 일변도의 단조로움을 벗어날 수 있게 된 것도 좋았지만, 방 안에 갇혀 몰래 마시던 긴장감에서 풀려난 것이 더 좋았다. 그뿐만 아니라 법사는 얼마 후 매우 중요한 정보 하나를 더 제공했다.

"공양 보살한테 좋은 술이 있는데 한번 가져와 볼까요?"

"절에 무스게 술이 있소?"

"주지 스님이 연세가 높아 밥을 잘 못 잡수셔서 청주를 담가 놓고 조금씩 자시는데, 청주 몇 번 뜨고 나면 막걸리가 남

거들랑요. 그래서 전에는 동네 사람들한테 줬는데 이런저런 말썽이 나더라고요. 그래서 요즘은 그냥 버린대요."

"뭐야! 그거이, 점백인데! 길믄, 야, 그걸 왜 버려? 진짜 알갱이를 버리는구먼! 나한테 개줘 오라. 내레 술값 따로 주가서. 알간?"

이렇게 해서 술 종류도 하나 더 늘어난 데다 박 영감이 수완을 부려 공양 보살까지 구슬려 놔서 산나물이며 각종 안줏거리를 들고 나타나는 바람에 우리들의 술자리는 나날이 번창해 갔다.

3

내가 이런 뜻밖의 호사를 누리며 술독에 빠져 있을 무렵 집에서 가끔씩 아내의 보고형 편지가 왔다. 그리 애절할 것도 없는 체념의 한숨이 실린 내용들이었다.

내가 경영하던 회사는 그해 초에 부도가 났다. 처음에 출판사를 하면서 인쇄물은 외주를 주었는데 인쇄비가 만만치 않았다. 누구나 출판업을 하다 보면 인쇄 시설을 자체적으로 가졌으면 하는 유혹에 한 번쯤은 빠지게 된다. 하지만 인쇄 시설을 갖추려면 엄청난 자금이 소요되는 데다 전문 기술까지 필요하고, 막상 수익성은 낮아 대부분 자체 시설을 갖지 않고 있다.

그런데 이런 사실을 잘 알고 있던 내가 우연히 권오달이라는 한 기술자를 만나면서 그의 유혹에 빠져 엄청난 소모전에 휘말린 끝에 파산하고 만 것이다. 대부유천(大富由天)이라고 했던가 큰 재산이 날아갈 땐 사람뿐만 아니라 국가나 주변의 모든 여건이 하나같이 혼돈의 늪에 빠져서 실상보다는 어떤 허상에 빨려 드는 것 같다.

　부도라는 것은 말처럼 단순한 것이 아니다. 흔히 말하는 경제적 사형선고가 아니라 인생 그 자체에 대한 사형선고다. 부도라는 그것 자체로 지금까지의 모든 인간관계가 소멸되고 의사소통이 단절되었다. 이해관계가 있는 사람들뿐만 아니라 친소 관계가 없는 모든 지인들까지 멀어져 갔다. 사람들의 눈빛이 달라지고 언어가 달라졌다. 말은 자신의 의사를 음성으로 상대에게 전달할 뿐만 아니라 상대로 하여금 자신의 의도대로 행동해 주기 바라는 목적성을 가지고 있다. 그런데 부도가 나자 흥분한 빚쟁이들은 그 목적성을 잊고 아무 가치 없는 격렬한 감정만 부풀려 전달했다. 이를테면 욕설, 고함, 비난 같은 것들인데, 이런 것들은 사실상 요구하는 것이 없기 때문에 괴롭더라도 그냥 들어 주기만 하면 되는 것들이다. 그러나 반대로 의사 전달은 없고 목적성만 내세우는 명령, 강요, 협박조의 말들은 상호 간의 의사소통 기회마저 없어져 그야말로 말이 되질 않았다. 나는 이 낯선 언어의 융단폭격 앞에 속수무책이었다. 말이 무섭고 사람이 독하다는 것을 알게 되었다.

그 당시 사람들은 막연하게 IMF사태가 올 것이라고 수군거렸다. 그러나 나는 우리가 고등학교 시절 입시 준비용으로 달달 외우던 국제통화기금이 왜 무서운지 이해할 수가 없었다. 더구나 우리의 수호신인 초강국 미국이 주도하는 국제금융기구에서 돈 좀 빌려 썼다고 미국이 우리를 당장 어떻게 할 것 같지는 않았기 때문이다. 그리고 실제로 전문가들도 그런 사태가 오리라고 정확하게 예측하는 사람이 드물었고, 정부도 외환 보유액이 바닥이 날 때까지 쉬쉬하고 감추기 바빴다. 심지어 당시 경제부총리라는 사람은 사태가 터지기 직전까지 그런 일은 발생하지 않을 거라고 큰소리쳤다. 나는 위대한 우리 정부를 믿었고, 설사 그런 일이 일어나더라도 그것은 정부나 대기업의 문제일 것이라고 여겼다. 나 같은 중소기업과는 무관한 일로 보아 그저 담 너머 불구경 하듯 했다.

그런데 그 IMF사태가 터지기 두 달쯤 전에 거래 은행 지점장이 찾아와 조심스럽게 입을 열었다.

"사장님, IMF사태 얘기 못 들었습니까?"

"듣긴 했지만 자세한 내용도 모르겠고, 또 나 같은 중소기업이야 무슨 관계있겠습니까?"

"이론상으로는 국가의 외환 보유액이 바닥나서 국제간 채무 관계를 정산하지 못하면 국가 부도 사태가 발생하게 되므로 IMF 자금을 빌려 충당하는 것이라고 합니다. 그것이 실제 기업이나 서민 생활에 어떤 영향을 줄 것이라는 구체적 내용은 알 수 없지만, 분명한 것은 환율이 크게 상승하고 물가가 폭등할 겁니다. 그렇게 되면 웬만한 기업은 버티기 어렵습니다."

"그럼, 우리나라에도 IMF사태가 온다는 겁니까?"

"십중팔구는 그렇다고 봅니다."

"그래요? 그럼 어떻게 하면 좋겠습니까?"

"사장님은 지금 예탁 어음이 너무 많습니다. 만약 IMF사태가 터지면 이 어음들은 휴지 조각이 됩니다. 현금을 많이 확보해야 합니다."

"IMF사태하고 우리 어음이 무슨 관계가 있습니까?"

"관계가 있지요. IMF사태가 오면 이 어음을 발행한 회사들이 대부분 영세 업체들이기 때문에 거의 부도가 날 겁니다. 그러니까 조금 손해를 보더라도 지금 사채시장에 가서 전부 현금으로 할인해 두십시오. 빠를수록 좋습니다."

"정말 그렇게 심각합니까? 그럼 빨리 어음부터 인출해야겠군요."

"그래서 제가 이렇게 빼 왔습니다. 사장님이 모르고 계시는 것 같아서 무척 신경 쓰이더라고요. 지금 대출금도 많은데 어음까지 부도가 나면 문제가 심각해집니다. 빨리 서두르세요."

우리 회사는 업체의 속성상 어음 거래가 많았다. 출판사 자체가 전국 서점으로부터 어음으로 수금을 하기 때문에 인쇄 업체에서도 거래상 어음을 받지 않을 수 없기 때문이었다. 따라서 언제나 많은 어음을 은행에 예탁해 두고 상환 기일이 되면 현금화하거나 그 총액의 일부를 현금으로 할인하여 인출하는 형태였다. 그런 상황에서 예치해 둔 어음이 부도난다는 것은 바로 파멸을 의미했다.

나는 지점장의 말을 믿고 싶지 않아서 반신반의하면서도 어음을 싸 들고 사채시장으로 가 보았다. 그러나 막상 현장에 도착하자 나의 안일한 판단이 글렀음을 직감했다. 먼저 평소에는 북적거리던 사채시장 사무실들이 거의 문을 닫았고, 남아 있는 몇 안 되는 사무실도 활기를 잃은 채 손님들이 와도 그저 소 닭 보듯 했다. 그래도 조급한 마음에 담배를 잔뜩 꼬나물고 인터넷 게임에 몰두하고 있는 떠꺼머리를 잡고 통사정을 했다. 그러자 그놈은 고개도 한 번 안 돌리고 훈시조로 지껄였다.

"사장님, 지금이 어느 땐데, 그딴 어음 가지고 할인해 달라는 겁니까? 지금 우리를 핫바지로 보는 겁니까? 뭡니까?"

순간 타이슨의 핵 주먹보다 더 강한 충격이 관자놀이를 스쳤다. 갑자기 앞이 캄캄해지고 아무것도 들리지 않는 순간적인 뇌사 상태에 빠졌다. 겨우 의식이 돌아오자 제일 먼저 떠오르는 것이 '부도'라는 말이었다. 그리고 그다음은 아무것도 생각나지 않았다. 그저 멍한 이명이 계속되었다. 얼마 후 이런 순간적인 마비 상태에서 풀려나자 가족들의 얼굴이 떠오르고 사무실, 공장 그리고 직원들의 모습까지 어른어른 클로즈업되어 왔다.

어떻게 해야 하나? 무엇부터 해야 하나? 아니, 어디부터 가야 하지? 공장? 사무실? 은행?

나는 이때부터 넋을 잃고 말았다. 불가항력이었다. 돈이 없어서 부도가 난 것이 아니고 장부상 수억 원의 현금 잔액이 있었지만, 그것이 어음이고 발행 회사들이 부도가 났기 때문에 덩달아 연쇄 부도가 난 것이다. 그 후 2개월 동안 내가 무얼 어떻게 했는지, 어떤 과정을 거쳐 부도 처리가 되었는지, 기억도 없고 생각하기도 싫다. 다만 2000여 평의 공장과 수십 억원 대의 기계 시설, 아파트, 기타 여기저기 흩어져 있던 부동산과 살고 있던 집, 가재도구까지 송두리째 사라지고도 쫓기는 신세가 됐다는 사실만이 현실로 남아 있었다.

빚쟁이들이 마군(魔軍) 떼같이 덤벼들었다. 안방까지 차지하고도 저희들끼리 치고받았다. 서로 더 좋은 가구를 차지하기 위해서였다. 집에서 기르던 푸들 한 마리가 악을 쓰고 짖어댔다. 눈에 핏발이 선 빚쟁이들이 때리고 발로 걸어차도 푸들은 악착같이 이를 악물고 덤벼들었다.

"우리 개 때리지 마세요!"

아이들이 울부짖었다. 그 여리고 약하게만 보이던 푸들의 작은 몸집 어디에 그런 충성심과 용맹이 숨어 있었는지 눈물겹도록 고마웠다.

견디다 못한 나는 빚쟁이들이 뜸한 저녁 시간을 타서 야반도주를 했다. 어디로 가려는 것이 아니고 우선 그 아귀다툼 속에서 빠져나오고 싶었다. 그들 사이에 끼어서는 숨도 제대로 쉴 수 없었기 때문이다. 압류 딱지가 더덕더덕 붙은 승용차에 등산 장구와 옷 몇 가지를 싣고 가족들과 무작정 내달렸다. 밤바람이 시원했다. 오색 네온 불빛이 춤추는 빌딩 숲을 따라 새장 속에서 이제 막 풀려난 새처럼 멀리멀리 날아갔다. 푸들이 노래하듯 옹알거렸다. 아이들이 깔깔거리며 웃었다. 백미러에 비친 아내의 얼굴엔 두 줄기 눈물이 맞은편 차의 불빛에 반사되어 번들거리고 있었다. 그 눈물의 근원엔 내가 있을 것이었다.

아내는 내가 이 사업을 처음 기획했을 때부터 반대했고, 공장 건물이 준공됐을 때도 임대를 주자고 했다. 그러나 정말 신들린 듯 인쇄업에 말려들기 시작하면서 나는 아내를 악귀로 몰아세웠다. 거울 속에서 그때 한사코 매달리던 아내의 눈물이 그대로 서서히 오버랩 되면서 지나갔다. 우리는 어느새 우리는 경춘가도를 달리고 있었다. 어디서부터인지 시커먼 강물이 언뜻언뜻 헤드라이트에 반사되면서 우리를 따라오고 있었다. 나는 어쩐지 그 강물 속으로 빨려 들 것 같은 환상에 젖어들면서 원인 모를 공포를 느꼈다. 백미러 속의 아내는 울고 있었다. 어느새 아내의 눈물의 강이 내 눈가에까지 번져 흘렀다. 핸들을 잡은 손이 떨렸다. 눈앞이 뿌옇게 어른거리고 신호등 색깔이 구별되지 않았다. 세상 모두가 암담한 잿빛으로만 보였다. 도저히 더 이상 앞으로 나갈 수가 없었다.

알락달락한 네온 간판을 단 모텔 앞에 차를 세우고 보니 어느새 시가지를 벗어나 한적한 소읍이었다. 마을은 어둠과 안개에 싸여 커다란 괴물처럼 웅크리고 있었다. 생경함에 대한 경계심 때문인지 쫓기는 자의 조급함 때문인지 온몸이 부들부들 떨려 왔다. 하는 수 없이 우리는 모텔에서 하룻밤을 잤다. 날이 새자 갈 길이 막막했다. 어디로 가야 하나? 머리가 텅 빈 듯 아무것도 떠오르지 않았다. 온 세상이 검은 장막에 휘말려 사라진 듯 공허했다.

나는 그때서야 정말 갈 곳이 없다는 것을 새삼스레 깨닫고 나의 경솔함을 후회했다. 나는 불안과 공포에 떨고 있는 여섯 개의 눈동자를 피해 모텔 밖으로 나와 서성거렸다. 담배를 연달아 피워 물고 다시 공상에 젖어 들었다. 남한강엔 아침 해가 처연하게 떠오르고 한 무리의 새 떼들이 날아갔다. 맞은편 강 언덕은 뿌연 물안개가 띠를 두르고 방금 솟아오른 금빛 해를 머리에 인 채 아침을 맞고 있었다. 아직 잠에서 덜 깬 마을은 조용히 잠들어 있었다. 홀로 버려진 듯한 외로움 같은 것이 나를 엄습해 왔다. 나는 아직 아침 안개가 채 걷히지 않은 강가의 마을로 내려갔다. 조그만 마을은 모두가 결핍으로 찌들고 황폐해져 있었다. 그래도 시장 거리로 보이는 마을 한 자락엔 초라한 음식점들이 뿌연 김을 내뿜으며 하루를 준비하고 있었다. 오래잖아 마을은 두런두런 잠에서 깨어 술렁거리기 시작했다.

나는 술을 마셨다. 한결 머리가 가벼워졌다. 준공식, 고막이 터질 듯한 박수갈채와 산더미 같은 찬사와 축복이 쏟아졌다. 나는 가슴에 꽃을 달고 환하게 웃고 있었다. 우렁찬 기계 소리가 들렸다. 기계 도사 권오달은 기계가 부른다는 노랫소리를 듣고 있었다. "이건 경쾌한 박자고……." IMF, 와! 사원들의 아우성, 빚쟁이들의 핏발 선 눈! 아, 나는 지금 어디로 가고 있는가? 담배를 피우고 술을 마셨다. 다시 담배를 피우고 술을 마시고……. 강둑을 따라 비릿한 갯바람이 불어왔다. 나는 어찔어찔했지만 그 길을 따라 걸었다. 이제 완전히 어둠이 걷히고 밝은 햇살 아래 모습을 드러낸 마을은 제법 구색을 갖춘 유원지 같은 곳이었다. 주로 모텔들을 중심으로 상가와 술집, 오락실 같은 것들이 어깨를 맞대고 늘어서 있고, 강가 쪽엔 작은 보트 놀이 선착장이 있었다. 지금은 비록 낡고 퇴락한 시설들이었지만 한때는 은밀한 쾌락을 주는 환락가였을 것 같았다.

나는 마음이 흔들릴 때마다 술을 마셨다. 잃어버린 것에 대한 애착이나 미련보다는 지난날에 대한 회한과 분노, 순간순간 밀어닥치는 불안과 공포, 도무지 앞이 보이지 않는 미래에 대한 절망 같은 것들이 뒤섞여 떠올랐다. 그래도 채워지지 않는 공허감을 메우기 위해 술을 마셔 댔다. 그러나 술은 그 공허를 메워 주기는커녕 점점 더 공허의 깊이를 키워 가고만 있었다. 나는 그렇게 이틀이나 이 강 마을을 미친 듯이 헤매고 다녔다. 그때 나를 가장 괴롭힌 것은 외로움이었다. 마치 무인고도에 혼자 버려진 듯한 지독한 외로움이었다. 그것은 단순한 고립이 아니고 무력감과 열등감을 동반하고 있었다. 문득문득 죽음의 그림자가 스쳐 갔다. 그러나 해결 방법의 하나로 떠오른 죽음은 번번이 가족들의 애잔한 환영 때문에 밀려났다.

이런 번민에 빠져 있을 때 난데없이 휴대폰 벨이 울렸다. 그때의 내게 세상과 연결된다는 것은 무의미했다. 몇 번을 망설이다가 통화 버튼을 눌렀다. 어디서 많이 듣던 것 같기도 하고 낯설기도 한 전화 목소리는 대뜸 야, 인마로 시작했다. 자격지심에 깜짝 놀랐으나 엉뚱하게도 그는 어릴 적 친구였다. 한심한 기분이 들었다. 길게 대꾸할 기분도 아니고 한가하게 그의 농지거리를 받아 줄 여력도 없었다. 대충 전화를 마무리하려는데 그가 좀 이상한 낌새를 느꼈는지 자꾸 말꼬리를 잡고 늘어졌다.

"야, 너 지금 괜찮아? 어째 이상한데, 지금 어디 있어?"

"교외에 나와 있다. 그러고 보니 지금 너희 집 근처에 와 있구면."

"그럼 나한테 좀 들르지 않고 그냥 가려고?"

"글쎄……."

그러고 보니 그 친구는 이곳에서 멀지 않은 도시에 살고 있었다.

"이봐! 그러지 말고 지금 바로 이리 와. 오랜만에 얼굴도 좀 보고……."

"그럴까?"

나는 외로움 때문이었는지 아니면 잠시라도 이 음울한 마을
을 떠나고 싶어서였는지 대뜸 약속부터 했다.

그 친구는 초등학교부터 고등학교까지 붙어 다닌, 어릴 적
부터 허물없는 사이였다. 그는 대학 시절부터 신문기자를 동
경해 왔다. 졸업 후 주요 일간지 기자 시험에 응시했으나 차례
로 낙방하고 고심하던 끝에 도청 소재지에 있는 지방지에 합
격하여 벌써 30년 가까이 근무하고 있었다. 그는 별 재주가 없
었지만 유머가 있고 글 솜씨가 부드러웠다. 그는 나를 만나자
꺼칠해진 내 몰골을 보고 놀란 듯했다.

"야! 너 왜 그 모양이냐. 어디 아파?"

"그래, 아프다 인마. 네가 고쳐 줄래?"

"고쳐 주지. 무슨 병이야?"

"그럼 술이나 한잔 사!"

나는 다짜고짜 가까운 술집으로 그를 끌고 갔다. 술이 깨면
금세라도 쓰러질 것 같았기 때문이었다. 그는 지방에 떨어져
있었던 탓인지 그 떠들썩한 나의 부도 소식을 모르고 있었다.
나는 별로 내키지도 않고 기대할 것도 없어서 망설이다가 술
기운을 빌려 주섬주섬 내 사정을 늘어놓았다. 그는 몹시 충격
을 받은 듯 벌린 입을 다물지 못했다.

"야, 그런데 왜 나한테 전화도 한 번 주지 않았냐? 사람 무

시하는 거야 뭐야?"

"그럴 여유가 어디 있어? 부도내는 놈이 친구들한테 보고 하는 거 봤어?"

"그래도 그렇지. 지금이라도 내가 뭐 도와줄 거 없을까?"

"넌 월급쟁이잖아! 네 평생 월급 다 털어 넣어도 우리 기계 한 대도 못 사! 괜히 껍적대지 마!"

"그럼 너희 가족들은 어디 있어?"

"그런 건 묻지 마! 몰라도 돼!"

나는 정말 턱도 없는 오기를 부리고 있었다. 간밤에 주기가 아직 가시지 않은 빈속에 술이 들어가자 갑자기 취기가 올랐다. 그는 근심스러운 어조로 나를 달래기 시작했다.

"야, 너 술 취한 것 같은데 우리 집에 가서 좀 쉬어라. 우리 집에 아무도 없잖아!"

그는 몇 해 전 상처를 한 데다 외동딸마저 일찍 시집을 가는 바람에 덩그렇게 빈집에 혼자 살고 있었다. 그러므로 전에도 그는 친구들을 자기 집으로 자주 불러들이곤 했다.

"이봐! 지금 내가 너희 집까지 갈 기분은 아니고, 내 골치 아픈 어음이나 좀 추심해 줄 수 없겠어?"

"어음이라니! 무슨 어음이야?"

"전에 물품 대금으로 받은 약속어음 중에서 상대가 부도낸 것도 있고, 지급 기한은 남아 있어도 발행사가 부도난 것도 있고, 그 외에는 아직 미지급된 것들이지."

"말하자면 떼인 어음들이군. 골치 아프네. 하여튼 나한테 맡겨."

나는 문득 그가 오랫동안 기자 생활을 했기 때문에 그런 부실 어음을 발행하고 도망간 기업체를 찾아 줄 수 있을 것 같아 불쑥 내뱉어 본 것인데 의외로 그는 쉽게 악역을 자처하고 나섰다.

이것이 계기가 되어 그는 이미 지급 일자를 넘긴 어음은 물론 아직 지급 기일이 만료되지 않은 어음들까지 기자들을 동원하여 추적했고, 때로는 자신이 직접 어음에 배서까지 해 가면서 할인을 해서 상당한 액수의 현금을 마련해 주었다. 그는 비록 지방신문 기자 출신이었지만 이미 간부급이고, 그간 쌓아 온 신용 탓인지 놀라울 정도의 위력을 보여 주었다. 천우신조랄까. 나는 우연한 곳에서 뜻하지 않은 친구의 도움으로 겨우 위기에서 벗어날 수 있었다.

나는 그 돈으로 일단 서울로 돌아와 도시 변두리의 소형 아파트에 둥지를 틀 수 있었지만 안정을 찾을 수는 없었다. 빚쟁이들의 끊임없는 추적과 크고 작은 소송건 때문에 집이라고 발 뻗고 앉아 있을 형편이 되지 않았다. 가족을 위해서나 나를 위해서나 어쨌든 떠나야 했다. 나는 압류가 되어 팔 수도 없고, 버릴 수도 없어 영원히 내 소유물이 된 차를 끌고 목적지도 없이 무작정 경춘가도를 달렸다. 가다가 작은 샛길이 보이면 조금이라도 더 몸을 숨기고 싶어 그 길로 차를 꺾고, 꺾고, 하다가 나중에는 길이 막혀 더 이상 갈 수 없게 된 곳이 바로 불암사였고, 나는 숙명적으로 이곳에 머물게 된 것이었다.

4

법사를 수하로 부리게 된 박 영감은 요즘 그 옆방에 있는 학승에게 눈독을 들이고 있었다. 학승은 30대 초반의 이목구비가 반듯한 청년이었다. 그는 언제 봐도 말수가 적고 좀처럼 누구에게 마음을 열지 않는, 조금은 냉정해 보이는 사람이었다. 경내의 모든 불사에 전념하면서 수행에 엄격하여 누가 봐도 한눈에 수도승의 고결한 품격을 느끼게 했다. 그런데 이런 그의 개결(介潔)함이 박 영감의 심기를 건드린 모양이었다.

"이보라우, 저 학승 놈 말이야. 왜 저렇게 뻣뻣해? 지가 뭐 부처 할아비라도 되는 줄 아는가 보지?"

"뭘 그래요? 아직 배우는 입장이니까 원칙을 지키다 보니 그렇게 보이는 거겠죠."

"그게 아니래도. 내가 일전에 예불 올리러 갔다가 뭘 좀 물어봤더니, 이거이 아무 말도 없이 경전을 집어 주며 여기 다 있습니다, 하는 기야. 그걸, 누가 모르간? 건방지게시리 말이디."

"아직 어린 사람이니까 실수할 수도 있고 그런 거지, 뭘 그런 것 가지고 그러세요?"

"아니디, 이건 고의적으로다 사람을 무시한 게야. 제깟 놈이 얼마나 도도한지 앞으로 한번 두고 보가서."

이때부터 박 영감은 학승뿐만 아니라 경내 모든 계율이나 규칙까지 인정하지 않고 불만을 늘어놓았다. 그는 처음 만났을 때부터 매일 같은 반찬을 준다거나, 쌀의 질이 나빠서 밥맛이 없다거나, 음식 솜씨가 없고 불결하다거나 하는 따위의 불만을 갖고 있었다. 하지만 그리 심한 것도 아니고 흔히 있을 수 있는 것들이어서 그냥 들어 넘기고 말았는데 최근 그가 보이는 노골적인 적의는 막연한 불안감까지 느끼게 했다. 그는 술만 들어가면 막말까지 서슴없이 내뱉었다.

"이놈의 절에는 제대로 된 거이 하나도 없어! 주지는 술이나 먹고 노닥거리기만 하고 예불에는 참석하지도 않지. 총무 스님은 돈만 알고 신도들 등쳐 먹을 궁리나 하지. 거만한 학승은 신도들 알기를 홍어 좆으로 보지. 그러니 이놈의 절이 될 게 뭐이가?"

"말조심하세요. 영감님이 총무 스님이 신도 등쳐 먹는 거 보셨습니까? 괜히 함부로 떠들다가는 큰 봉변 당합니다."

"이거, 왜 이래? 나 이래 봬도 군 수사관 생활 40년 한 사람이야! 척 보면 삼척이야. 내가 아무 근거 없이 이런 말하는 줄 알아? 다 할 만하니까 하는 거지!"

"설사 그렇다 해도 우리는 나그네에 불과한데 남의 일에 배 놓아라 감 놓아라 할 거 없잖습니까?"

"그거이 아니디. 도량을 바로잡으려면 이런 사람들은 전부 갈아 치워야 하는 기야!"

"절이 싫으면 중이 떠날 일이지 왜 영감님이 나서서 긁어 부스럼을 만듭니까?"

"그건 이 사장이 내 입장을 몰라서 하는 소리디. 내레 이 절을 함부로 떠날 수도 없는 처지웨다."

그는 점점 알 수 없는 말들만 늘어놓았다. 그리고 가끔씩 잘 알지도 못하는 종교 비판까지 가해 왔다.

"아니, 이 사장, 아까 총무 스님 법문 할 때 말이우. 뭐 불교가 인간 종교고, 무신교라고 하지 않았어? 기럼, 극락은 뭬이구, 지옥은 뭬이가? 염라대왕이 어딨고, 수라가 어딨어? 이거이 다 귀신 아니고 머이가. 안 기래?"

"총무 스님이 말하는 무신교라는 말은 신을 하나의 관념으로 해석하여 그것으로부터 자유롭고자 하는 인간적인 해석이라는 뜻이었잖습니까?"

"말도 안 되는 소리하지 말라우! 불교에서 일어나는 이적이 얼마나 많은지 알아? 기독교보다 더 많아!"

"기독교는 하나님의 아들이 창조한 신의 종교이고 불교는 싯다르타라는 인간이 자기 성찰로 터득해 낸 인간 종교입니다."

"공갈치지 말라우! 내레 이 간나들이 얼마나 수행을 했는지 데스또 한번 해 보가서!"

박 영감은 그렇게 비뚤어져 나갔다. 며칠 후 박 영감이 뱀처럼 꼬부라진 나무 지팡이 두 개를 꺼내 놓고 요리조리 굴려 가며 모양을 다듬고 있었다. 얼마 전 법사가 산에서 캐 온 넝쿨 줄긴데, 그 모양이 머리부터 꼬리까지 금세 하늘로 치솟아 등천할 작은 용 같았다. 박 영감이 어떻게 법사를 구슬렸는지 그것은 어느새 그의 손에 넘어가 있었다. 오늘 그는 무슨 생각에서인지 새삼스레 그 지팡이를 두 개나 다듬어 놓고 회심의 미소를 지었다.

"그거 참 모양이 진짜 뱀 같습니다! 뭘 하시려고 그렇게 열심이십니까?"

"내레 오늘 이 새끼 중놈 혼을 아주 기냥 확 빼 놓갔서. 구경이나 한번 해 보라우!"

"왜 괜히 젊은 사람 가지고 그러십니까? 그만두세요."

"괜히라니? 나도 다 생각이 있어."

박 영감은 지팡이 두 개를 들고 요리 재고, 조리 재고, 하더니 뱀 지팡이 하나를 학승의 방문 앞 계단에 비스듬히 걸쳐 놓고 다른 하나는 응접실 마루 앞쪽에 웅크린 모습으로 던져 놓았다.

얼마 후 해가 지고 땅거미가 드리우자 뿌연 외등이 비치면서 뱀 지팡이는 금세 살아 움직일 듯했다. 박 영감은 담배를 피워 물고 집 주변을 돌아다니며 찌그러진 작은 눈으로 학승이 오는 방향을 흘긋거리며 그를 기다리고 있었다. 나는 우습기도 하고 약간의 호기심도 있었지만 어쩐지 기괴한 느낌이 들었다. 치기 섞인 아이들의 장난도 아니고, 이해할 만한 악의도 선의도 없는, 공공연한 핍박에 불과하다는 생각에 이르자 오싹한 한기마저 들었다. 이윽고 아무것도 모르는 학승이 불사를 마치고 덜렁덜렁 걸어 들어왔다. 박 영감이 슬그머니 다가가 너스레를 떨었다.

"스님, 오늘은 좀 늦으셨습네다."

학승은 뭔가 박 영감에게 대꾸를 하려고 고개를 돌리는 순간 덜커덩 뱀 지팡이의 대가리를 밟고 말았다.

"아이코! 이게, 뭐야? 뱀이다!"

그는 너무 놀란 나머지 비명을 지르며 뒤로 벌렁 자빠져 버렸다. 그때 옆에 섰던 박 영감이 기다렸다는 듯 달려들어 뱀 지팡이의 꼬리 부분을 잡고 멀리 던져 버렸다.

"이깟 배암이 무스게 무섭다고 그래 놀라시우?"

그제야 정신을 수습한 학승이 몸을 추스르고 일어나 구시렁거렸다.

"아이고, 깜짝 놀랐네, 팔뚝만 한 뱀이 확 덤비니까 정신이 없더라고요!"

"그건 스님 마음이 허한 탓입니다. 마음을 한곳에 모으면 성정이 증장하여 만물의 실체를 볼 수 있다고 하지 않습니까? 이깟 미물은 다 부처님 자비로 기른 것 아닙니까? 뭐가 두렵습니까?"

"고맙습니다! 나무 관세음보살!"

학승이 무안한 듯 합장하고 방으로 들어가려고 하자 박 영감은 아예 학승 뒤에 바짝 붙어 서서 그를 부축할 준비까지 했다.

"아이코! 또 뱀이다! 뱀!"

학승은 문을 열던 두 손을 만세 부르듯 들고 뒤로 튕겨 나왔다. 그러자 미리 받치고 서 있던 박 영감이 냉큼 받아 어린애 다루듯 감싸 안았다. 그러곤 마루에 성큼 올라가 뱀 지팡이를 얼른 밖으로 집어던져 버렸다.

"아이고! 간 떨어질 뻔했네! 웬 뱀이 집 안까지 들어옵니까?"

"좋은 일 생길 징조잖지요."

"또 들어오면 어쩌지? 무서워 죽겠네."

"스님 왜 그렇게 무서워 하십네까? 뱀에게 좀 물리면 어떻습네까? 육신은 그저 이승에 있을 때 잠깐 머물다 가는 헛간 같은 것인데, 그에 대한 애착을 버리지 못하면 두려움이 생기는 법이디요. 부디 육신의 허망함을 깨달으시라우요."

"오늘 도와주셔서 감사합니다. 나무 아미타불."

"비구들이여! 교만하지 말라. 항상 자기 머리를 만져 보고 가사를 걸치고 발우를 들고 걸식하는 자신을 생각하라. 부처님도 그리 하였나니……."

박 영감은 돌아서 가는 승려의 뒤통수에 대고 근엄하게 읊조렸다. 나는 혼자서 낄낄거리다가 찔끔해서 박 영감을 바라보았다. 저 멀리 어둠 속에서 그의 치켜 올라간 한쪽 눈이 번들거리고 있었다.

박 영감의 뱀 지팡이 공세는 여기에서 끝나지 않았다. 때로는 학승이 잘 다니는 길섶에 묻어 두기도 하고, 법당 입구에도 던져 놓아 그를 놀라게 했다. 나중에 뱀의 정체가 밝혀진 후에도 지팡이를 질질 끌고 학승 앞에 나타나 고의성을 드러내기도 했다. 그것은 감춰진 협박이었다.

"이젠 반 히야시(냉동)는 됐갔디?"

뱀 지팡이 사건 있고 나서 박 영감이 지른 첫 마디였다. 정말 내가 보기에도 학승의 태도는 많이 달라졌다. 전 같으면 경내에서 만나도 가벼운 합장 반배가 전부인데 요즘은 인사말도 한마디씩 건네고 때로는 부드러운 미소도 보낼 줄 알게 되었다. 뿐만 아니라 그동안 박 영감이 자신에게 보인 적의와 그 원인까지 알게 되어 자성의 빛이 역력했다. 그런데도 박 영감은 여전히 증오의 가시눈을 거두지 않았다. 기회만 있으면 학승 옆으로 달려가 깐죽거렸다.

"스님! 부처님 귀는 왜 그렇게 크고 소불알처럼 늘어졌습니까?"

어린애도 아니고, 불교를 전혀 모르는 것 같지도 않은 노인의 적의가 숨겨진 질문을 받은 학승은 당황할 수밖에 없었다. 그러나 당장 무슨 꼬투리라도 잡히지 않기 위해서는 정확한 답변을 해야 하는데, 뱀 지팡이 사건 때 뒤통수를 맞은 기억 때문인지, 그는 항상 허둥거렸다.

"에, 부처님 귀는 좀 큽니다. 귓바퀴가 크면 많은 소리를 들을 수 있겠죠. 그러면 더 많은 세간의 이치를 감지하여 넓은 도량을 가지게 된다는 것을 상징하는 것이고……. 아까 말씀하신 소불알은 사실 안 달려 있습니다."

"아니기는 뭐이 아니야? 내레 아침저녁 보는데 암소 불알만은 하던데."

"하하, 잘못 보셨습니다. 암소는 불알이 없습니다."

"대개는 없다 이거 아니오? 기럼 뭐이 달려 있소?"

"유방이지요. 예, 유방이 두 개 달려 있겠지요."

"두 개라고?"

"예, 사람도 두 개니까! 예."

"나 참, 오늘 스님한테 별소리 다 들어 보겠네. 그럼, 만져 봤수?"

"그걸 내가 왜 만져 봅니까? 저는 그런 건 안 만집니다. 그건 파계입니다."

"파계?"

박 영감의 찌그러진 작은 눈이 가늘게 웃고 있었다.

"부처님은 왜 전부 빵모자를 쓰고 계십니까?"

"아! 그것은 빵모자가 아니고 나발(螺髮)입니다. 인도 사람들은 대개 곱슬머리여서 머리에 모자를 쓴 것처럼 보이는데, 그때는 승려들도 머리를 깎지 않았습니다."

"나발이라면 개나발 분다는 뜻인가?"

"개나발을 왜 붑니까? 그냥 늘어뜨린 머리라는 뜻이지요."

"관음보살상은 여자 같던데, 여자 보살도 있나요?"

"있지도 않고 없지도 않습니다!"

"그거이 또 무슨 소리요?"

"관음보살은 자비의 보살로서 어머니 같은 보살이지요. 그래서 사람들이 여자인 줄 아는데 사실은 성이 없습니다."

"기럼 밑이 백판이란 말이우?"

"그렇겠죠. 뭐, 민숭민숭하겠죠."

"만져 봤수?"

"그걸 제가 왜 만져 봅니까? 부처님 거시기를?"

"거시기도 없다면서?"

그 후부터 젊은 스님은 박 영감만 보면 슬금슬금 눈치부터 살피다가 법문이라도 청하면 무슨 핑계를 대서라도 꽁무니를 뺐다.

5

그 무렵 무애무욕(無碍無欲)하다는 법사는 비굴하리만큼 현금에 주눅이 들어 있었다. 며칠 후 저녁 무렵 법사가 막걸리와 특별 서비스로 만든 나물 안주를 들고 왔을 때, 박 영감이 주머니를 뒤적거리다가 1000원짜리 지폐 몇 장을 닭 모이 주듯 뿌렸다. 그러자 법사도 닭 먹이 쪼아 먹듯 돈을 주워 모아 세어 보더니 어린애처럼 졸라 댔다.

"에이, 몇 푼 더 줘요! 오늘은 내가 막걸리도 특별히 더 많이 갖고 왔고 산나물도 이건 진짜 참나물이잖아요!"

"이보라우, 이거이 다른 날보다 뭐이 더 많아. 똑같구먼."

"아니에요. 술 한번 되 볼래요? 석 되가 넘는다고요!"

"알았어. 기럼 이건 공양 보살 주라고. 알간? 또 잘라먹디 말고!"

결국 박 영감이 돈을 몇 푼 더 뿌림으로써 거래는 끝이 났다. 그는 그럴 줄 알았다는 듯 돈을 더 내놓고도 싫지 않은 승자의 미소를 흘리며 좀 더 깊숙한 거래로 들어갔다.

"이보라우, 법사! 기런데 우리가 만날 이 나물 안주만 먹고 어러케 사누? 우리가 뭐 토까이 새끼간? 기건 아니잖아?"

"그렇지요, 헤헤……. 토끼보다는 크지요. 그렇지만 내가 뭐 육미를 가진 게 있어야지요."

"아니 육미가 없긴 왜 없어. 저기 한번 보라우! 저 연못에 펄떡펄떡 뛰는 건 다 뭐여?"

"아, 그건 잉어지요! 그러고 보니 육미가 우글우글하네요. 아하하! 그거 딱 맞는 말씀이네요."

"사람 멍하긴……. 여태 그런 머리가 안 돌아가? 한 마리 건져 올려 보라우!"

"비단잉어도 안주가 되나요?"

그렇게 말해 놓고 법사는 울상이 되었다. 이제 제정신이 돌아온 것이다. 그는 장고에 들어갔다. 먼저 살생의 계가 떠오르고, 다음은 불가에서 신성시하는 영험스러운 잉어의 모습이 떠올랐다. 그리고 두 눈을 부릅뜬 총무 스님의 얼굴이 떠오르고, 늙으신 어머니의 눈물이 떠오르고……. 안 되지. 법사가 막 거절할 결심을 굳히고 거부 의사를 밝히려는데 눈앞에 시퍼런 지전 한 장이 떠올랐다.

"이보라우, 뭘 우물쭈물하는 게야? 이거 안 보여?"

박 영감이 간만에 시퍼런 지폐 한 장을 빼 들었다. 그 순간 법사의 나약한 의지는 금세 사그라졌다.

"헤헤, 그렇잖아도 스님이 잉어가 너무 많아서 밥 사 대기 힘드니까 절반 이상 방생해야겠다고 했는데 잘됐네요! 히히."

"이제 말귀를 제대로 알아들었구먼. 그럼 이제 어러케 잡아내야지?"

"에이 그건 안 돼요. 내가 승복을 입고 어떻게 그 짓을 해요? 내일 집에 가서 낚싯대 갖다 줄 테니까 어떻게 해 보세요!"

박 영감이 나를 보고 희멀겋게 벌어진 큰 눈을 찔끔해 보이고는 낭패한 듯 중얼거렸다.

"저거 봐! 멀쩡하다니까!"

"헤헤, 그럼 내가 멀쩡하지 뭐 쪼단 줄 알았어요?"

"아니, 멀쩡하다는 건 머리가 아주 좋다는 거이디!"

"뭐! 내가 천재라고요? 그러니까 왕년엔 잘나갔잖아요."

"이봐, 낚시 필요 없어. 저 잉어들은 밥 주고 기른 거이라 아무거나 던져 주면 그냥 물어!"

"그래도 낚싯줄이라도 있어야 될 거 아녜요?"

"여기 다 있어! 내가 장난삼아 해 본 건데 던져 넣기만 하면 넙죽넙죽 물더라고. 내 한번 해 봐?"

어느새 그는 벌써 낚시를 해 본 모양이었다. 그가 뒤꼍에 감춰 두었던 조잡한 낚싯대를 들고 나와 밑밥으로 조그만 과자 덩어리를 달아 텀벙 던지자 삽시간에 잉어 한 마리가 황금색 지느러미를 퍼덕이며 물려 올라왔다.

"와! 잉어다. 와!"

이런 상황을 미처 상상하지 못했던 법사는 뒤로 벌렁 자빠졌다. 박 영감은 가차 없이 잉어를 패대기쳐서 숨을 끊어 놓고 평소에 그가 쓰던 나이프로 재빠르게 고기를 손질하여 양념을 쳐서 코펠에 넣고 버너에 불을 붙였다. 순식간의 일이었다. 우리 두 사람이 넋을 잃고 바라보고 있는데 박 영감이 일갈했다.

"뭘 봐? 이딴 건 문제가 아니디! 내레 첩보대 있을 때 침투 훈련 나가면 지도하고 나침반 하나 딱 던져 주고 몇백 리 밖에 있는 어느 지점에 몇 시까지 도착하라는 기야! 기런데 아무것도 없어. 쌀 한 톨도 안 주는 기야! 기럼 어러케? 개구리, 뱀, 토끼, 심지어 개까지 잡아먹는 기야. 불이 있어, 뭐이 있어? 그냥 날거로 뜯어 먹는 기야. 거기다 또 외부에 노출되면 안 되기 때문에 순 산속으로만 돌다 보니까 어디 가서 밥도 한 그릇 못 얻어먹어. 내레 웬만한 벌레는 안 먹어 본 게 없어야!

그것도 날것으로다. 이딴 건 그저 식은 죽 먹기디!"

박 영감은 평소에도 절 반찬이 시원찮다고 코펠과 버너를 갖다 놓고 이런저런 반찬을 만들어 먹고 있었기 때문에 찌개 끓이는 솜씨도 일품이었다. 오래잖아 찌개가 흰 김을 뿜어내며 끓어오르자 정말 고소한 생선 냄새가 방 안 가득히 피어올랐다.

"자, 인제 한잔 해야디. 이 사장 이리 다가앉으시라요. 뭘 그리 넋을 놓고 있소?"

"아니, 그런데 정말 이래도 되는 겁니까? 이러다 괜히 스님한테 경치고 쫓겨나는 거 아닙니까?"

나도 너무 갑작스러운 일에 어쩔 줄 몰라 허둥거리고 있다가 겨우 걱정부터 먼저 늘어놓았다. 그때 멀뚱하게 바라보고만 있던 법사가 깜박 현실로 돌아온 모양이었다. 그는 그렇게 현실과 의식 세계가 분리되어 있어서 그 둘 사이를 왔다 갔다 하는 듯했다.

그는 "야! 맛있는 냄새가 나는데요. 저도 한잔 주세요!" 어쩌고 하더니 큼직한 고기 한 토막을 집어다 접시에 놓고 걸신들린 듯 뜯어 먹었다.

"야! 이거 비단잉어가 다른 물고기보다 더 맛있네요!"

우리는 어안이 벙벙해서 마주 보고 실소를 했다.

"중이 고기 맛 보면 절에 빈대 껍질도 안 남는다는데 인제 저 연못에 고기 씨 마르게 생겼네."

정말 비단잉어 찌개는 일반 고기보다 쫄깃하고 꽃 내음 같은 향까지 살풋 스며 있어 별미였다. 술이 몇 잔 돌자 게걸스럽게 퍼먹어 대던 법사가 숟가락을 딱 내려놓으며 불쑥 딴전을 부렸다.

"영감님 아까 그 돈 줘요. 나 가게요!"

"아! 그거 줘야디. 고기 값인데……. 그런데 왜? 벌써 가게?"

금방 일어설 듯하던 법사는 그 한마디에 또 마음이 허물어져 무질러 앉았다. 술이 벌겋게 오른 법사의 바싹 밀어붙인 머리가 유난히 반짝거렸다. 나는 도무지 저놈의 머릿속에 무엇이 들어 있는지 궁금해졌다.

"법사님 그 머리 한번 만져 보면 안 될까요?"

"남의 머리는 왜 만지려고 그러세요?"

"하도 예뻐서요."

"그럼, 한번만 만져 봐요."

그가 아무 생각 없이 들이민 머리는 돌처럼 딱딱할 줄 알았는데 그냥 따뜻하기만 했다.

"법사님! 좀 세게 한번 만져 보면 안 될까요?"

"세게 만지는 건 또 뭐야? 딱 한 번만 세게 만지세요."

나는 그 우둔함과 탐욕으로 가득 찬 머리를 슬슬 문지르다가 넓적한 뒤통수 부근에 가서 철썩 소리 나게 내리쳐 버렸다. 그 영혼에 스며든 마군 떼를 떼 내기라도 하듯 세차게 털어 냈다.

"아이고, 내 머리! 왜 남의 머리를 칩니까? 아이고! 눈알

빠질 뻔했네!"

"때리긴 뭘 또 때렸다고 그러세요? 조금 세게 만져 본 거지요. 그럼, 진짜 한 번 세게 만져 볼까요?"

"아이고 싫어요. 고만 세게 만지세요. 히히. 나중에 또 내가 잘못할 때 세게 만지세요."

법사도 뭔가 잘못되어 가고 있다는 가책은 가지고 있는 듯했다. 천재와 광인은 동전의 양면이라고 했던가? 어쨌든 이심전심 나의 뜻은 관철되었다. 그러나 법사는 곧 스님으로서의 의식보다는 현실에 기울어져 다시 비굴한 물욕에 빠져 들었다. 그가 막무가내로 박 영감을 조르고 졸라 만 원짜리 한 장을 입에 물고 사라지자 술이 잔뜩 오른 박 영감에게서는 또 신세타령, 체남(처남) 타령이 쏟아져 나왔다.

"내 전에 말하다 말았지만, 월남 직후, 삼팔따라지로 서울 바닥에 떨어지고 보니께 몇 달 안 가서 갖고 나온 돈이 다 떨어졌어. 그래 그때부터는 그 여자 패물 팔아 게주고 장사를 했는데 고구마 장사부터 안 해 본 게 없어서. 아, 기런데 어느 날 보니 길거리에서 청년들이 달라붙어 싸우는데 한쪽은 민족청년당이라는 깃발을 들고, 다른 쪽은 서북청년단이라는 깃발을 들었더라고. 특히 서북청년단 쪽에는 공산당을 타도하자! 빨갱이를 박멸하자! 이렇게 써 놓은 것이 있어 단박 어느 거이 암까마귀고 어느 거이 수까마귄지 알겠더구먼. 나도 북에서 중학교 4학년까지 다니다 왔으니끼니. 게다가 내레 빨갱이 때문에 신세 망친 놈 아이가서? 기래서 앞뒤 가리지 않고 무조건 짱돌 잡고 뛰어든 거디. 빨갱이 새끼들 몇 놈 작살내 버렸더니 나머지 새끼들도 기냥 다 냅다 튀는 기야. 내가 막 추격해 들어가려니까 한 청년이 말리더라고. 형씨 너무 들어가디 말라요. 이자 곧 경찰들이 올 텐데 붙잡히믄 곤란하니까 지금 철수하자요. 하는 기야. 벌써 말씨부터 구수한 평안도 사투리 아니야! 기래서 그날 즉석에서 서청(西靑)에 가입했디. 빨갱이라면 그냥 갈아 마시고 싶을 때니까!"

"거 철없이 덤비다 영감님이 되레 갈아 마셔질 뻔했소."

"뭐야? 내가……."

내게 잠재해 있던 아버지 콤플렉스가 그렇게 되받게 했다. 박 영감은 뜻밖의 악의에 잠시 멈칫했으나 이내 술의 열기를 받아 다시 화제를 이어갔다.

"기래 낮에는 장사하고 밤에는 서청 사무실에 나갔는데, 그때만 해도 서울은 그냥 빨갱이들이 득시글댈 때거든. 사무실에 조금 있으믄 출동 명령이 떨어져. 기럼 참나무 몽댕이 하나 들고 습격하는 기야. 너 아니면 나 죽기 식이지. 한참 신나게 멸공 운동 하는데 6·25가 터진 기야. 가만 있다가는 빨갱이 새끼들한테 잡혀 죽겠더라고. 또 세 식구가 남쪽으로 쫓겨 갔디. 조치원까지 갔는데 거기서 국방군 모병(募兵)에 걸린 기야. 나이가 어려서 안 가도 되는데, 그땐 영웅심으로 나이를 속이고 입대하고 말아서. 기러자 에미나이가 가지 말라고 울면서 매달리는 기야. 자기는 임신 중인데 어떻게 살라고 가느냐고. 그래도 어러케? 이미 입대해 버린걸! 우리가 살던 옛날 천막 집에서 다시 만나기로 하고 헤어졌디. 그때 난 정말 철이 없었던가 봐. 막연하지만 군에만 가면 멋있는 군복 입고 권총 차고 고향에 돌아가 우리 동네 악질 빨갱이들 다 쏴 죽이고 우리 아바이 오마니 만나볼 수 있을 것이라고 생각했던 거디. 그래서 아직 스무 살도 안 된 거이 입대하자마자 또 나이를 속이고 첩 보대에 지원한 기야. 기래 전쟁이 끝나고도 북한을 몇 번 들락거렸지만 오마니는 다시 못 만났어. 그거이 내 한평생 한이 되고 말아서. 그때부터 군대 생활이 시작된 기야. 사회에 나가 봐야 배운 게 이서, 빽이 이서. 불알 두 쪽뿐인데 살 수가 있어? 기래 말뚝 박은 거디!

휴전이 되고 휴가를 받아 서울 천막집으로 찾아갔더니 그 사이 애를 낳아서 벌써 두 살이더라고. 내가 헌병 병과라서 후 방으로 빠져 특무대로 발령이 났지. 기런데 말이야. 그전에 왜 내 얘기 하잖아서. 거 마누라가 데려온 아이 말이야. 결국 체 남이 됐지만. 그놈을 네 살 때부터 내가 기르잖았가서. 대학까지 보내고. 자식처럼 기른 거이디. 길티만 대학까지 나와도 취직이 되야디. 그래서 내가 아는 군납 업체에 취직을 시켜 줬디. 기런데 그때 내가 헌병 특무상사인데 특무대 수사관으로 있었 거든. 체남 때문에 그 회사를 많이 밀어줬다고. 기런데 그 사장 놈이 한탕 크게 하려다 덜컥 걸린 기야. 날더러 회사 거저

가져가고 목숨만 살려 달라더구먼. 기래 어떡하가서. 불쌍한 놈 하나 살려 주고 그 회사를 인수해 체남 보고 해 보라고 했디. 그때는 말이야. 내 펜 끝 하나로 사람이 죽고 살고 하던 때니까 내가 밀어주는데 회사가 안 크고 배겨? 회사가 쑥쑥 크는 거야. 지금은 회사가 커져서 준재벌급이라니까!"

"그럼, 지금도 그 회사를 운영하고 계십니까?"

"기거이 또 얘기하믄 길디. 나야 뭐 회사를 알아? 그때 체남한테 아주 준거디. 체남이 말이 체남이디, 자식 같은 놈인데. 또, 그때 회사라는 거이 간판뿐이지 뭐 있었가서? 체남이 대학물도 먹고 했으니끼 혼자 다시 만든 거디. 길티만 뒤에 내가 없어 봐. 기거이 잘되았가서? 기런데 말이야. 그 체남 놈이 날 배신한 기야!"

"그거야말로 배은망덕이군요. 어쩌다 그렇게 됐습니까?"

"따지고 보면 내 잘못도 있지만, 내가 여기까지 오게 된 것도 다 그놈 때문이라고. 내가 40년 군 생활 마치고 제대를 하니까 벌써 오십이 훌쩍 넘더구먼. 그러니 그 나이에 취직을 하가서? 뭐 할 일이 이시야지. 그래 체남 회사에 가서 명색이 관리 이사라고 달아 놓고 왔다 갔다 하는데, 시간이 많다 보니 자연히 술만 먹게 되더라고. 술을 먹으믄 술만 먹나? 안주도 있어야 하고 색시도 있어야지, 안 그래?"

"그만하십시오. 안 들어도 알 만합니다. 여자 문제라면 뻔한 거 아닙니까?"

"그게 아니라니까. 들어 보라우. 그 회사에 우리 아들 놈들이 두 놈이나 과장이니 부장이니 하고 달라붙어 있었디. 아, 이놈들이 애비가 노상 색싯집에 코 박고 사니까 챙피했던 게디. 그래 제 외삼촌한테 일러바쳐 게지고서리 날 쫓아낸 기야. 그러니 어러케? 만날 집구석에 처박혀 술만 퍼 마시고 마누라한테 화풀이 다 하는 거디. 그땐 말이야, 아직 왕년 군 수사관 근성도 남아 있고, 후배들도 현역에들 있어서 경찰들이 꼼짝 못했거든. 특무대가 보안사로 바뀌었지만 끗발은 살아 있더라고. 그래 수틀리면 파출소고 뭐이고 박살 내 버리는 기야. 나 같은 삼팔따라지 한 맺힌 설움이 인생 막바지에 다다르니까 막 터져 나온 건지도 몰라.

그러니 마누라가 배겨? 큰아들 집으로 도망가 버리고 혼자 달랑 남은 거디. 계집이고 자식이고 제 살자고 붙어 있는 거이지, 좀 살만 해 봐! 다 제 갈 길 가고 마는 기야! 그러니께 아이들이 나 혼자 밥해 먹기도 어렵고 술 먹고 사고 친다는 핑계로다 우리 집 월세 놓고 그 돈으로 이 절에 와 있으라는 기야. 그럼 술도 안 먹고 사고도 안 칠 거라는 거디. 나도 생각해 보니까 괜찮을 것 같더라고. 그래서 오게 된 거이야. 우리 집이 2층인데 점포가 셋 딸렸거든. 그러니까 집세 받아서 나 혼자 쓰기엔 넉넉해. 그렇지만 나는 저 체남 놈이 괘씸해 죽가서. 날 여기까지 처박아 넣은 건 다 그놈이 코치한 게 분명한데, 아직 한 번 와 보지도 않았다고. 내가 저를 어러케 길렀는데…….

이 남한 땅에 나하고 저희 남매밖에 또 누가 이서? 그런데도 이렇게 생이별을 시켜 놓고서리……!"

그는 기어이 코맹맹이 소리를 하며 눈물을 보였다.

6

뱀 때문에 놀라고 법문 공세에 시달린 후부터 학승은 의도적으로 박 영감을 피해 다니는 것 같았다. 그렇다고 매번 피해 갈 수는 없는 법, 좁은 경내에서 언젠가는 한 번 부딪칠 수밖에 없었다. 그날은 마침 막걸리가 오는 날이었다. 우리 두 사람이 마주앉아 법사가 가지고 올 막걸리를 기다리고 있는데, 종무를 마친 학승이 문 앞을 지나다가 박 영감과 똑바로 마주치게 된 것이다. 그에게는 일진이 요상한 날이었다.

"스님! 일루 들어 오시라요. 법문 하나 듣고 싶습네다."

"오늘은 또 무슨 말씀을 하고 싶으십니까?"

스님은 자리에 앉으면서 눈치부터 살폈다.

"내레 오늘은 좀 어려운 걸 물어보갔시요. 원효 대사와 혜공 선사가 시냇가에서 물고기와 새우를 잡아먹고 놀다가 원효가 바위 위에 똥을 쌌는데 혜공이 그것을 가리키며 너의 똥은 내 물고기다(汝屎吳魚)라고 했단 말이오. 이거이 무엇을 뜻하는 것입네까?"

"글쎄요! 나도 듣긴 했는데 거사님들에게 딱 떨어지는 설명이 될지 모르겠습니다만, 직역하면 너는 고기를 먹어서 똥을 만들었지만 나는 그 똥을 다시 고기로 만들 수 있다, 라는 뜻입니다."

"똥을 어르케 고기로 만들어? 말이 안 되잖아?"

"그러니까 이 일화 자체가 공안(公案)입니다."

"공안이 뭐요?"

"공안은 화두(話頭)와 같은 말인데, 의심의 덩어리라는 뜻입니다. 역대 조상님들이 만든 공안만도 1700개가 넘는다고 합니다. 예를 들면 학인이 조주 스님께 어떤 것이 조사께서 서쪽에서 오신 뜻입니까? 하고 묻자 조주 스님이 앞니에 털 났느니라, 라고 답한 것이라든지, 동산수초 선사께서 어떤 것이 부처님입니까, 라는 제자들의 질문에 삼이 세 근이니라, 라고 대답한 것이 그것인데 대부분 상식적으로 이해할 수 없는 말들이기 때문에 고승들이 그 의심을 풀기 위해 공안선(公案禪)을 통해 끝없이 참구하고 있습니다."

그때 법사가 술과 안주를 가지고 왔다. 내가 송구스러워 안절부절못하자 박 영감이 힐끗 돌아보며 실쭉 웃더니 스님에게 너스레부터 풀었다.

"이 술은 주지 스님이 청주 떠 잡숫고 남은 막걸린데, 우리한테 물려주신 거외다."

"네, 그런 말은 들었습니다마는 주지 스님 술 자시는 걸 어떻게 알고 이렇게 얻어 오시기까지 했습니까? 더구나 외부에 소문이라도 나면 아주 곤란할 텐데요."

"그까짓 게 뭐이 그리 중요합니까? 주지 스님 연세가 얼만데 기런 일에 구애 받겠습니까? 기런데 주지 스님이 보낸 거이라 안 마실 수도 없고 우리끼리 먹자니 좀 미안하우다."

"뭐, 어떻게 하겠습니까? 이왕 이렇게 된 거 그냥 드십시오."

"감사합니다. 기런데 말이오. 아까 그 원효 스님 이야기를 보면 옛날에는 스님들도 물고기는 잡수셨던 모양이지요?"

"아닙니다. 원효나 혜공 두 분은 불가에서는 아주 특별한 분들입니다. 이분들은 이미 득도하여 정신세계가 정각(正覺)에 이르렀고, 껍데기뿐인 육신을 학대하며 미친 듯 세상을 떠돌았습니다. 그러다 보니 일화도 많고 기행도 많지요."

"원효 대사는 요석 공주와 결혼하여 설총을 낳은 분 아닙니까?"

"그렇습니다. 그분은 스스로 소성 거사라 부르고 속세에 묻혀 평복을 입고 살았고, 한편으로는 자신을 무애인(無碍人)이라고 했습니다."

우리는 어느덧 술이 얼얼하게 올라 있었고, 스님도 갈증이 나는지 자주 혀로 입술을 적시곤 했다. 그래도 박 영감은 짐짓 술 한 잔을 권하지 않았다. 할 수 없이 옆에 있던 내가 좀이 쑤셔 술잔을 들어 권했다.

"갈증 나실 텐데 한 잔만 해 보시지요!"

"아니, 이 양반이 어쩌자고 스님한테 술을 권해?"

박 영감이 눈을 껌뻑해 보이며 어깃장을 놓았다. 내가 재삼 권하자 그도 피할 수 없음을 인식한 듯 순순히 술잔을 받았다.

"아니, 괜찮습니다. 한 잔 주십시오. 그깟 술 한두 잔이 중요한 게 아니고 마음이 문젭니다. 불음주계(不飮酒戒)는 술이 이성을 마비시키고 감정을 격하게 하여 심성을 상하게 하기 때문에 마시지 말라는 뜻입니다. 술은 수행에 혼란을 주기 때문에 마시지 않아야 합니다. 그러나 오늘은 마음이 열릴 만큼만 마시겠습니다."

"아이고, 젊은 스님이라 역시 현대 감각이 있구면요. 기럼, 내 술도 한 잔 받으시구려!"

이렇게 술잔이 몇 차례 돌고 주흥이 오르자 스님도 고기 안주에 자연스럽게 손이 갔다. 그러자 또 박 영감이 깐죽거리기 시작했다.

"기런데 아까 원효 대사 말이오. 친구하고 둘이 냇가에 가서 고기를 잡아먹었다고 했는데 그냥 고기와 새우를 먹은 게 엥이고, 술도 갖고 가서리 안주로 먹은 기이 아이갔소?"

"그럴 수도 있고……. 그것이 원효 대사에게는 문제될 게 없습니다. 그분은 늘 술에 취해 사셨으며, 혜공 선사께서는 술만 취하면 삼태기를 쓰고 춤을 쓰고 다녀서 사람들이 부궤화상(負簣和尙)이라고 불렀다고 하니까 또한 술을 잡수셨겠지요."

"기라타면 나는 이 화두를 풀었소! 그러케 되면 나도 어러케 대사가 되는 거 아니오? 고승들도 못 푸는 걸 내가 풀었으니까!"

"대사가 어떻게 됩니까? 아직 불가에 입문도 하지 않은 분이! 더구나 마음속엔 온갖 마군이 요동을 치고 있는데……."

"그렇다면 할 수 없고. 일단 한번 들어 보시라요! 원효가 술이 취했다면 혜공도 취했을 거 아니오? 기러니끼 네 똥이 내 고기다, 한 것은 네 똥은 방금 먹은 고기가 변하여 만들어진 것이니까 그 똥은 곧 내게 고기가 된다. 그러니까 내가 그 똥을 먹겠다고 술김에 오기를 한번 부려 본 게 아니갔소? 물론 친구가 말려 줄 것을 기대하면서 말이우다."

"하하하! 비슷합니다. 그와 유사한 해석도 있는데 조금 다릅니다. 변을 먹겠다는 것까지는 같은데 먹은 후에 다시 소화를 시켜서 자기 육신을 살찌워 고기를 만들어 내겠다는 부분이 더 있습니다."

"그런데 옛날부터 천렵이라고 여름철에 남녀가 냇가에서 고기 잡아 안주하고 술 마시며 노래와 춤을 즐기던 습관이 있었잖소? 이것도 아마 그런 유의 놀이니까 여자도 같이 있었지 않을까요?"

"물론 그럴 수도 있습니다. 원효 대사는 여성 관계가 많이 있었으니까요."

"기럼 한번 정리해 보자우요. 두 승려가 여자들과 천렵을 갔다 냇가에서 고기를 잡아 찌개를 끓여 거나하게 취하도록 술을 마셨다. 그러자 한 승려가 술이 취해 바로 옆 바위 위에 똥을 쌌다. 이것을 본 다른 승려가 술김에 그 똥을 안주 삼아 먹겠다고 했다. 기래서 결국 어트케 됐가서? 옆 사람들이 말려서 못 먹었가서? 아님 기냥 말릴 사이도 없이 굵직한 것으로다 한 덩어리 입에 집어넣어 버렸가서?"

"아니, 그걸 왜 집어넣습니까? 좋은 안주가 있는데!"

"글쎄 안 먹었다면 다행이지만, 거 굵직한 거 하나 집어넣었다면 문제 복잡했겠는데. 냄새나고서리, 별맛도 없갔는데 말이야!"

"거, 자꾸 역겨운 소리하지 마십시오. 이 일화는 어디까지나 형식에 얽매이지 않고도 수행으로 득도할 수 있다는 사실을 강조한 것이기 때문에 거사님같이 현실적인 해석을 해서는 안 됩니다."

"뭐, 내 해석이 조금 잘못됐다 하더래도 기렇디. 한 가지 확실한 건 스님도 득도를 하려면 혜공 선사처럼 술도 마시고, 원효 대사처럼 여자 밑구멍도 좀 쑤시고, 가끔씩 거 굵직한 것도 한 덩어리씩 입에 집어넣어야 도가 터지는 거 아니갔소?"

"내가 왜 똥을 먹습니까? 똥개도 아니고 말이죠. 그리고 원문에도 여시오어(汝屎吳魚)라 했지 똥 먹겠다는 말이 없는데 왜 자꾸 억지 해석을 하십니까? 화두를 해석하는 열 가지 병폐 중에 세상 이치로 따져서 알려고 하지 말라, 상식(常識)으로 분별하지 말라, 말재주만 부려서 알은체하지 말라 했습니다. 거사님은 이것 외에도 지금 열 가지 병폐를 거의 다 범한 것입니다. 거사님은 화두를 푼 게 아니고 오히려 덧칠만 해 놨습니다."

"그만들 하십시오. 그런데 저도 스님께 몇 가지 물어볼 게 있습니다."

나는 두 사람의 대화 중 아무래도 앞뒤가 맞지 않는 부분이 있어서 그들의 대화 도중에 끼어들었다.

"스님, 지금까지 영감님이 말씀하신 내용은 삼국유사에 실린 오어사(吾魚寺)의 유래인데 삼국사기에는 그 내용이 다릅니다. 잘 아시겠지만 거기에는 원효와 혜공 두 분이 항사사에서 같이 수행을 하다가 어느 날 호숫가에서 고기를 잡았다가 죽으면 신통력으로 고기를 살리는 시합을 했는데 누가 더 많이 고기를 잡고 살려 주느냐 하는 것이었다고 합니다. 그래서 고기가 잡히면 서로 그 고기는 내가 살려 준 고기(吾魚)라고 주장을 한 데서 항사사를 오어사라고 하고, 낚시하던 호수를 오어호라고 이름을 고쳤다고 합니다. 그런데 이상한 것은 그 내용입니다. 삼국사기는 도학자였던 김부식이 고려 초 왕명으로 저술한 것이고, 삼국유사는 승려 일연이 그보다 100여 년 뒤에 삼국사기를 보고 야사와 향가, 불사 등을 모아 사사로이 편집한 책입니다. 그러면 승려인 일연의 입장에서는 당연히 오어사의 유래를 좀 더 미화하거나 다듬어 조사(祖師)들의 업적을 기려야 할 텐데, 아무리 봐도 그런 면보다는 영감님 해석 같은 오해를 살 수 있는 내용으로 바꾼 이유가 무얼까요?"

"글쎄요, 삼국사기에 그렇게 기록돼 있다는 것은 역사서니까 전설이나 야담에 의한 것들을 기록한 것이겠지만, 그 내용이 어쩐지 근거 없는 신통력을 야유한 듯한 느낌이 듭니다. 그러나 삼국유사에 실린 내용은 파계승인 원효 대사나 혜공 선사의 평소 모습이 진실하게 드러나 있어서 당연히 화두가 될 만하지 않습니까? 알고 보면 유사의 내용이 오히려 두 분 대사를 많이 높인 것입니다."

"에이! 그거이 아니디. 내가 듣기엔 기래도 사기(史記) 쪽이 훨씬 고상하고 낫구먼. 거긴 그래도 두 분이 턱하니 낚시도 하고 말이야. 품위가 있잖아! 그렇지만 유사(遺事) 쪽은 아무 데나 똥이나 싸고 말이야. 스님이 그러면 쓰가서? 엉! 안 되지 기럼 안 된다니까!"

그는 이미 술이 취해서 몽니를 부리고 있었다. 스님도 이미 마음 열릴 만큼의 주량은 넘어 보였고 박 영감에 대한 눈길도 곱지 않아서 자리를 끝냈으면 하는데 스님이 먼저 알고 일어섰다.

"내일은 주지 스님한테 가서 포살수계라도 받아야 편할 것 같습니다."

"포살수계라니요?"

"옛날부터 승려들이 실수로 계를 범하면 상좌승에게 잘못을 고백하고 면죄를 구하는 의식입니다."

"천주교의 고해성사 같은 것이군요."

"오늘 곡차 보시 감사합니다."

스님은 취한 듯 비틀거리며 문을 나섰다.

7

박 영감은 주지 스님이 청주를 들고 계시다는 말을 들은 후부터는 걸핏하면 안줏거리를 싸들고 위 절로 올라갔다. 우리가 도치 나물이라고 부르는 삼겹살이라도 구워 먹는 날이면 으레 한 접시를 덜어 내 식기 전에 드셔야 한다며 서둘러 위 절로 달려가곤 했다.

"영감님, 거 좀 자중하세요. 그러다 소문나면 괜히 노스님 욕보이는 거 아닙니까?"

"아니! 무시게 소리요? 주지 스님이 지금 연세가 얼만데 그런 거 가리갔소?"

"그 연세에 밥도 안 먹고 강술만 자시면 어럭케 견디갔냐 이 말이외다. 난 지금 보신탕이라도 있으면 갖다 드리고 싶은데!"

"그건 정말 안 됩니다. 개는 불가에서 금기시 하는 동물입니다. 사람이 죽으면 육계를 지나 염라대왕 앞에 서게 되는데, 그때 염라대왕은 두 마리의 개를 데리고 낙토로 안내하여 그 사람의 죗값에 따라 물어뜯게 합니다. 그래서 개는 지옥의 염마가 되어 가장 두려운 존재가 되었다고 합니다. 그런데도 스님이 개고기를 드실 것 같습니까?"

"스님 말씀은 그렇지 않던데. 원광 법사 같은 분은 살생유택이라고 해서 무조건 죽이지 말라는 거이 아니고 대상을 가려서 하라는 거이야! 특히 말, 소, 닭, 개 같은 것을 함부로 잡지 말고 시기적으로도 육제일(六祭日)과 봄, 여름을 피해서 하라는 기야."

"어쨌든 삼가는 게 좋습니다."

"일없어. 지금 주지 스님이 날 얼마나 기다리는지 알아? 내가 가면 하소연이 많다. 그 양반도 고민이 많더라고. 그 양반은 태고종 종단에서 나온 분인데 명목상 주지고 실권은 아래절 총무 스님이 갖고 있다는구면. 그 사람은 이 절 주인이 고용한 월급쟁이 중이라는데, 시내에 가정이 있는 대처승이라 금전 관계가 아주 복잡한 모양이더라고. 신도들 시주며 각종 축원제, 영가천도 같은 것들로 절을 운영하는데 주지 스님을 따돌리고 독식을 한다 이거야. 길믄 책임은 주지 스님이 지고 실속은 총무 스님이 다 차지하니까 걱정되디 않가서? 기래서 내가 법사나 공양 보살한테 들은 정보를 주면 그렇게 고마워하더라고!"

"영감님도 참 공연한 참견을 하시네요. 그러다가 양자 간에 분란이라도 나면 어쩌려고 그러십니까?"

"나도 다 생각이 있어. 이 절은 개혁이 이서야 돼! 뭔가 잘못 돌아가고 있어! 이 사장은 참견 말고 굿이나 보고 떡이나 먹으라우."

그는 벌써 주지 스님과도 깊은 거래를 트고 뭔가 석연치 않은 음모를 꾸미고 있는 듯했다. 그가 무슨 목적으로 주지 스님에게 접근하여 술과 육미를 제공하고, 때로는 제 돈 써 가며 크고 작은 생필품을 구입해 주고 시내의 잔심부름까지 도맡아 환심을 사려고 하는지 알 수는 없었지만, 분명히 어떤 일을 조직적으로 진행하고 있는 것 같았다. 나의 이런 우려는 오래잖아 현실로 나타났다.

어느 날 주지 스님이 총무 스님을 불러 호통을 쳤고, 총무 스님도 지지 않고 대거리를 해 큰 싸움이 벌어졌다는 소문이 들렸다. 법사가 불려 올라가고 학승과 공양 보살까지 호된 질책과 징계를 받았다고 했다. 그래도 주지 스님이 관대한 처분을 내려 임시 미봉은 됐지만, 그날 이후 사찰 안에 기거하는 휴양객들도 보름에 하루씩 예불에 참석하라는 엄한 영이 내려졌다. 총무 스님은 총무 스님대로 우리들에 대한 경계의 눈길이 한층 더 날카로워진 듯했다.

나는 그 일이 박 영감과 무관하지 않다는 심증을 갖고 있었지만, 이에 대한 나의 의사는 평소에 충분히 전달했으므로 재론할 필요가 없어서 그에게 내색하지 않았다. 박 영감도 구태여 드러내 놓고 떠벌릴 만한 일은 아니라고 여겼던지 거기에 대해서는 아무런 말이 없었다. 하지만 총무 스님은 달랐다. 그 일이 있은 뒤 그의 법문은 갑자기 근엄해지고 경고하는 투로 바뀌었다.

"도량은 청정해야 합니다. 삼보를 받들어 계를 지켜야 합니다. 비록 불자가 아니더라도, 경내에서는 오계(伍戒)를 다 못 지켜도 사계는 받들어야 합니다. 거짓말하지 말고, 술 마시지 말고, 도적질하지 말며, 음사에 빠지지 않는 것입니다. 이 계들을 받들려면 먼저 도량을 바로잡아야 합니다. 도량이 무엇입니까? 곧은 마음입니다. 곧은 마음에는 거짓이 없습니다. 믿음을 가지고 수행하는 의심 없는 보리심, 보답을 바라지 않는 보시, 중생들에게 기쁨을 주는 소행, 이 모두가 도량입니다. 이 모든 도량이 청정할 때 계를 받들 수 있습니다. 계가 바로 선 뒤에야 마음속의 마군을 물리칠 수 있습니다. 시기하는 마음, 질투하는 마음, 이간질하는 마음, 사특하고 간교한 마음, 이 모두가 헛된 자아 속에서 나오는 것입니다. 도량을 청결하게 닦으십시오!"

총무 스님의 변화는 거기에 그치지 않았다. 한동안 의기소침하여 외출도 삼가고 독경에만 몰두하다가 결심이나 한 듯 백일기도를 선언했다. 스님은 백일기도에 들어가기 전 법문을 통해 참담한 소회를 밝혔다.

"참선을 통해 마음을 찾고자 합니다. 참선은 나의 주인인 마음을 잊어버리고 바깥 사물을 주인인 것으로 착각하여 방황하는 나에게 잊어버린 주인을 찾아주는 것이며, 바깥으로 달아나는 마음을 한곳에 집중시켜 주는 훈련입니다. 내가 수행이 부족하여 최근 경내에서 일어나는 이런저런 일 때문에 화기가 발동할까 걱정됩니다. 자칫 참 나를 잊고 허상에 빠져 일을 그르칠까 두려워 참선을 하려는 것입니다.

그러나 참선을 이루려면 세 가지 마음의 준비를 해야 되는데 지금처럼 혼란스러운 마음으로 준비가 될는지 심히 걱정스럽습니다. 그 세 가지는 대신조, 대분조, 대의정입니다. 대신조는 화두에 대한 확실한 믿음이요, 대분조는 화두에 대한 큰 분개심을 일으켜 정진하는 것이요, 대의정은 화두에 대한 철저한 의심이니 끝까지 답을 구해 내는 것입니다. 이 세 가지를 이뤄 내야 본성을 찾고 도량이 밝아질 것입니다. 그런데 나는 지금 이 세 가지 마음이 마군의 사주로 분노와 수치, 탄식과 절망으로 가득 차 있습니다. 이것은 한두 달의 참회와 선으로 치유될 수 없는 깊은 상처입니다. 그래서 백일기도를 결심했고 그래도 부족하면 또 백일기도를 해서라도 잃었던 주인을 다시 찾고자 하는 것입니다."

총무 스님은 이 말을 남기고 우리 객사 뒤편 칠성암이라는 암자에 들어갔다. 침구와 취사도구가 옮겨지고 붉은 가사 장삼을 두른 스님이 엄숙한 모습으로 계단을 오르자 주지 스님을 비롯한 모든 승려들이 도열하여 목탁을 치고 염불을 하며 환송했다. 암자 입구에는 노란 테이프로 경계 테를 두르고 외인 출입 금지라는 표지도 내걸렸다. 막상 이런 의식이 거행되자 생각보다 스님의 결연한 의지와 높은 불심이 한층 더 우러

러보였다. 사람들은 저마다 자숙과 경외심으로 스님의 수행 성취를 축원했다.

그러나 이 와중에도 박 영감만은 모습이 보이지 않았다. 아침 공양이 끝나면 어디론가 사라지고 저녁 공양 때서야 불콰한 모습으로 나타나곤 했다.

"영감님 복권 당첨됐습니까?"

"복권은 무슨 복권? 그까짓 거 타서 뭘 해? 내가 가진 것도 다 못 먹고 가는데."

"그럼 만날 어딜 그렇게 나다니십니까?"

"나도 다 생각이 있어서 돌아다니는 거이디 괜히 다니가서!"

어쨌든 요즘은 경내에 갖다 놓은 그의 빨간색 티코가 수시로 가까운 읍내를 들락거렸다. 그는 또 뭔가 지독한 정보를 캐내 올 것이 분명했다.

"영감님 이젠 연세도 있고 하니까 경내에서 수행이나 하고 지내는 게 어떻겠습니까?"

"기런데 거 기분 나쁘게 데꾸 영감 영감 하지 말라! 나 이래 봬도 아직 쌩쌩하다고!"

"아니 그 연세에, 뭐가 그렇게 쌩쌩합니까?"

"이보라우, 이래 봬도 아직은 여자만 반반하면 하룻밤에 두세 번은 거뜬히 올라간다고. 이거 왜 이래?"

"그럼, 밤송이도 깝니까?"

"야, 또 늙은 사람 게지고 노는구먼! 길지 말고 이잔 영감

소리는 빼라고."

"알겠습니다. 그 대신 그 좋은 힘으로 공양간 보살한테나 육보시나 좀 하시죠."

"내가 생불도 아니고 무슨 수로 남의 하수구 청소까지 하누?"

박 영감은 갑자기 의기소침해져서 눈치를 슬슬 보며 애원하듯 매달렸다. 가끔씩 그에게는 그런 나약한 구석이 있었다. 아마 일찍 부모 곁을 떠난 외로움 같은 것이리라.

산사의 계절은 도시보다 한 걸음 앞서 온다. 8월 중순만 되면 매미 소리가 멀어지고 귀뚜라미 소리가 추녀 밑에 스며든다. 서늘해진 계곡 바람을 타고 들려오는 목탁 소리가 한층 더 경쾌하고 청량해진다. 스님들은 솜옷을 만지작거리며 시주 나들이가 잦아진다. 그때쯤이면 불암사 계곡에는 은행나무 잎부터 층층이 색옷을 갈아입기 시작하고 선남선녀들이 짝을 지어 모여든다.

그러면 우리의 법사는 제철을 만난다. 객사 뒤 계곡 물 따라 찾아오는 행락객들은 어쩌면 우리의 법사와 한판 승강이라도 벌여야 할는지 모른다. 그는 행락객들을 찾아다니며 돗자리 하나씩을 내놓고 자릿세 만 원을 요구하기 때문이다. 손님들이 이의라도 제기할라치면 법사는 비닐 입힌 이 계곡의 소유권 등기부 등본을 내민다. 꼼짝없다. 엉덩이가 들썩거리는 여흥을 못 이겨 여기까지 남녀가 짝을 지어 몰려왔다가 돈 만 원 때문에 돌아갈 좀팽이는 좀처럼 없기 때문이다.

그러던 어느 날, 나는 가을철로 접어들면 으레 붐비기 마련인 계곡을 산책하다가 거기서 부지런히 설치는 박 영감을 만났다.

"아이고! 영감님. 오늘은 여기서 뭘 하십니까?"

"보면 몰라 수사하디. 요즘은 아주 성과가 좋아야!"

"무슨 성과가 그렇게 좋습니까?"

"이보라우, 내가 그간 이 계곡 관광객 입장료 월 매출을 뽑아 봤는데, 이만저만이 아니야!"

"무슨 월 매출입니까?"

"아, 여기 이 계곡 행락객들 입장료 받은 거이디! 지가 내 눈을 속여?"

나는 농담 삼아 해 본 소린데 그의 태도는 정말 수사관이라도 되는 듯 기세등등했다.

"요즘 하루 입장료가 줄잡아도 10만 원이야, 기럼 월로 치면 300 아니야. 기런데 보통 3월부터 10월까지는 관광객들이 오니까 7개월 동안 받은 돈이 얼마야? 2100 아니야? 기래도 이건 하루 열 팀으로 계산한 거이지만, 요즘은 하루 스무 팀 넘는 날도 만티 않아! 기런데 이거이 하루 이틀이야! 벌써 총무 스님이 온 지 5년이 넘었다니까, 합치믄 억대가 넘어간다고."

"그래서 그게 어떻다는 겁니까?"

"이런, 멍청하긴! 이 사실을 주지 스님이 모르고 있단 말이야!"

"그럴 리가 있습니까? 그럼 절 주인은 알고 있겠지요!"

"그것도 아니라니까! 이 사람 이거 정말 수사관을 무시하는구면."

"그럼 그 돈이 다 어디로 간다는 겁니까?"

"그걸 정말 몰라서 물어? 다 총무 스님이 해 먹은 거지!"

"그래서 어떻다는 겁니까? 왜 그런 일에 끼어듭니까? 나는 불필요한 걸 알고 싶지 않습니다. 어느 직장이든 부수입이라는 게 조금씩은 있기 마련입니다. 최소한의 프리미엄이 아니겠습니까? 제발 그만하십시오."

"아니디. 그 사람은 안 돼. 총무 스님은 창자까지 썩은 사람이야! 한두 가지가 아니라고. 이 사장이 내용을 다 몰라서 그렇지. 그 사람은 승려로서가 아이라 평범한 인간으로서의 자격도 없어!"

"이 외에도 다른 부정이 또 있습니까?"

"기러티! 있어도 한두 가지가 아니야, 경내 각종 치제 때마다 시주액을 줄여서 보고하거나 아니면 아주 빼 버리기도 하고 외부에 나가서는 낙성식, 개업, 심지어 굿거리까지 해 주고 시줏돈을 받아 챙겨 왔어. 공양 보살하고도 보통 사이가 아니라는데……."

"정말 한심하군요! 40년 수사관 생활하신 분이 해 논 수사가 고작 이런 것입니까? 이건 잘해야 기획 수사, 함정수사요, 지금은 그저 한 개인에 대한 모략일 뿐입니다. 보세요. 지금 말씀하신 부정 가운데 뚜렷하게 사주(寺主)에게 피해를 주거나 범법적인 요소가 있는 것이 무엇입니까? 더구나 또 확실한 증거가 있는 것도 아니잖습니까?"

"이 사람이 왜 이래? 사람 무시하디 말라우! 내가 오냐 오냐 하니까 홍어 좆으로 아는가 본데 두고 보라우. 내가 그렇게 녹록한 사람인지. 나도 다 완전한 자료를 가지고 분석하디 함부로 하는 게 아니라니끼!"

"설사 그렇다 하더라도 왜 영감님이 총대를 메고 나섭니까? 그러다가 또 그전 같은 분란이 일어나면 우리들도 여기 붙어 있지 못할 거 아닙니까? 좀 고정하세요. 부탁입니다."

"도둑놈 잡아 주는데 우리가 왜 쫓겨나? 도둑놈을 쫓아내야디!"

그의 확신에 가까운 단언을 듣고 보니 문득 총무 스님이 백일기도에 들어간 후 유난히 절 안팎으로 쏘다니던 그의 행적이 차츰 뚜렷해졌다. 이유는 알 수 없지만 그사이 그는 절 안팎을 뒤져서 총무 스님의 비리를 캐고 있는 게 분명했다.

"영감님, 굴러 들어온 돌이 박힌 돌 빼낸다고 실권자인 총무 스님을 나그네에 불과한 영감님이 쫓아내다니 그게 될 법한 일입니까? 비록 다소 거슬리는 일이 있더라도 지금 총무 스님은 지난 일을 반성하고 참회 기도를 하고 있지 않습니까? 용서하세요. 무슨 원수진 일도 없잖습니까?"

"오, 기래요? 그 말 한번 잘했수다. 기래, 저 사람이 지금 칠성암에서 백일기도하고 있다고? 길믄 용서 해야디! 백일기도가 아무나 하는 건 줄 알아? 지금 한번 칠성암에 올라가 보라우. 누가 있는지!"

"뭐라고요? 그럼 스님이 지금 칠성암에 안 계십니까?"

"벌써 내뺐어! 내 벌써 한 달 전부터 알고 있었디! 그 친구가 백일기도 얘기 꺼낼 때부터 뭔가 이상하다는 육감이 들어서 한 달 만에 바로 올라가 본 거야! 아니나 달라. 육감이 딱 맞아떨어진 거디!"

"정말, 그렇습니까? 올라가서 확인해 보겠습니다."

내가 당장이라도 뛰어 올라갈 듯 서두르자 그가 손을 들어 제지했다.

"어, 어, 이거 왜 이렇게 덤비나? 그 사람이 당신처럼 그렇게 엉성한 줄 알아? 어쩌면 지금쯤은 와 있을 수도 있어. 그러니끼 가만 이스라우! 내가 먼저 정탐해 보고서리 가 보라우!"

"아니, 그럼 사람이 왔다 갔다 한다는 거 아닙니까? 그거야 그럴 수도 있겠지요. 스님도 사회생활 하는 분이니까 기도 중이라도 급한 일이 있으면 잠시 다녀올 수도 있는 거 아닙니까? 그런 걸 가지고 뭘 침소봉대하여 누명을 씌웁니까?"

"기게 아니래도 기러네. 내가 지난 달 법사하고 칠성암 뒷산에 산딸기 따러 갔잖았어? 그때 칠성암 옆에 갔더니 염불 소리가 들리더라고. 기런데 목소리가 어째 스님 목소리 같지 않고 테이프 소리 같아. 기래 이렇게 안을 들여다보니까 사람이 안 보여! 법사더러 가 보라고 했더니 녹음테이프만 돌아가고 스님은 자고 있더라는 기야! 기래서 의심이 부쩍 들더라고. 무스게 기도한다는 사람이 녹음기 틀어 놓고 잠만 자는가 해서 내가 살살 가 보니 기냥 빈 이불에 베개만 세워 받쳐 놨더라니까! 기래 그다음에 몇 번 가 봤더니 밤에는 거의 없는데 낮에는 가끔 있어. 기러니끼 대부분 집에 가 있다가 낮에는 가끔씩 나와 있고 기러는 모양이야! 이건 법사도 다 본 건데 그거이 백일기도야?"

"정말 부끄러운 일입니다. 그러나 이것은 어디까지나 개인적인 문제고 종교적 양심의 문제니까 우리는 그냥 못 본 듯 덮어 두는 것이 좋지 않겠습니까?"

"이건 이미 내가 가만 있다고 될 일도 아니고 사찰 전체의 문제니까 자기네끼리 어러케 해결하갔디."

그는 한발 물러서는 듯 말했지만 결코 그대로 넘어갈 것 같지는 않았다.

8

8월 우란분절(음력 7월 보름)이 되자 신도들의 발길이 잦아지고 경내 분위기도 한결 생기를 띠게 되었다.

이날은 불가의 4대 경축일의 하나로, 불교도의 어버이날이라고 할 수 있는 가장 현실적인 의미가 있는 날이었다. 이날은 모든 신도들이 삼보에 공양을 올리며 그 공덕으로 선망 조상들과 생존해 계시는 부모들의 극락왕생과 무병장수를 비는 날이다.

평소에는 인적이 드물던 경내도 등록된 모든 신도들이 한꺼번에 몰려들자 이곳저곳이 소란스러워졌다. 신도들은 대부분 중년 이상의 여인들이고, 가끔씩 논에 피 섞이듯 남자들이 묻어 들어왔다. 극락전 마당에는 알락달락한 연등이 내걸리고 법당에는 법사가 며칠째 닦아 번들거리는 불상 앞에 휘황한 촛불이 타올랐다. 그리고 숨이 막힐 듯 진한 제향이 법당을 감싸고 피어오르자 스님들의 독경 소리가 유난히 드높게 울려 퍼졌다.

이날만은 늙은 주지 스님도 가사 장삼을 한껏 빳빳하게 다려 입고 성대를 가다듬어 염불을 하고 힘차게 목탁을 두드렸다. 총무 스님도 예의 그 해말끔한 동안으로 목탁을 두드리고 한눈으로는 연등에 이름 올린 신도의 이름과 주소를 일일이 염불에 올려놓으며 극락전의 영가제를 주관하고 있었다. 학승은 손이 모자라 이웃 절에서 도우러 온 낯선 중과 신도들을 접수하고 안내하는 일을 맡았다. 법사는 땀을 뻘뻘 흘리며 뛰어다니고 있었다. 그는 우리를 보자 씽긋 웃더니 양쪽 옷자락에 달린 커다란 주머니를 툭툭 치며 너스레를 떨었다

"오늘은 꽝이라니까요. 영 수지가 안 맞아요."

"아니 손님이 이렇게 많은데 왜 그래?"

"전수 늙다리뿐이잖아요, 꼰대들이 많으면 이게 안 나온다니까요."

그는 엄지와 검지를 동그랗게 말아 보이며 사라졌다. 보나 마나 오늘 밤엔 지전 몇 장이 그의 방에 아무렇게나 뿌려질 것이다.

공양간은 시끌벅적했다. 여자들이 깔깔거리며 점심 공양 차리기에 바빴다. 박 영감은 오래전부터 잔칫집 강아지같이 공양간 근처를 어슬렁거리고 있었다. 그는 공양간 축대에 두 다리를 꼬고 앉아 한곳에 시선을 모으고 히죽히죽 웃기도 하고 계면쩍은 듯 머리를 쓰다듬며 유난히 웃음이 헤픈 여자와 노닥거리고 있었다. 나는 이런 박 영감을 피해 약사전 뒤쪽 소나무 숲으로 둘러싸인 조망 좋은 둔덕에 누워 모처럼 벌어지는 개미 잔치 같은 여름 축제를 관망하고 있었다.

대웅전 마당엔 하오의 불볕이 폭포수처럼 내리꽂히고 매미들도 더위에 지쳐 중저음 코러스로 음량이 떨어졌다. 산속엔 솔바람이 불고 휘파람새가 휙휙 소리 지르며 지나갔다. 찌르레기 한 마리가 검불을 물고 꼬리를 깝죽거리며 낯선 침입자를 경계하듯 노려보다가 둥지 쪽으로 사라졌다. 산란의 계절이었다. 이윽고 다른 새들도 하나 둘 내 곁을 맴돌며 다급한 경계 음을 둥지 속에 새끼들에게 보내고 날아갔다. 나는 살포시 잠이 들었다. 얼마 후 내가 눈을 떴을 때 해는 뜨악하게 기울어 있었고, 신도들은 대웅전 마당에서 탑돌이를 하고 있었다. 학승이 목탁을 두드리며 앞장서자 신도들은 합장을 하고 뒤따르며 저마다 부모님의 극락왕생과 무병장수를 축원하며 봉축가를 불렀다.

목련의 효성이 7월 중원 밝히시어
어머님을 아귀보에서 벗어나게 하시고
즐거운 화락천에 태어나게 하셔서
무량복락 한없이 누리게 하소서.

탑돌이 행렬은 탑을 중심으로 둥글게 원을 그리고 돌아가다가 또 다른 행렬과 만나면 서로 반대 방향으로 얽히면서 평온하게 이어지고 있었다.

그런데 놀랍게도 조금 전 유난히 웃음이 헤프던 여자가 행렬 가운데서 두 팔을 좌우로 흔들어 너울너울 춤을 추며 걸어가고 이미 불콰해진 박 영감이 추적추적 그 뒤를 따라가고 있었다.

나는 그 장면이 너무 불경스럽고 불결해 보였다. 마치 부처의 성지가 모욕당하는 듯한 불쾌감마저 느끼며 자리를 떴다. 저 인사가 기어이 무슨 일을 내고 말지……. 나는 혀를 차며 법당으로 내려가서 저녁 공양을 하고 박 영감을 기다렸지만 그는 시간이 늦도록 나타나지 않았다. 나는 왠지 불안하고 칙칙한 기분으로 객사로 돌아왔다. 그런데 객사 안 어디선가 고양이 울음소리 같은 여자의 교성이 들리는가 싶더니 이윽고 풀무질하듯 거친 남자의 숨소리까지 들려왔다. 이상한 느낌이 들어 옆방을 들여다보자 거기엔 이미 하얀 머리 하나가 창문턱까지 튀어 올랐다 내려갔다 하며 방아깨비 놀음을 하고 있었다. 나는 하마터면 소리를 지를 뻔했다. 마치 급소라도 찔린 기분이었다. 내가 이렇게 미처 행동의 방향을 정하지 못하고 허둥거리고 있을 때 갑자기 어둠 저편에서 법사의 통통 부은 얼굴이 나타났다. 나는 깜짝 놀라 일단 그를 막아섰다. 적어도 이 장면만은 그에게 보이고 싶지 않아서였다. 나는 우선 그를 연못 쪽으로 데리고 가서 시간을 벌어 볼 심산으로 너스레를 쳤다.

"어떻게 벌써 왔소? 우란제가 끝났습니까? 생각보다 일찍 마쳤네요."

"끝나긴 뭐가 끝나요? 아직 멀었어요. 그보다는 영감님 방에 있죠? 그 여자하고……."

"아니! 그걸 어떻게 알았어?"

"사장님! 이런 경우가 어디 있습니까? 저 여자는 내가 먼저 찍은 여잔데 영감님이 먹어 버렸다고요!"

"그 무슨 소리요? 승복 입은 사람이……."

"그게 아니라니까요. 저 여자는 우리 동네 여잔데, 나이 많은 사람의 후처로 들어와서 평소에도 헤프다고 소문이 나 있걸랑요. 나한테도 노총각이라고 슬슬 엉기는 거예요. 그래도 내가 튕겼죠. 절에도 핑계만 있으면 뻔질나게 들락거리지만 사실은 나한테 반해서 오는 거라고요. 그런데 지난봄에 글쎄 영감님이 나 몰래 저 여자를 살살 꼬여 가지고 한 코에 먹어 버렸잖아요. 그런데 오늘 또 가로채면 난 어떡해요? 안 되지요! 나도 오늘은 한판 붙어야겠어! 절대 양보 못 해요! 가서 두 연놈을 작살내고 말 터예요."

법사는 단순한 감정의 분출이 아닌 매우 체계적인 분노를 가지고 있었다. 난감한 일이었다. 더구나 한쪽은 자기감정을 통제할 수 없는 불구이고 상대는 이미 노인이 아닌가. 나는 막지 않으면 뭔가 걷잡을 수 없는 사태로 발전할 것 같은 위기감을 느꼈다. 당장은 저 두 사람이 부딪히지 않도록 격리해야 할 것 같아 법사를 잡고 늘어졌다.

"법사님! 법사님은 승려가 아니더라도 일단은 부처님의 계를 받드는 수행자 아닙니까? 그런데 어떻게 기본 오계인 불사음계도 못 지킵니까? 한때 사사로운 육신의 쾌락으로 사후에 단말마의 고통을 당하겠습니까?"

"단말마가 뭐예요? 서로 좋아하는 것도 죄가 되나요? 그럼 대처승 스님들은 전부 죄를 받게요?"

"이봐요, 아무리 좋아해도 그 여자는 유부녀 아닙니까? 그건 간음입니다. 간음한 자는 무간지옥의 밑바닥에서 사람의 급소를 잘라내는 단말마라는 형벌을 받게 되는 것입니다. 말마(末魔)는 원래 급소(急所)라는 뜻으로 인간의 치부를 말하는 데 그것을 잘라 버림으로써 생의 최후의 순간을 맞게 하는 것입니다. 그리고 특히 사음(邪淫)계를 범한 사람은 남자의 급소인 성기를 뽑아 버리는 것입니다. 그럼 법사님도 오늘 저 여자와 한 번 즐기고 지옥에 가서 거시기 한번 뽑혀 보시겠소?"

"아이고 안 돼요, 안 돼! 난 안 할래요. 어떤 쪼다가 여자 한 번 먹고 그런 형벌을 받겠어요? 차라리 혼자 용두질이나 치고 말지. 안 그래요?"

"그럼 오늘 저 여자는 영감님께 양보하는 겁니까?"

"뭐라고요? 여자를 양보하라고요? 그건 안 되지요! 그 여자는 내가 먼저 찍은 여자라니까요!"

이것이 그의 병이었다. 현상적인 평면 사고는 잘하다가도 전 사고를 전제로 하는 2차 사고를 해야 하는 단계에 이르면 입체적인 사고가 잘 이루어지지 않는 모양이었다. 나는 조급해졌다. 영감이 빨리 일을 끝내고 여자를 돌려보내야 위기를 벗어날 텐데 30분이 지나도록 도무지 끝날 기미가 보이지 않았기 때문이다. 그러자 법사도 조급증이 났던지 다시 창문 쪽으로 다가섰다.

그때 창문 쪽에서 풀어헤친 여자의 까만 머리카락이 오르락내리락 나풀거렸다. 이걸 본 법사가 충격을 받아서인지 스포츠 중계 아나운서처럼 열띤 중계를 했다.

"자, 이젠 체위가 바뀌어 맷돌 치기로 들어갔습니다. 지금

부턴 여자가 위에서 돌리기 시작합니다."

"이봐요, 법사님! 돌리긴 뭘 돌려요?"

"맷돌!"

"맷돌이 어디 있어? 수행자가 그러면 안 되지요. 법사님! 아무래도 안 되겠어요. 법사님은 어차피 저 여자한테 관심을 갖고 있는 것 같으니까 오늘 저 여자하고 끝장을 봐야 할 것 같고, 죽어서는 염라대왕 앞에 끌려가서 단말마의 형벌을 받아야 될 것 같습니다."

나는 어떻게 해서라도 그를 붙잡아 시간을 끌어 보려 했다. 영감이 이제 새로 시작했으니 몇십 분은 더 기다려야 할 것 같았기 때문이었다. 그러나 이젠 조급하기보단 법사가 밉살스러웠다.

"내가 단말마를 당한다고요? 그럼 안 하면 될 거 아녜요?"

"자꾸 이랬다저랬다 하지 말고 이왕 염라대왕 앞에 가서 뽑힐 거라면 오늘 여기서 아주 깨끗하게 잘라 버리고 가세요."

"그렇지요. 뽑히는 것보단 싹둑 잘라 버리는 게 덜 아프고 모양새도 깔끔하겠죠."

"그럼, 이리 내놔 봐요!"

"안 돼요. 아이고, 아파서……."

법사가 샅께를 움켜쥐고 슬금슬금 꽁무니를 뺐다. 이렇게 한 시간이 넘게 정신적 맹인인 법사와 대화를 하고 나니 내 자신도 멍청해져 버리는 것 같았다.

이때 갑자기 영감의 방문이 벌컥 열리며 여자가 옷매무새도 제대로 갖추지 못하고 울면서 뛰쳐나와 종종걸음으로 달려가 버렸다.

나는 아무리 봐도 이 모든 사태를 이해할 수 없었다. 우선 영감이 여신도를 절간으로 끌어들여 희롱한 것부터가 불쾌한 데다 난데없이 법사까지 달라붙어 시비를 걸어와서 황당했고, 이번에는 조금 전까지도 배가 맞아 한껏 흥을 내던 여자가 달아나 버리자 완전히 미궁에 빠지고 말았다. 얼마 후 여자가 멀리 사라지자 새신랑처럼 발그레한 홍조를 띤 박 영감이 두 손으로 얼굴을 쓱쓱 문지르며 나타나 빙긋이 웃어 보였다.

"아니, 영감님 도대체 어떻게 된 겁니까?"

"어러케 되긴, 뭬이 어러케 돼? 그냥 잘라 버렸디!"

"아니 뭘 잘라 버려요?"

"거 참 답답한 사람일세……. 저년은 서방 있는 년이야! 1회 용이디. 저런 건 확실하게 잘라 줘야지 질질 끌다간 물리는 게야! 알간?"

"무슨 말씀이세요? 저 여자는 법사 여자라는데요."

"뭬야? 그 미친놈! 그 여자는 법사하고 한동네 사는데, 지난봄부터 절에만 오면 법사가 하도 따라다니며 보채니까 날보고 지켜 달래서 내가 숨겨 주고 있는 건데 무슨 소리야!"

"내가 보기엔 그렇지만은 않은 것 같던데요?"

"아, 그거야, 남녀 간에 있을 수 있는 일이고. 아까 말하지 않아서. 유부녀는 오래 끌면 골치 아프다고. 그래서 혼 구멍을 내서 쫓아 버린 거야!"

우란분절이 울고 있었다. 극락전에 모인 수많은 혼령이 토악질을 하며 돌아서고 있었다. 외눈박이 마군 떼가 광란하는 산사의 밤이 저물고 있었다.

9

그날도 우리는 한층 다양해진 안주와 술로 기나긴 가을밤을 죽여 내고 있었다. 박 영감은 여전히 자신의 생활신조까지 들먹이며 총무 스님에 대한 성토를 늦추지 않았고, 나는 애써 말머리를 돌려 보려고 애를 쓰고 있었다. 그러나 공허한 화제는 허공을 헤매다 원점으로 돌아가고 결국은 쟁점도 없는 언쟁으로 번졌다.

"도대체 영감님은 그런 아무 상관없는 일에 왜 그렇게 집착하는 겁니까? 이제 수사 좀 그만하십시오."

"이 사람이 아주 사람 얕잡아 보고서리 깔아뭉겔라고 덤비는데 길지 말라우! 내레 스무 살부터 수사관 생활 40년 한 사람이야! 내가 왜 수사를 하는지 진심을 말해 줄까? 처음에는 부모 원수 갚을라고 빨갱이들하고 싸운 거이고, 철이 들어서는 모든 인간들과 싸운 기야. 인간은 사악한 동물이디. 이걸 버려두면 세상은 금방 폭발해 버려! 기래서 국가도 있고 경찰이 있고 군대가 있는 거 아이가서? 내레 수많은 범죄를 보아 왔지만 큰 죄는 배운 놈이 짓고 악한 죄는 무식한 놈들이 저질러! 거 왜 기런지 알아? 배운 놈은 머리로 범죄를 저지르고, 못 배운 놈은 몸으로 범죄를 저지르기 때문이다. 배운 놈은 주요 정책을 사리화하거나 거액을 착복해도 징역 몇 년 살다 나오면 그만이지만, 못 배운 놈은 홧김에 도끼로 골통 한두 개 뽀개고 희대의 살인마가 돼서 사형이야! 따지고 보면 어떤 놈이 인간에게 더 많은 피해를 줬가서? 세상은 약육강식이야. 강한 놈만 살아남기 마련이다.

내가 수사관이던 시절에도 보면 당시 1개 사단의 작전지역은 몇 개 행정군을 관할하게 되거든. 길믄 사단장은 왕이야. 군수, 경찰서장은 핫바지고. 모든 생사 여탈권을 사단장이 개지고 노는 기야! 작전 사항 딱지만 갖다 붙이면 서장, 군수가 마누라도 내놓아야 할 판이었거든. 기러니 돈 될 만한 건 다 빼먹고 그것도 모자라 군인들 식량, 부식, 피복까지 다 잘라먹는 기야. 기러고는 한창 젊은 군인들한테 7홉 정량을 안 주고 잡곡밥 4홉만 주니께 어러케 배기가서. 풀뿌리 뒤지다가 나중엔 동네 닭, 개, 돼지, 다 잡아먹는 기야. 군복도 정장 한 벌밖에 없어. 평상복은 미군들 입던 헌 작업복 얻어다가 입혀 놓으니께. 이건 군인도 아니고 기냥 노가다 판이야. 기러니께 군인들이 탈영하고, 자살하고, 민간인 습격하고, 온갖 범죄가 다 일어나! 이거이 다 누구 죄간? 그래도 사단장 깜방 가는 거 봤어? 그놈들은 다 저희들끼리 물고 물려 있어서 꼼짝 안 해. 기래서 나는 배운 놈들을 미워했지. 기런데 나중에 가만 보니까 그런 놈들이 대장이고, 장관이고, 국회의원이고 다 해 먹는 기야. 기러니까 이젠 겁이 나더라고. 그놈들에게 잘못 보였다가는 나는 언제라도 사형장으로 끌려갈 판이야. 전쟁 때 양민 학살 죄를 꺼내든 수사 비리를 뒤지든 수사관들한테 명령만 내리면 얼마든지 엮어 넣을 수 있거든. 그래서 결국 그 권력에 복종하고 아부하게 된 기야. 강자로부터 나를 보호하기 위한 동물적 본능이지."

"그렇다고 수사관이 무조건 강자의 편에만 서면 어떻게 공정한 수사를 합니까? 오히려 약자의 편에서 그들의 권익을 보호해 줘야지."

"기런데 수사를 하다 보면 그렇게 되질 않아. 물론 위 놈들이 나쁘지만 아래 놈들도 나쁜 짓을 하거든. 내가 40년간 만나 온 사람들은 대부분 그런 사람들인데, 가만히 그 내용을 조사하다 보면 헷갈려. 때린 놈이 잘못인지 맞은 놈이 잘못인지. 항상 때린 놈은 뭔가 때린 이유가 있고 맞은 놈은 그 이유가 부당하거나 사실이 아니라는 건데, 결과를 보면 이유와 관계없이 약자들도 범죄를 저지르거든. 뭔가 화풀이를 한 건데, 이런 건 범죄 사실이 딱 떨어져. 몸으로 하는 범죄들이니까. 거기에 비해 위 놈들은 머리를 굴려서 법망을 피해 가기 때문에 증거를 잡을 수가 없어. 기렇지만 어러케? 그놈들이 다 짜고 만들어 놓은 세상인데……. 기러니까 수사라는 것도 결국 그 놈들 입맛에 따라가는 수밖에 없어! 기래서 일선 수사관들은 수사 요령이라는 게 있어. 이건 대외적인 수사 원칙에 가려 있어서 밖으로 잘 드러나진 않지만, 사실 모든 수사관들은 원칙보다는 이 요령을 따라가야 사는 거이다. 원칙을 따라갔다가는 하루도 못 살아. 물론 수사라는 거이 범죄 사실을 밝혀내서 정의를 구현하는 거지만 이 정의라는 거이 모호해. 진실이 정의가 되기도 하지만 때로는 권력이 정의가 될 때도 있거든.

기런데 모든 사건의 범죄 사실을 밝혀 놓고 보면 정의라는 거이 대부분 약자 편에 가 있어. 길믄 어러케? 원칙대로 하자면 강자를 처벌하면 되잖아? 그런데 기거이 안 되는 기야. 그랬다는 내가 다쳐. 강자라는 거이 다 사회적 배경이나 돈, 지식을 갖춘 사람들이라서 나보다 한 수 위에 있거든. 대부분 부사관 출신의 군 수사관이나 수사 경찰, 검찰 수사관까지 수사 실무에 있는 사람들의 직급은 하급직으로 격무에 시달리게 마련이다. 한마디로 노가다야. 배운 놈들은 다 빠져나가고 피래미들만 남는 기야.

기러니께 사건이 하나 배당되면 우선 내가 빠져나갈 구멍부터 먼저 찾는 기야. 일단 수사 기록을 펴 놓고 보면 벌써 답이 나와. 어떤 놈이 승자고 패자인지. 케이스 바이 케이스거든. 그렇지만 이 원칙에 따라가면 죽어. 진짜 정답을 찾아야 해.

어떤 놈이 강자인지 약자인지를 정확히 파악해야 정답을 찾을 수 있어. 양자의 사회적 배경이나 재력, 개인의 능력 등을 기준으로 해서 강약을 구분할 수 있지만, 조서 받으면서 살살 물어보면 다 나오게 돼 있어. 여기서부터는 요령이 필요해. 일단 강자와 약자가 결정되면 괜히 변죽만 치고 수사를 지연시키는 기야. 기러면서 두 놈을 쥐어짜는 기야. 왜 짜는지 알아? 국물 나오라고. 그럼 바로 국물이 나와. 상부에서 연락이 오건, 돈 뭉치를 싸 들고 오건. 기런데 이때가 중요해! 이때 판단을 잘 해야 돼. 어느 쪽이 실리가 있고 안전한가에 따라서 내가 설 자리를 정하는 기야. 기러다 보면 정의와는 관계없이 대개 강자 편에 서게 되거든. 그럼 그대로 밀고 나가는 기야. 강자의 약점은 은폐하고, 약자의 증거물이나 범죄 사실을 부풀려 엮어 내는 기야. 어떤 재판관도 내가 유도하는 판결을 벗어날 수 없어. 어쩔거야, 제깟 놈이. 앉아서 수사 기록만 보고 판결해야 하는데. 여기선 국가도, 정의도, 양심도 필요 없어. 오직 나뿐이야. 골키퍼가 축구 선수 믿고 골대 지키나? 기건 아니잖우? 수사관도 먹고살아야잖아. 기럼 나보다 약한 먹이를 찾아야지 별수 있어?"

"그럼, 결국 무전유죄 유전무죄란 말이 사실이라는 건데, 양심의 가책 같은 건 안 느낍니까?"

"이 사장, 내가 아까 말하지 않았어! 그런 거 찾다간 내가 죽는다니까. 정의, 양심, 기런 게 어디 있어? 기딴 게 있으면 개나 던져 주라 그러지. 호랑이가 토끼 잡아먹고, 큰 물고기가 작은 물고기 잡아먹고 기러는 거이 당연한 거 아니야? 인간도 동물이야. 그 이하도 그 이상도 아니야. 나는 그렇게 길들여지고 그 속에서 살아온 놈이야. 지금 이 절에도 내 먹잇감이 하나 떴어. 그놈은 벌써 나한테 물린 기야. 이 절 주인이 누군지 알아? ○○한의원이라고 굉장한 재벌이야. 내가 주지 스님 심부름으로 한 번 가 봤는데 으리으리하더라고. 아무리 그래도 이 절 운영비를 가만히 앉아서 물어 주기만 하갔어? 절 자체에서 어러케 수입을 올려 꾸려 가야 할 텐데 그거이 안 되거든. 저 총무 스님이 다 잘라먹고서리 생돈 물어낼라니께 밸이 꼴리거든. 벌써 퉁퉁 부어 있더라고. 이런 놈 안 먹고 어러케? 이런 건 먹어도 뒤탈이 없어. 이젠 내가 수사를 하는 이유를 알았디?"

"그게 사실이라면 이 사회는 암담합니다. 물론 영감님의 말씀은 극히 일부의 왜곡된 삶을 살아온 사람들의 그늘진 현실이라고 생각하지만, 그래도 끔찍합니다. 그리고 총무 스님은 보호할 가치도 없는 약자라고 하지만, 따지고 보면 그분도 생존을 위한 노력을 한 것이고, 다소 남의 권익을 손상시켰어도 근본적으로 악의를 가진 것은 아니니까 불자의 자비를 베푸십시오."

우리는 이따금씩 술을 따르기도 하고 잔을 부딪히기도 하면서 끝없이 술을 마셨다. 이미 짜부라진 그의 작은 눈이 거의 달라붙은 것을 보면 어지간히 취한 것 같은데 상대적으로 크고 번들거리는 외눈은 섬뜩할 만큼 광채를 내뿜고 있었다.

"이보라우, 내가 아까 말했디? 사람도 하나의 동물일 뿐이라고. 먹고 먹히는 먹이사슬을 피해 갈 수는 없어. 내 좀 더 실감나는 얘기를 해 주지. 전쟁 때 내가 죽인 인간만도 수백 명은 될 기야. 첩보대에서 선발대로 들어가면 그 동네 빨갱이 간부들부터 먼저 색출하거든. 확인 작업만 끝나면 즉결 처분이디. 그대로 드르륵하고 마는 기야! 어떤 놈은 개머리판으로다 대갈통을 까 버리기도 했어! 안 그러면 후속 부대가 배겨 나질 못해. 이것들이 선동을 해 가지고서리 식량도 안 내놓고 밥도 안 해 줘. 어디 그뿐이야. 가까이 있는 적 부대와 내통해 가지고서리 야간 기습까지 해. 길믄 또 우리가 전멸하고 말아. 그러니 어러케? 너 아니면 내가 죽는데……. 이게 다 누가 하고 싶어 하가서? 삶을 위한 투쟁이야! 죽이는 놈이나 죽는 놈은 아무 죄 없어. 만약 그걸 다 죄로 친다면 나는 사형을 당해도 열 번은 더 당했게? 죽음은 다 자연현상일 뿐이야. 그래도 내가 한 가닥 인간에 대한 연민을 느낄 때는 사람이 마지막 죽는 순간이야. 그때는 누구나 순수한 인간 본연의 모습을 보이거든. 아무리 악질분자라도 죽을 땐 대부분 오마니! 하고 죽더라고……. 그 순간만은 아무것도 아닌 오마니의 아들로 돌아가 오마니를 찾게 되는 기야."

"그만하세요! 그건 연민이 아니라 약자 앞에 군림하는 가장 추악한 인간의 오만입니다. 그런 것들은 모두 전쟁이라는 특수 상황에서 이성을 잃고 환각 상태에서 벌어진 일들입니다. 그러나 지금은 전시도 아니고 사정이 다릅니다. 꼭 그렇게 먹고 먹히는 동물의 먹이사슬로 인간관계를 보시면 안 됩니다. 상생의 시대, 분업화 시대입니다. 옷 만드는 사람은 옷을 만들고, 집 짓는 사람은 집을 짓고, 음식 만드는 사람은 음식을 만들어서 서로 바꿔 먹으면 되지 않습니까. 더 좋은 제품을 만들도록 도와줘야지 왜 서로 잡아먹으려고 합니까. 서로 돕지 않으면 못 사는 시대입니다. 영감님도 수사를 하시고 싶으면 정의로운 수사를 하세요. 그러면 사회질서를 유지할 수 있으니까 충분한 보수를 받고 살 수 있지 않습니까?"

"이보라우, 상생이고 분업이고 기딴 건 몰라. 기거이 기렇게 좋은 거라면 형무소에 한번 가 보라우. 맨 살인, 강도, 강간, 사기꾼 들뿐이라고. 정치범이나 사상범, 경제사범 같은 하이칼라들은 10퍼센트도 안 돼. 기런데도 그놈들은 그 안에서도 호화판으로 살고 병보석이니 가석방이니 하다가 사면으로 다 풀려 나가고 말아. 그렇지만 흉악범이니 강력범들한테는 그런 게 없어. 그들은 다 사회적 약자라는 죄 때문에 사형장으로 끌려가는 기야. 그 증거로 사형수의 대부분이 죽을 때까지도 범죄 사실을 부인하고 자신의 결백을 주장하지. 그 사람들도 유명한 변호사들 불러 모아 가지고 법관들한테 금 덩어리 집어넣어 봐. 어러케 되가서? 소위 사형수라는 자들은 바로 이 짓을 할 능력이 없는 죄 때문에 가는 기야. 이거이 다 뭐야? 바로 약육강식에서 먹힌 놈들이지. 안 기래?

날 보라우! 군대가 40년 부려 먹고도 만년 상사야. 거기다 군대에서 노상 야숙을 하다 보니까 와사증(중풍)이 와서 몸이 비틀어진 기야. 그러니까 나가라는 기야. 제대하고 나니까 뭐이 이서? 부모 형제가 이서? 처자식이 이서? 다 달아났잖아? 처음 니북에서 넘어올 때처럼 내 몸뚱이 하나 달랑 남은 기야. 기러니까 또 인간들이 날 무시하고 막 잡아먹으려고 덤벼들어. 솔직히 이 사장도 사회에서 만났으면 나같이 반신불수된 니북 따라지 상대나 했가서? 나는 인간을 믿지 않아! 모든 인간은 투쟁의 대상일 뿐이야. 나는 지금도 만년 특무상사 수사관정신 그대로야! 지금도 꿈을 꾸면 전쟁터의 꿈을 꾸디! 난 아직도 그 속에서 살고 있는 기야. 내 앞에선 모두가 적이야. 너 아니면 내가 죽는 기야. 별것도 아닌 땡추들이 내 앞을 가로막을 순 없디! 난 풍을 맞은 후 건강도 좋지 않아. 이대로 살다가 여기서 끝나는 거디 뭐 별수 이서? 잘 알지도 모르면서 끼어들지 말라우! 내 갈 길은 내가 알아!"

그에게서 후끈한 열기와 함께 음습한 귀기(鬼氣) 같은 것들이 풍겨 나왔다. 이런 것들이 뒤섞여 방 안 공기를 짓누르면서 어두운 공포의 그림자가 어른거리기 시작했다. 어느새 그는 아귀의 모습으로 바뀌어 갔다. 그것은 악령의 모습이었다. 악으로 가득 찬 그의 혼은 취기 때문에 한층 더 열을 받아 붉게 타올랐다. 번들거리는 외눈에서 쏟아져 나오는 살기에 나는 몸서리쳤다. 뭔가 위기감을 느낀 나는 이 자리를 벗어나고 싶었다. 담배를 피워 물고 술을 연거푸 마셨다. 당장이라도 자리를 뛰쳐나가거나 그를 쫓아내고 싶었지만 그건 내 머릿속에서 생각으로만 맴돌고 있을 뿐이었다.

그 후로도 그의 이야기는 계속되었다. 너울너울 흘러넘치는가 싶더니 굽이쳐 흐르다가 나중에는 폭포수처럼 내리꽂혀서 고막을 뒤흔들었다. 그의 마음은 이미 닫혀 있었고, 더 들을 이야기도 남아 있지 않아 보였다. 나는 그의 이야기가 취기로 늘어놓은 허세이거나 농담이길 바랐다. 가슴이 답답해 왔다. 술잔은 왜 그리 무거운지, 달이라도 떴으면 하고 창문을 열어젖혔다.

10

9월로 접어들자 산사의 바람이 써늘해졌다. 울긋불긋 단풍이 채 들기도 전에 계곡에서 쏟아져 나오는 싸한 바람은 경내 가을꽃들을 먼저 조락하게 하고, 가을 하늘을 한층 더 높이 밀어 올렸다. 가을 산새들도 깃을 다듬어 다가올 겨울을 준비했다. 빈 하늘에 날아가는 기러기 떼들은 한층 더 계절을 재촉하는 듯했다. 이런 급속한 계절의 변화는 인생무상을 느끼게 하고 나 자신을 되돌아보게 했다. 내가 이 절에 유폐된 지도 6개월이 지났다. 이제는 뭔가 새로운 활로를 찾아 나서야 할 시점에 이르렀다는 것을 알면서도 어디서부터 풀어 나가야 할지 도무지 판단이 서지 않았다. 마음은 다급하면서도 하릴없이 우물거리고 있을 때, 공장 관리인으로부터 권오달이 나를 만나고 싶어 한다는 연락이 왔다. 전 상무였던 권오달은 우리 회사의 시작과 끝을 만들어 낸 사람이다.

내가 그를 처음 만난 것은 불과 3년 전이다. 출판사 창고용 건물을 짓기 위해 서울 근교에 있는 2000여 평의 논을 매립하려고 기초공사를 하고 있을 때였다. 그는 평소 내가 거래하던 인쇄소 사장이 인사차 방문했을 때 따라온 동행인에 불과했다. 인쇄소 사장의 소개로 그가 ○○인쇄소라는 대형 인쇄 공장의 공장장이라는 것을 알게 되었지만, 첫눈에도 그는 40대 초반의 기름때 묻은 기술자로 보였다. 수더분한 외모에 훌쩍 큰 키가 다소 꾸부정해 보이는 악의 없는 호인형이었다. 그때가 마침 점심시간이어서 같이 식사를 하고 반주도 몇 잔 나누었는데 그는 논외자로 듣기만 하다가 가끔씩 기계 얘기가 나오면 열을 올리곤 했다. 나는 그때 얼핏 그가 기계에 대한 열정과 깊은 애정을 가진 사람이구나, 라고만 생각했다.

"그런데 사장님, 듣기보다 건물이 굉장히 큰데 어디다 쓰시려고 이렇게 크게 짓습니까?"

"기본 대지 평수가 있으니까 건폐율에 맞춰 짓다 보니 이렇게 된 거지요, 뭐. 일부는 출판사 창고로 쓰고 나머지는 임대를 할까 합니다."

"그럼 나도 서울에 있는 공장이 좁고 임대료도 비싼데, 이 참에 아주 공장을 이쪽으로 옮겨 버릴까요?"

"그거야 나로서는 대환영이지. 어차피 임대를 해야 할 판에 거래처가 이리 온다면 거절할 이유가 없지."

우리가 이런 사업 이야기를 늘어놓는 동안에도 그는 혼자 술잔만 홀짝홀짝 들이켜더니 어렵게 한마디를 거들었다.

"제가 드릴 말씀은 아닙니다만, 이 공장을 보니까 ○○문화사 생각이 납니다요. 거기는 직원만 해도 300명이 넘는데 모든 인쇄 기종이 다 있습니다. 출판부터 인쇄, 제본까지 원 라인으로 다 빠지는데 이젠 준재벌급 회사가 됐지요. 이 정도 공장 규모라면 그런 종합 인쇄를 해 보면 딱 좋을 것 같은데요!"

"그렇지. 나도 아까부터 그런 생각이 들었어. 거기처럼 시설만 잘해 놓으면 가만히 있어도 일거리가 몰려든다는 거 아니야. 어쨌든 그 황 사장이 머리를 잘 쓴 거지!"

옆에 있던 인쇄소 강 사장이 한마디 거들고 나서자 그는 열을 올려 얘기를 더 한층 부풀렸다.

"그 회사는 기계가 한번 챙 돌아가면 돈이 1000원씩 올라온다는 거 아닙니까? 거기 기계가 몇 댑니까요. 돈 끄는 거죠! 그래도 기계가 고장만 나면 날 부른다니까요. 거기 공장장이 친구라서 제가 봐 주는 거죠.

말이 났으니까 하는 말인데, 사장님이 자금 사정만 된다면 윤전 인쇄기 두 대만 들여놓으시고 제가 가지고 있는 매엽기(낱장 인쇄기) 두 대에다 제본기만 넣으면 완벽한 종합 인쇄소가 되겠는데요! 어떻습니까? 한번 생각해 보시죠!"

"그게 말이 그렇지 시설만 있다고 되는 게 아니지. 그 사람들은 다 몇십 년 그 계통에서 노하우를 쌓은 사람들이고 자금력도 뒷받침이 되니까 하는 거지. 하루아침에 되는 게 아니에요. 인쇄의 인 자도 모르는 나하고는 거리가 먼 얘기예요."

점심 반주치곤 꽤나 긴 술자리가 이어졌다. 그는 내가 술잔을 권할 때마다 화들짝 놀라며 꿇어앉아 두 손으로 공손히 잔을 받곤 했다. 그것은 겸손이라기보다는 몸에 밴 굴종으로 보였다.

술이 좀 들어가자 그는 말이 많아졌다. 열다섯 살에 가출하여 인쇄소 직공으로 들어가 스패너에 맞아 가며 기술을 배워 30년 기름 밥을 먹은 이력이 단숨에 튀어나오고, 대한민국 땅덩어리에 널려 있는 모든 인쇄기들의 내력을 손금 보듯 엮어 냈다. 주로 인쇄소 사장과의 대화 내용이었지만 내게도 생경한 충격이 되었다. 그 과정에서 그가 고향 후배라는 것을 알게되었고, 무지 속에 숨겨진 그의 순수함도 발견할 수 있었다.

"겨울에는 날씨가 추우니까 공구가 손에 찍찍 들러붙어요. 공장 구석방에서 자다가도 새벽이면 저절로 눈이 번쩍 떠져요. 기술자들이 출근하기 전에 공장 청소하고 기계가 잘 돌아가도록 미리 손을 봐 둬야 하거든요. 드라이버, 기름걸레 통을 들고 구석구석 돌아다니며 닦고 조이고 기름 치고 하는데 시간은 왜 그렇게 빨리 지나가는지 시다바리(조수) 두 놈이 아침밥 먹을 틈도 없이 설쳐도 출근 시간이 들이닥치는 거예요. 그러면 윤전기 한 대에 네 명씩 배치되어 있는 기술자들과 단도리(보조원)까지 합치면 스무 명이 넘는 직원이 몰려오는데, 그때부터 우리는 죽사발 되는 거예요. 여기저기서 욕지거리가 터져 나오고, 호출이 오걸랑요. 뭐가 잘못됐다, 기계를 깨끗이 닦지 않았다는 질책과 함께 주먹이 날아오고, 조인트가 깨이고, 어떤 사람은 넌 얼굴도 이렇게 닦느냐며 기름걸레로 얼굴을 북북 문질러 버려요. 거기다 조선 천지에 돌아다니는 욕이란 욕은 다 튀어나와요. 씨팔 놈은 기본이고, 호랑말코 같은 우스갯소리로 마감이 나지요. 그런데 이 욕설은 사실 하루 종일 잠시도 멈추지 않고 계속 듣다 보면 노동요 같은 위안이 되는 거예요. 좋아도 씨팔, 나빠도 씨팔이지요. 그러니까 어린것들이 뭘 배우겠어요. 같이 일하던 친구 놈이 아침에 이불 걷어 젖히고 일어나면서 씨팔, 하고 저녁에 이불 속에 발랑 들어가 누우면서 씨팔, 하더라니까요. 나는 지금도 욕이라면 남한테 지지 않는다니까요!"

"좋은 거 배웠구먼. 아니, 그런데 이 사람아 ×이 무슨 죄여? 그거이 사타구니에 끼어서 고생만 하고 궂은 일 좋은 일 다 하는데 하루 종일 그놈 탓만 하는 이유가 뭐여? 고것 없이는 살지도 못할 놈들이 쓸데없는 헛소리들만 지껄이고 있구먼! 씨팔 놈들이……."

인쇄소 사장이 뜬금없이 열을 내자 그도 덩달아 흥을 냈다. 나는 좀 엉뚱하긴 해도 그들의 생동감 넘치는 현장 체험담이 싫지 않았다. 오히려 그 순박한 웃음과 꾸밈새 없는 말투가 가슴을 푸근하게 풀어지게 했다.

"기술자들은요, 절대 자기 기술을 남한테 안 가르쳐 주거든요. 그게 기술자 곤조(근성)예요. 밑에 놈한테 기술을 가르쳐 줬다가 그놈이 자기보다 더 잘해 버리면 그날로 찬밥 신세가 되고 말거든요. 기술자들에겐 기술이 밥통이걸랑요. 그러니까 기술 배우기가 힘든 거예요. 똑같은 버튼 하나를 눌러도 강약이나 누르는 시간에 따라 기계 움직이는 게 달라지거든요. 기술자들은 버튼의 용도만 가르쳐 주지 1초에 기계가 몇 번 돌아간다든가 누르는 강약의 감각까지는 안 가르쳐 줘요. 그래 놓고도 틀리면 스패너가 날아오고 아구 통이 돌아가는 거예요. 그러니까 백 번 천 번 얻어맞아 가면서 눈으로 보고 몸으로 터득하는 수밖에 없어요. 사실 나도 지금 그런 기술을 말로 하라면 못 해요. 그저 몸으로만 할 수 있거든요. 그러다 보니 온 몸이 상처투성이예요. 대가리도 몇 군데 꿰맨 흉터가 있고 팔 다리하며…… 손가락도 하나가 날아가고 없잖아요. 그래도 그때는 불만 한번 늘어놓을 용기가 없었어요. 어린놈이 어딜 가겠어요? 공장 문만 나서면 깜깜절벽인데……. 가라고 쫓아내도 고향 가는 길을 몰라서 갈 수가 없었거든요. 월급이 뭐 있어요.

밥 먹여 주고 용돈이나 몇 푼 주면 좋다고 빵집으로 달려가곤 했지요.

그러다 한 10년 지나니까 기계 소리가 들리데요. 기계라는 것이 사람이 만든 쇳덩어리 같지만 오래 한 덩어리가 되어 같이 돌아가다 보면 고유한 소리가 나요. 그 기계 소리를 여러 번 반복해서 듣다 보면 그 뜻을 알게 된다니까요. 웃음소리, 울음소리, 신음 소리, 징징거리는 소리 같은 것들이 들리고, 더 자세히 들으면 어디가 아프다는 말까지 한다니까요. 심지어 여러 기계가 한꺼번에 돌아가도 각각의 목소리를 구별해서 들을 수가 있거든요. 나중엔 사무실에 앉아 있어도 어느 기계가 이상이 있다는 걸 알 수 있겠더라고요!"

비록 인쇄기에 대한 상식도 없고 몇 번 거래처 인쇄기의 겉모양만 보았을 뿐인 나도 그의 농익은 기술의 진수를 이해할 수 있을 것 같았다. 운명적이랄까. 나는 신비감마저 느끼며 그의 소박하면서 강인한 생동감에 빠져들었다. 어쨌든 우리들의 관계는 이렇게 일방적으로 시작됐다.

그리고 며칠 후 거래처인 인쇄소 사장으로부터 나의 동참 여부와 관계없이 공장 임대 계약을 하고 자기네 공장을 이전하고 싶다는 제의를 받았고, 얼마 후 공장 준공과 동시에 인쇄소가 입주했다. 그러나 나머지 건물은 1년이 넘도록 임대가 되지 않아서 속을 끓여야 했다. 세상일이란 뜻 같지만 않아서 한 번 어긋나기 시작하면 연달아 같은 방향으로 틀어져 나가는 모양이다. 건물 임대가 되지 않아서 그동안 밀린 자질구레한 건축자재 비용 때문에 시달리고 있을 때 마치 예약이나 한 듯 어떤 사람이 찾아와서 임대료를 줄 테니 인쇄 윤전기를 몇 달 동안만 공장에 보관해 달라고 했다. 그리고 그 사람은 덧붙여 자기는 인쇄업자인데 현재 공장 임대 기간이 지나면 이곳에 와서 정식으로 건물 계약을 하고 개업하겠다고 했다. 조금 미심쩍은 데가 있긴 했어도 우선 돈이 급한 처지여서 그렇게 계약을 했다. 그런데 이튿날 기계가 반입돼 들어오는 것을 보고서야 뭔가 잘못됐다는 느낌이 들었다. 100여 톤이나 되는 기계를 가닥가닥 뜯어서 들여오는데 대형 트레일러로 무려 다섯 대나 되었다. 인쇄업자가 대수롭지 않게 말하던 윤전기(두루마리 인쇄기)는 상상 밖으로 크고 복잡한 구조를 가지고 있어서 거의 100여 평의 면적을 차지하고도 2층으로 쌓아 올려졌다. 대형 지게차와 크레인이 으르렁거리며 공장 바닥을 짓밟자 건물은 금방이라도 무너져 내릴 것 같았고, 깨끗하게 단장해 두었던 공장 내부도 시커먼 기름때로 도배를 했다. 화도 나고 후회도 됐지만 사태는 이미 되돌릴 수 없는 지경이었다.

일은 여기서 끝나지 않았다. 기계를 맡긴 사람은 그날 이후로 몇 달이 지나도록 나타나지 않았고, 집세만 쌓여 갔다. 연락처라고 적어 준 전화번호는 늘 뚝뚝 소리만 날 뿐 통화도 되지 않았다. 다급해진 나는 인쇄소 사장에게 이 일을 상의했고, 그는 몇 억짜리 기계가 있는데 무슨 걱정이냐며 오히려 잘된 일이라고 했다. 그러나 그때까지만 해도 나는 추호도 인쇄기 따위에 관심이 없었고, 내가 인쇄소를 하리라고는 상상도 못 했다. 나는 근본적으로 기계라는 것이 싫었다. 우선 그 싸늘한 촉감과 딱딱한 질감이 싫었고, 귀를 찢을 듯한 금속성 그리고 획일성과 단조로움, 어딘가 불완전해 보이는 조립 형태, 부속 하나만 비뚤어져도 금세 무너져 내릴 것 같은 불안함, 나는 이런 기계 공포증 같은 것을 가지고 있었다. 그런데도 세상일은 마음 같지 않았다. 몇 달 동안 소식이 없던 기계 주인이 나타나 엉뚱한 소리를 늘어놓았다.

"사장님 그동안 임대료를 제때 드리지 못해 죄송합니다만, 제게 피치 못할 사정이 있어서 그렇게 되었습니다. 말씀드리기 죄송한데 사실은 그동안 저희 회사가 부도가 났습니다. 구구한 사정은 다 말씀드릴 수 없고 차라리 제 기계를 사십시오. 싸게 드리겠습니다. 시가는 5억 원짜린데 2억 원 정도면 팔겠습니다."

나는 남의 약점을 이용해 폭리를 취하는 모리배는 아니었지만, 그렇다고 세상 물정 모르는 청맹과니도 아니었다. 시가의 절반도 안 된다는데……. 나는 여기서부터 은근히 물욕이 끓어올라 실리를 챙겨 볼 심산이 섰다. 그자를 좋은 말로 돌려보내고 이튿날 인쇄소 사장과 기계 도사라는 공장장을 불러 기계 감정을 받아 보았다. 사실은 물어보나 마나 한 대답이었지만 그들은 이구동성으로 쓸 만한 기계라고 했고, 가격도 2억

원이면 괜찮은데, 저 사람이 다급한 입장이니까 배짱을 부리면 1억 원 정도로 깎을 수도 있을 것이라고 귀띔해 주었다. 거기다가 그들은 1억 원에만 사면 되팔아도 5000만 원 정도는 더 받을 수 있다고 토를 달기까지 했다. 나는 이 대목에서 흔들리기 시작했다. 샀다가 바로 팔아도 최소한 5000이 남는다고 하지 않는가? 재수 좋으면 1억 원을 남길 수도 있고……. 횡재가 별거야! 이런 걸 두고 하는 말이지. 재물은 시와 운이 맞으면 저절로 굴러 들어온다고 하지 않았어! 어차피 사업은 투기니까 과감하게 던져 보는 거야! 아니지! 이건 허욕이야. 내가 왜 이러지? 과욕은 실물을 부른다고 하지 않던가. 공연히 불로소득으로 일확천금을 노리는 것은 상도가 아니지. 재산은 함부로 굴리는 것이 아니지. 더구나 기계도 모르고 거부감까지 갖고 있는 마당에 외도를 할 이유는 없지. 그래, 원래의 계획대로 가는 거야! 이렇게 머릿속에서 두 개의 상념들이 불똥을 튀기며 충돌하고 있을 때 또 시간이라는 방해꾼이 나타나 나를 더욱 궁지로 몰아넣었다. 밤새 잡다한 생각으로 잠을 설치고 시간에 쫓겨 출근을 하자 또 그 기계 주인이 불안한 모습으로 나타났다. 좀 더 시간을 두고 생각해 볼 문젠데……. 하면서도 시간에 쫓겨 뭔가를 결정하지 않으면 안 될 시점에 이르렀다.

그러다 문득 만약 기계가 잘 안 팔리지 않는다면? 하는 대목에서 망설이게 됐지만 그에게 더 이상 미룰 명목이 없어 단

안을 내렸다. 사실 그 문제도 곰곰이 생각해 보면 큰 문제가 될 것 같지 않았기 때문이다. 그럴 경우라도 이미 기계 도사들도 성능이 좋은 기계라고 했으니까 정히 안 팔리면 이미 들여놓은 자리에서 조립해서 우리 출판사 인쇄물만 찍어도 매월 지출되는 인쇄비를 줄일 수 있고, 기계 시설을 활용하여 대외적 신인도를 높이면 알 만한 주변 출판사들의 일을 수주할 수도 있을 것 같았다. 제기랄! 이건 인쇄쟁이가 될 운명이군! 나는 운명 같은 건 믿지 않았지만 그 당시엔 운명적인 것으로 받아들일 수밖에 없었다. 결국 나는 비싼 건지 싼 건지도 모르고 뚜렷한 대안도 없이 억지로 내리눌려 그들이 시키는 대로 1억 원에 기계를 떠안았다. 그들은 호박이 넝쿨째 굴러 들어왔다고 했지만 그 호박은 썩은 호박이었다. 우려했던 대로 기계는 몇 달이 지나도록 잘 팔리지 않았고, 그들의 권유로 조립을 시작하자 차츰 기계 내부가 드러나기 시작했다. 기계를 너무 오래 방치한 탓에 부속이 뒤틀리고 롤러들이 얼어 터져서 대부분 교체해야 했는데, 그나마 일제 기계여서 그 부품을 일본에서 수입해야 했다. 무려 6개월이 걸려 조립이 다 끝났을 때는 거의 기계 값과 맞먹는 돈이 들어갔지만 기계는 권오달이 말한 것처럼 챙챙 돌아가는 것이 아니라 컹컹컹 목쉰 소리를 내며 돌아갔다. 새 기계가 아니고 제 부속이 아니어서라고 설명했지만 너무 실망스러웠다. 그 소리만큼 기계의 성능도 좋지 않았다. 이 과정에서 그 잘난 기계 도사는 엉거주춤 꽁무니를 빼고 도무지 나서려고 하지 않았다. 자기는 기계 운전기사지 조립 기술자가 아니라서 모른다는 거였다. 그것은 어느 정도 수긍할 만한 말이었고, 현실적으로 그가 필요했다. 나는 당연한 듯 대기업 공장장 수준의 보수를 제공하고 그를 스카우트했다. 처음 얼마 동안 그가 헌신적으로 기계 밑창으로 들어가 고친 탓인지 기계는 차츰 제자리를 잡아가는 듯했다. 챙챙챙 하는 경음이 나진 않았지만 제법 청청청 하는 비슷한 소리를 내며 별 탈 없이 곧잘 돌아갔다. 따라서 성능도 좋아지고 매출도 올라 정상을 유지하는 듯했다. 그는 충직하고 잘 길들여진 사냥개처럼 민첩했다. 그는 언제나 내 주변에서 맴돌았고, 나만 보면 달려왔다. 그의 뇌파 속에 내장된 레이더는 언제나 나를 향해 고정되어 있어서 주인의 눈치를 살피고 그 원하는 바를 빠뜨리지 않고 집어내곤 했다. 나는 그의 충심에 감동했고, 한때 망설였던 나의 소심함을 후회하기까지 했다.

11

그러던 그가 언제부터인가 내 주변을 맴돌며 눈치를 살피고 있는 듯한 낌새를 느꼈다. 어느 날 그가 어렵게 말머리를 끄집어냈다.

"사장님 드릴 말씀이 있는데요, 제 친구가 매월 들어가는 고정 일감을 가지고 있습니다. 그런데 그 일은 국전(종이 폭이 큰 기계) 일이라서 우리 기계하고는 사이즈가 안 맞걸랑요. 우리도 국전기 한 대만 더 들여놓으면 그 일을 빼 올 수가 있는데 어떻게 생각하십니까? 그리고 요즘 참고서 사이즈가 커지는 추세여서 국전 일이 많아지고 있습니다."

"그래요. 일 물량이 얼마나 된대요? 그리고 어느 회사 일인지 모르지만 그 사람이 남의 일을 마음대로 움직일 수 있을까요?"

"그럼요. 그 친구도 기장 출신인데 지금 근무하고 있는 회사에 갈 때도 그 일을 끌고 들어갔다니까요. 발주 회사 사장이 그 일에 대해선 아주 그 친구한테 일임했다고요. 물량도 매월 고정인 데다 그 일만 해도 기계 한 대 매출의 삼사십 프로는 될 겁니다."

"글쎄, 세상일이라는 게 곁에서 보기와 다르고, 또 국전기를 사려면 자금도 엄청나게 들 테니까 좀 두고 봅시다."

"그리고 기계도 마침 좋은 게 하나 있습니다. 제가 아는 회사에서 일본의 중고 기계를 하나 계약했는데 잔금을 치르지 못해서 지금 일본 세관에 잡혀 있답니다. 계약 일자가 지나면 계약금을 떼이게 되니까 그 사람이 싸게 팔겠다는 겁니다. 좋은 기회 아닙니까?"

"거참, 당신은 아는 것도 많소! 그렇다고 그 사람이 손해 봐 가며 남 좋은 일 시킬 것도 아니고, 섣불리 손댈 일이 아니니까 가서 일이나 보시오."

"아닙니다요, 제가 장담하지만 사장님은 큰돈 들 거 없다니까요. 사장님은 건물이 있으시니까 담보만 하고 월 리스비만 부담하시면 됩니다."

"그럼 기계 값은 어떡하고?"

"사장님은 리스를 모르시는군요. 기계 값은 정부가 차관으로 일본 은행에 지급하고 그 이자와 월부금만 내시는 거죠."

"결국 공장을 담보로 하고 월부로 사는 셈이군. 그럼 이자가 비쌀 텐데?"

"아닙니다요. 일본 이자는 엄청 싸다는데요. 이삼 프로밖에 되지 않는답니다. 그까짓 이자가 무슨 문제가 됩니까? 국전기는 사이즈가 커서 지금 우리 기계 수익의 배가 나오는데 일거리가 절반가량 확보돼 있는 마당에 걱정할 게 뭐 있습니까? 사장님만 결심하시면 돈은 제가 벌어 드린다니까요."

"좋은 소리만 골라 가면서 하는군그래. 그런 말들은 어디서 다 배웠소. 괜히 말로만 떠들지 말고 조용히 한번 생각해 봅시다."

감언이설이라는 것은 남을 속일 의도를 감추고 있기 때문에 경계해야 할 일이지만 막상 듣고 보면 그보다 더 감미로울 수 없고, 그 유혹에서 빠져나가기도 쉽지 않다. 일거리가 있고 큰돈 안 들이고 살 수 있는 기계가 있는 데다 설치할 공장까지 비어 있다. 거기다 기계 도사인 공장장이 돈을 벌어 준다고 하지 않는가? 뭘 망설이고 있나? 결국 나는 솟구치는 물욕을 주체하지 못하고 돈뭉치를 싸들고 도쿄로 날아갔다.

내가 사려는 기계는 요코하마 보세 창고에 널브러져 있었다. 중요 부분이 대부분 해체된 채 더덕더덕 연결해 놓아서 거대한 공룡의 시신을 끌어다 놓은 듯했다. 기계를 보는 순간 나는 어떤 불길한 예감 같은 것을 느꼈다. 아무리 봐도 그것은 거대한 고철 덩어리에 불과했다. 도저히 그것이 다시 살아나 움직일 것 같질 않았다. 나는 기계 감정을 위해 같이 간 공장장을 쳐다보았다. 그도 벌레 씹은 얼굴이었다. 나는 순간적으로 일이 글렀음을 직감했다. 기계 중개상들이 뭐라고 자랑거리를 늘어놓았지만 이미 내 귀엔 들어오지 않았다. 불만스러운 내 표정을 읽어 낸 중개상들은 공장장에게 몰려가 또 떠벌리고 있었다. 나는 가벼운 현기증을 느끼며 창고 밖으로 나왔다. 비릿한 갯바람이 불고 부두 건너편 공장 지대에서 뿜어져 나오는 거대한 매연들이 회색 띠를 이루며 멀리 퍼져 나가고 있었다. 항구라고 하지만 그 흔한 갈매기 한 마리도 보이지 않는 인공 부두였다. 요코하마는 도쿄의 외항이다. 다이카개신[大化改新] 때만 해도 작은 항구도시였던 에도는 막부 시절 도쿠가와가 요코하마로 개명하고 전략적 기반으로 해안을 매립하면서 요새화되고 현대화되었다. 그리고 메이지유신[明治維新] 이후 열국들과의 통상이 잦아지면서 항구는 거대한 무역항으로 발전하고 도시는 상업 도시로 변모했다. 그 열국의 저

잣거리였던 요코하마의 부둣가에 내가 서성거리고 있었다. 나는 너무 멀리 와 있었다. 돌아가자. 원점으로 돌아가 다시 한 번 생각하자. 내가 이런 결심을 하고 창고로 돌아왔을 때 공장장은 중개상들에게 둘러싸여 여왕벌처럼 으스대며 떠들어 대고 있었다. 나는 불안했다. 그의 체계 없는 지식으로 전문가인 기계 중개상들의 논리를 당해 낼 것 같지도 않고 잘못 말려들었다가는 그들의 농간에 넘어가지나 않을까 해서였다. 나는 그날 저녁 중개상들이 마련한 술자리도 거절하고 일찍이 그를 데리고 호텔로 돌아왔다. 그는 시무룩했다. 겉으로는 기계가 생각보다 마음에 들지 않는다는 이유였지만 속사정은 놓쳐 버린 공술 생각 때문인 것 같았다. 이튿날 공장장은 늦도록 일어나지 않았다. 기다리다 못해 그의 방을 노크했을 때 문은 열려 있었고, 그는 침대에도 올라가지 못하고 방바닥에 죽은 듯이 늘어져 있었다. 술 냄새가 코를 찔렀다. 분명히 나하고 같이 돌아와 식사하고 일찌감치 취침했는데……. 더구나 일어 한마디 못 하는 주제에 이 낯선 도시에서 어디서 누구와 이렇게 마실 수 있었을까? 그는 오후가 돼서야 부스스 일어났고 술 마신 이유에 대해서 횡설수설했다.

"촌놈이 오랜만에 외국 땅에 오니까 잠이 안 오더라고요. 사장님 깨우기도 미안하고 해서 혼자 대폿집에 가서 한잔 했지요."

"아니, 이 근방에 무슨 대폿집이 있어? 그리고 일본 말도 한마디 못 하는데 어떻게 술을 먹어?"

"저기 저 앞에요. 아니 이쪽인가! 손짓 발짓하니까 다 통하더라고요, 히히."

"말도 안 되는 소리. 그쪽은 빌딩가인데 무슨 대폿집이야. 그래 술 이름이라도 알아야 할 거 아니야? 무슨 술을 마셨어?"

"어, 소주요! 소주 아니 맥주도 마시고……."

그가 알고 있는 술 이름은 그런 것밖에 없는 모양이었다. 그러나 나는 더 이상 묻지 않았다. 그가 처음 이 기계를 계약했던 백 사장이나 중개상들을 만났으리라는 짐작이 갔기 때문이었다. 그들은 이전부터 친분을 갖고 있었으므로 객지에서 만나 내 눈을 피해 술 한잔 한 것이 그리 이상할 것도 없고, 또 상사의 입장으로 이 정도의 아량은 베풀어 줘야 한다고 제법 통 큰 생각까지 했다. 그러나 그것은 씻을 수 없는 실책이었다. 나중에 안 일이지만 그들은 내가 기계에 대해 냉담한 태도를 보이자 공장장을 끌어내 어떤 계략을 꾸민 거였다. 그 이튿날부터 공장장의 태도는 달라졌다. 기계를 좀 험하게 썼지만 제작 연도가 오래되지 않아서 괜찮다고 했고, 심지어 일부 부속 기기는 새것과 다름없다고 나를 부추기기 시작했다. 한편 전 계약자인 백 사장은 자기가 이미 지불한 10퍼센트의 계약금을 포기하겠다고도 했다. 그래도 내가 마음을 정하지 못하자 이번에는 중개상들이 기계 값 자체를 낮춰 주겠다고 나섰다. 정말 꼼짝달싹 못 하게 잘 짜인 트릭이었다. 중구난방이라고 하지 않던가! 각각 그 방향에서 이골이 난 전문가들 틈에서 내가 무슨 수로 빠져나올 수 있었겠는가! 결국 그 기계는 기계 값 4억 원을 대출 받고도 그 절반에 가까운 이전 조립비를 퍼붓고 나서야 우리 공장에 들어앉았다. 그러나 기계는 으르렁거리며 시커먼 파지만 토해 낼 뿐 정상적인 가동이 되지 않았다. 우리의 기계 도사가 새카만 기름 덩어리가 되어 기계 밑창에 들어가 밤낮을 지새우며 도술을 부려도 통하지 않았다. 결국 일본 기술자들에게 하루 3000달러의 인건비를 주고, 현지 제작한 특수 부품을 쳐 바른 후에야 정상은 아니라도 그런 대로 일을 하게 됐고, 나는 명실상부한 인쇄업자가 됐다. 그러자 그는 나를 더 깊은 미궁 속으로 이끌었다. 인쇄물 사이즈에 따라 중간형 기계가 한 대 더 필요하다는 그의 의견에 따라 윤전기 한 대를 더 들여왔고, 원 라인 시스템을 구축해야 한다는 건의에 따라 대형 제본기와 제책 시설까지 갖추었다. 이젠 출판부터 제본까지 원 라인으로 이루어지는 명실상부한 종합 인쇄소가 된 것이다. 그러나 이런 거대한 시설이 완비되었을 무렵, 나는 가진 재산 다 털어 넣고도 모자라 엄청난 은행 부채를 안고 빚더미에 올라앉아 있었다.

나는 그때 문득 요코하마의 음울한 잿빛 하늘과 호텔 방바닥에 널브러져 있던 공장장의 술 취한 모습이 떠올랐고, 막연하지만 그 창고 안에서 느꼈던 불길한 예감이 현실로 살아난 것 같아 치를 떨었다. 나는 그때 그 부둣가에서의 결심대로 거기서 멈췄어야 했다. 그러나 나는 돌아서기엔 너무 멀리 와 있었다.

12

졸지에 100여 명의 사원을 거느리게 된 회사는 생산량이나 소모 자재도 엄청나게 불어났다. 서울에 있던 기존 출판사를 개편하여 영업부를 확장하고, 인쇄 영업만 30년을 했다는 전문가를 전무로 초빙하여 서울 사무소를 맡겼다.

이렇게 회사가 그럭저럭 자리를 잡아 갈 무렵 늘 공장 안에 책상을 갖다 놓고 기계 소리만 듣다가 달려가던 공장장이 난데없이 넥타이를 매고 사무실에 들어앉았다. 그는 넥타이에 대한 한을 가진 사람이었다. 언젠가 그는 한가한 술자리에서 넥타이가 화제에 오르자 자신이 겪은 넥타이에 대한 넋두리를 늘어놓았고 나는 그것을 그의 순박한 생활 정서로 이해했다.

"옛날 우리 아버지가 넥타이를 매고 장에 나가면 그날 밤에는 반드시 어머니하고 싸움박질이 났걸랑요. 넥타이를 매 봐야 위에 잠바때기 하나 걸치는 건데 그때는 별거 아닌 것 같았지만 나중에 보니까 작은 일이 아니더라고요. 아버지는 장날이면 콩이나 깨, 고추 같은 것들을 장마당에 내다 팔아 아이들 옷도 사고 고기 근이나 사다 먹고 일용으로 쓰고 했는데, 넥타이를 매고 나가는 날이면 반드시 장터 주막으로 새는 거예요. 그럼 술만 먹나요? 색시 엉덩이라도 한번 두들겨 봐야 할 거 아니에요. 그럼 색시들이 가만두나요? 살살 구슬르면 아버지는 있는 대로 다 털리고 빈손으로 돌아오는 거예요. 그때 우린 빈손으로 들어오는 아버지가 미웠어요. 그런데 어머니의 관심은 다른 데 있었지요. 바로 그 넥타이인데, 싸움이 벌어진 날에는 반드시 넥타이가 하나씩 작살나는 거예요. 여자들의 육감이라는 게 무서운 건가 봐요. 한 번 바람이 든 아버지는 그 후 줄곧 바깥으로 나돌더라고요. 그때서야 저는 그 넥타이가 재앙이라는 걸 알게 됐걸랑요. 그 넥타이에 여자가 물려 들어온 거라고. 아버지는 여자가 생긴 거예요. 그때 벌써 우리 형제가 오 남매였는데, 웬만큼 농사를 지어 봐야 두 집 살림이 되겠어요. 넥타이를 없애 버려야지. 아버지가 구석구석 숨겨 둔 넥타이를 찾아 어머니한테 일러바치곤 했지만 싸움판만 키웠지 아무 소용이 없더라고요. 그 판에 동생이 하나 더 나왔어요. 만날 싸우는 두 분이 언제 사고를 쳤는지 알 수가 없더라고요. 당시 유행하던 싸우며 일하고 일하며 싸우자는 혁명 구호대로 했는지는 모르지만 좌우간 딸을 하나 더 낳은 거예요. 그때 바로 제 밑에 여동생이 육순였는데, 칠순이가 하나 더 나온 거지요. 그런데 아버지가 이젠 그만 나오라고 끝순이라고 지어 버린 거예요. 그건 잘한 거지요. 제가 생각해 봐도 이젠 그만 나왔으면 좋겠더라고요. 먹을 것도 모자라는데…… 생각해 보세요. 꽁보리밥 한 양푼 놓고 오 남매가 아귀다툼을 하고 있는데, 거기 숟가락 하나가 더 들어오면 어떻게 되겠어요? 끔찍하지요. 또 그렇게 계속 나오다 보면 팔달이 십순이까지 나갈 거 아녜요? 환장하는 거지요."

"그럼 공장장 이름도 칠순이, 육순이하는 순서로 오달이가 된 거구먼."

"그렇지요. 첫째는 장남이니까 장달이고, 둘째는 차달이고, 셋째는 삼달이하다가 죽을 사 자 사달이는 빼고 오달이가 된 거지요. 아버지는 허우대가 크고 희멀끔했어요. 술도 잘 먹고 놀기 좋아하는 한량이었는데, 어느 날 유난히 색이 고운 넥타이에 나카오레까지 받쳐 쓰고 나가신 후로는 돌아오지 않았어요. 동생이 또 나올까 봐 겁이 나서 도망간 거지요. 또 나오면 또순이라고 지어야 할 거 아니에요."

"하하하. 거 공장장도 꽤 웃기는구먼. 남자가 뭐 그런 이유로 집을 나가?"

"아닙니다요. 저는 진짜 또 나올까 봐 매일 어머니 배만 훔쳐보고 살았다니까요. 그런데 이상하게 아버지가 나가신 후에는 아무것도 안 나오더라고요. 아버진 그 후로 영영 돌아오진 않았지만 소문으로는 이 여자, 저 여자하고 살면서 아이를 수없이 많이 내질러 가지고 지금 내 이복동생이 몇인지도 모르고 얼굴도 몰라요. 집구석이 개판이라니까요."

"그럼 어머니 혼자서 그 많은 형제들을 어떻게 다 키우신

거야?"

"그러니까 고생이 많으셨지요. 여자 혼자 농사를 지어 봐야 얼마나 지었겠어요. 그런 데다 쓸 만한 땅은 아버지가 다 팔아 먹고 비탈 밭 쪼아서 살았으니까 항상 식량이 부족했죠. 전 진짜 배가 고파서 밥이나 실컷 먹어 보려고 어린 나이에 무작정 가출한 거예요. 그런데 서울에 오니까 진짜 넥타이 맨 사람들이 많더라고요. 그래서 혹시 아버지가 아닌가 해서 힐끔거렸죠. 그러다 우연히 인쇄 공장에 취직을 했는데 사장님이 또 늘 넥타이를 매고 계시더라고요. 그래서 전 늘 마음속에서 저러다가 또 우리 아버지처럼 바람이 나지 않을까 가슴을 졸였지요. 제게 넥타이의 의미가 달라진 것은 제법 철이 든 후였어요. 그때는 좀 더 규모가 큰 회사로 옮긴 후였는데, 사무실 직원들은 양복을 쫙 빼 입고 넥타이를 매고 공장 사람들은 노상 잠바때기나 걸치고 다니니까 그게 그렇게 부럽더라고요. 그리고 그 넥타이의 의미도 알게 됐지요. 그건 적어도 상류사회의 상징 같은 것이고 저 같은 기름쟁이하고는 거리가 멀다고 생각하게 된 거죠. 그래서 30년이 지난 지금도 넥타이를 맬 때마다 죄책감 같은 걸 느껴요."

그런 그가 갑자기 넥타이를 매고 사무실에 나타나자 의아하지 않을 수 없었다. 그때까지만 해도 그는 몸 아끼지 않고 충성을 다했고 언제나 그림자처럼 나를 따라다니며 내 의중을 벗어난 일이 없었기 때문에 비록 사소한 변화에도 민감해질 수밖에 없었다.

"아니, 자넨 넥타이를 안 맨다더니 웬일이야?"

"아닙니다요. 이젠 직원들도 늘어나고 외부 사람도 만나고 해야 되니까 너무 추레해 보여서 안 되겠더라고요. 위신이 안서요."

"그러다 아버지처럼 바람나는 거 아니야?"

나는 무심코 던진 말이었지만 그에겐 뭔가 뜨끔한 가책을 느끼게 하는 송곳 같은 말이었을 것이다. 나중에 안 일이지만 그 무렵이 그의 전성기였고 어떤 야망이 싹트던 시기였기 때문이다.

공장장의 넥타이는 사실 바람의 시초였다. 고양이가 먹이를 먹고 포만감이 오면 털을 고르듯 그도 어떤 여유 뒤에 오는 자기 관리의 수단으로 평소 경원시해 오던 넥타이를 매고 나타난 것이다. 사실 그의 넥타이는 유난히 화려했고 그걸 맨 날은 반드시 외출을 했다.

그가 바깥으로 나돌기 시작하면서부터 그의 빈자리엔 온갖 추문이 떠돌기 시작했다. 대부분 그의 비리에 관한 것들로, 상상도 못 했던 끔찍한 내용들이었다. 그렇지만 거의가 확증이 없는 '카더라' 방송이었다. 심지어 공장장은 우리 회사 설립과 관련된 각종 공사 리베이트로 억대의 재산을 불렸다는 것부터, 곧 자기 회사를 차려 독립할 것이라는 소문까지 나돌았다. 나는 이 철저한 배신 앞에 분노와 수치심으로 치를 떨었다. 그러나 아직 아무런 실체가 없었으므로 나는 곧 오랫동안 나의 심복으로 일해 온 출판 영업 부장을 공장 관리 이사로 전보하여 비밀리에 사실 조사를 시작했다.

하지만 당시 회사는 극도의 재정난에 빠져 있었고, 모든 기계 시설이나 공장 운영이 공장장에게 집중되어 있어서 시비를 가리기는커녕 그대로 눌러앉아 자리를 지켜 주는 것만으로도 만족해야 할 처지였다. 관리 이사가 다소의 증거자료를 확보하기는 했으나 지엽적인 것이어서 일단 공장장의 징계 문제는 덮어 두기로 했다.

회사의 재정 상태는 날로 파국으로 치달았다. 이런 상태가 오래 지속되자 드디어 회사는 흔들리기 시작했다. 언제나 수주량이 부족하여 기계가 서기 일쑤였고, 월말이면 산더미처럼 밀려드는 각종 자재대, 인건비, 리스비들을 막아 내기도 힘들어졌다. 이렇게 나의 재정 상태가 파탄에 이르자 가장 먼저 눈치를 챈 공장장의 태도가 돌변했다. 그는 완강하게 넥타이를 매고 출근을 했다가는 이런저런 핑계를 대고 외출해 버렸다. 공장 내부의 질서가 무너지는 것은 물론 한번 고장 난 기계는 외부 기술자가 고치러 올 때까지 죽치고 서 있어야 했다. 그는 서서히 꽁무니를 빼기 시작했다. 그리고 오래지 않아 사표를 제출했다.

"저는 벌써 35년 동안 기름 밥을 먹었기 때문에 딱 보면 통밥이 나옵니다. 사장님은 아직 1년 이상 투자를 해야 되는데 벌써 바닥이 나 버렸으니 더 이상 뭘 보고 이 회사에 나오겠습니까? 월급쟁이가 돈 보고 회사에 나오지 사장 얼굴 보려고 나오는 건 아니잖습니까? 이 회사는 연말까지 버티기도 어려울 것 같고, 그렇게 되면 월급만 떼이는 수밖에 없잖습니까? 좋을 때 헤어지는 것이 서로 좋을 것 같아 저는 여기서 물러나겠습니다."

마른하늘에 날벼락이었다. 평소 같으면 감히 상상도 할 수 없었던 말들이 그의 입에서 태연히 흘러나오는 것을 보고 나는 차라리 농담이기를 바랐다. 그러나 그다음 터져 나온 핵폭탄 급 폭언을 듣고는 아예 벌어진 입을 다물지 못했다.

"사장님, 배가 파선하면 쥐새끼가 먼저 알고 도망간다고 하지 않습니까? 도망을 가도 될 수 있는 한 배에서 더 멀리 떨어져야 한답니다. 그것은 배가 가라앉으면서 생기는 거대한 소용돌이에 빠지지 않기 위해서죠. 그러니까 탈출의 시기를 빨리 정해야 한다는 거죠. 제겐 지금이 가장 알맞은 시간입니다. 놓아 주십시오. 사장님도 섭섭하게 생각하지 마시고 빨리 서두르세요. 어쩌면 위장 부도로 선수를 치는 것이 도움이 될 수도 있습니다."

정말 할 말이 없었다. 머릿속에는 공장장 없는 공장의 혼란스러운 장면만 떠올랐고 어디선가 검은 장막이 뒤덮여 오는 듯한 절망감을 느꼈다. 나는 세차게 머리를 흔들며 소리쳤다.

"안 돼! 그건 절대 안 돼. 자네는 여기서 한 발짝도 빠져나갈 수 없어! 자네는 마땅히 응분의 책임을 져야 돼."

"제가 왜 책임을 집니까? 그럼, 월급도 받지 말고 평생 여기서 썩으라는 겁니까?"

"아니! 자네, 지금 제정신이야? 이 회사가 어떻게 생긴 회사야? 누구 마음대로 사표를 써? 사람이 양심이 있고 의리를 알아야지!"

"월급이 제대로 나온다는 보장만 있으면 제가 왜 사표를 씁니까? 그렇지만 지금 이 판에 누굴 믿고 근무를 하겠습니까? 저는 사장님 돈을 믿지 말은 믿지 않습니다. 유식한 사장님들이 흔히 번지레한 말로 노가다들 꼬이려고 하지만 노가다들은 안 속아요. 부도나는 회사 한두 번 다녀 봤겠어요? 노가다 판엔 돈밖에 믿을 게 없어요. 양심이고 의리고 그런 게 밥 먹여 주나요? 서로 이득이 있으면 친구하고 덕 될 게 없으면 남 되는 거지 별수 있어요? 만약 꼭 제가 필요하시다면 월급을 선불제로 해 주십시오."

"선불제라니? 그게 무슨 소리야? 차라리 월급을 올려 달라든지 아니면 직급을 올려 달라든지 하면 몰라도……."

"말이 났으니까 그렇지, 사실 요즘 저보다 늦게 들어온 전무나 상무 이사들까지 저보다 월급도 많고 직급도 높지 않습니까? 그런데 저는 말만 창업 공신이지 만년 공장장 아닙니까?"

나는 혹시나 해서 던져 본 월급 이야기가 먹혀들자 거기서 해결의 실마리를 잡고 오랜 승강이 끝에 월급 인상폭을 줄이는 대신 사규에 따라 상부로 진급시키는 것으로 매듭을 지었다. 정말 뜻밖의 결과였다.

　그날 밤 나는 공장장과 그간의 오해를 풀고 새로운 결의를 다진다는 이유에서 거창한 술판을 벌였다. 기뻐도 술, 슬퍼도 술이었다. 술은 언제나 정직한 진실 고백제였다. 술이 정량에 이르자 특별한 자제력이 없는 그가 부담 없이 진실을 쏟아 냈다.

　"사장님께서 많은 투자를 하시고도 사실 그동안 우리 회사가 큰 수입을 올리지 못해 늘 죄송하게 생각했습니다. 제 딴에는 한다고 했는데 잘 풀리지 않아서……."

　"그렇게 생각해 주니 일단 고맙네. 그러나 공장장이 해결할 문제는 기계 쪽이야! 어떻게 하든 인쇄발이 더 잘 나와야 하는데 그걸 좀 연구해 보라고."

　"무슨 말씀인지 알겠습니다. 저도 이 바닥에서 잔뼈가 굵은 놈입니다. 척하면 삼척이고 나리 하면 개나린 줄 아는데, 그건 결국 기계를 잘못 샀기 때문이다, 이 말 아닙니까? 그래서 사장님이 관리 이사 시켜서 내 뒷조사를 하고 있는 것까지 잘 알고 있습니다. 한번 해 보세요! 그렇게 의심을 하니까 이 권오달이가 튀려고 하는 거 아닙니까?"

　"아니, 그건 오해야! 관리 이사가 자기 직무상 공장 내부의 실태를 파악하려는 거지, 자네하곤 상관이 없는 거야."

　"사장님은 아직 이 바닥 실정을 잘 모르셔서 비밀이 있다고 생각하시는데 여기는 제 손바닥 보듯 빤한 곳입니다. 보십시오! 이 업계 회사는 불과 100여 곳밖에 되지 않는데, 그중 규모가 큰 곳 10여 군데는 제가 직접 근무를 해 봐서 그 내용을 샅샅이 알고 있고, 나머지 소규모 업체들은 전부 내 밑에서 일 배워 나간 놈들이 다 공장장, 기장 해 먹고 있어요. 그뿐인 줄 아세요? 우리 회사 관련 업체라 봐야 잉크 회사, 지업사, 기계 매매 업자, 인쇄 자재 회사밖에 더 있어요? 그 사람들이 사장님을 믿겠어요, 저를 믿겠어요? 이런 인쇄 공장은 1년에도 몇 개씩 생겼다가 없어졌다 하지만 기술자는 영원해요. 그 사람들은 회사가 망해도 어딜 가도 공장장을 해 먹을 테니까요. 또 업자들은 그 사람들이 불러 줘야 종이도 팔아먹고 자재도 팔아먹고 살 거 아녜요? 그런데 어떻게 그 사람들이 사장님 편이 되겠어요? 사장님이 딴 데 가서 제 말 한마디만 하면 사무실에 들어오기도 전에 벌써 제 귀에 먼저 들어와요. 왜 그런지 아세요? 그 사람들은 언젠가 제 신세를 져야 하기 때문이지요. 사장님이 제 뒷조사를 하기 전에 동료들이 알아서 처신하고들 있는데 뒤늦게 쑤신다고 뭐가 나오나요? 이제 장난 그만하세요. 떡 만지다 손에 묻은 콩고물 먹었다고 죄 안 되니까요."

"그래. 일단은 자네 말을 믿고 더 이상 죄과를 묻지 않겠네. 그런데 지금도 내가 알고 싶은 것은 자네의 마음이야! 왜 나한테 처음부터 그렇게 집요하게 인쇄업을 권했느냐 하는 거야. 정말 승산이 있어서였는지, 아니면 다른 이유가 있었던 건지."

"아, 그 이유는 간단합니다. 사업이 잘 될지 안 될지는 아무도 알 수 없는 일이고요. 저는 우리 업계 전체의 발전을 위해서 외자 유치를 한 겁니다. 하나라도 돈 많은 사람들을 끌어들여서 업계를 활성화하려는 것입니다. 그뿐입니다. 무슨 다른 이유가 있겠습니까?"

"알았어! 내가 위대한 공장장을 몰라봤구먼! 앞으로 받들어 모시겠네. 자! 그런 의미에서 한잔!"

우리는 거나하게 마시고 서로 간의 속내도 어지간히 드러난 것 같아 기분도 좋았다. 그런데 마지막 공장장의 도를 넘긴 진실 고백이 또 내 혼을 뒤흔들어 놓았다.

"사장님, 오늘 너무 놀라게 해 드려서 죄송합니다. 그렇지만 어쩔 수 없는 거예요. 월급 투쟁은 다 그렇게 하는 거니까요."

"뭐 월급 투쟁? 누가 월급 투쟁을 했어?"

"제가 오늘 했잖아요. 사표 내고 약 올리고 한 게 다 월급 투쟁의 한 방법이라고요. 그러니까 사장님이 후끈 달아서 월급 올려 주고 상무로 진급까지 시켜 준 거 아닙니까?"

"그랬어? 오! 위대한 권 상무!"

얼얼하게 술에 절어 있던 대뇌 저편에 불이 반짝 켜지며 나직한 탄성이 흘러나왔다. 당했구나! 내 딴은 그래도 큰맘 먹고 월급 인상 폭을 줄이는 대신 진급시켜 주는 것으로 문제를 해결한 것이라고 자못 긍지를 느끼기까지 했는데, 그의 진실 고백을 듣고 보니 오히려 조롱 당한 느낌이 들었다.

그러나 권 상무는 거기서 멈추지 않았다. 회사가 점점 재정

압박을 받으면서 임금이 체불되자 제일 먼저 팔뚝을 걷어붙이고 나선 사람이 또 권 상무였다. 월급이 석 달째 밀리던 날 드디어 권 상무는 내가 쥐어 준 칼을 빼 들었다.

"오늘부터 조업 중단이다. 이런 식으로는 백날 일해 봐야 돈 안 나와! 전기 스위치 끄고 공장 문 닫아라. 그리고 전원 노동청 근로 감독관실로 가자!"

모든 직원들은 약속이나 한 듯 일제히 자리를 털고 그를 따라나섰다

"씨팔, 돈 없는 사장이 사장이야? 그럼 사장 아무나 하게! 나더러 의리를 지키라고? 의리가 어디 있어, 의리가? 피땀 흘려 돈하고 바꿔 먹는 판에……. 그런 게 있으면 자기나 실컷 해 먹으라지."

그는 이렇게 왜가리처럼 짖으며 사원들을 몰고 사라졌다.

그런 와중에 IMF가 왔고, 회사는 속절없이 함몰하고 말았던 것이다.

13

회사를 닫은 지 수개월 만에 공장 문에 들어서자 온갖 감정들이 뒤섞여 올라왔다.

공장 전체가 회색으로 말라붙어 써늘한 바람이 불었다. 군

데군데 갈라진 시멘트 블록 사이로 잡초가 자라 고개를 주억이며 옛 주인을 맞았다. 뒤꼍에는 길 잃은 개 한 마리가 터 잡고 살다가 제가 도로 낯설어서 컹컹 짖으며 내달았다. 바람이 메마른 땅 위에 흙먼지를 쓸어 모아 추녀 밑 양지 볕에 화단을 만들고 거기에 브라운 색에 검정 무늬 놓인 꽃 한 송이를 피웠다. 꽃은 가을바람에 하르르 떨었다. 그 꽃은 내가 관리하기 전까지는 또 버려질 것이고 그래도 어디서든 또 필 것이다.

공장 정문에는 주먹만 한 자물쇠들이 넝쿨져 엉켜 있었다. 처음 것은 내가 비록 압류가 되었더라도 지켜야 할 법률상의 의무 때문에 체인을 감고 자물쇠를 채운 것이고, 두 번째는 새 건물 주인이 건물을 무단 사용하지 못하게 하기 위한 것이고, 그다음은 기계를 압류한 채권자가 내가 기계를 못 가져가게 하려는 것이고, 그다음 것은 채권자들이 다른 채권자들보다 먼저 채권을 확보하려는 욕심에서 더 큰 자물통을 채운 것이고, 또 다른 것은 또 다른 놈을 경계하려는 것일 테고……. 공장 문은 손잡이가 보이지 않을 만큼 거대한 자물쇠 꽃다발이 되어 있었다. 거기다 구색 맞게 빨간 압류 딱지들이 꽃잎처럼 다닥다닥 달라붙어 나부끼고 있었다. 구내식당에 들어서자 관리인 부부가 달려 나와 반색을 했다. 그는 내 주변에서 회사가 부도난 후에도 손해를 보지 않은 유일한 사람이었다. 창사 당시 약간의 보증금을 받고 구내식당 건물을 임대해 주고 월세를 받았으나 회사가 흔들리면서 사원 수가 줄어들자 경영이 어려워져서 월세마저 면제해 주었다. 그리고 이웃에 있는 다른 공장 직원들을 상대로 영업을 하게 해 주어 지금껏 견디고 있는 처지였다. 그러므로 그는 유일한 나의 우군이었다. 사람이 좀 의뭉하고 답답하긴 해도 충성스럽고 순박했다.

"아이고, 사장님 오랜만에 뵙겠습니다. 그동안 어떻게 지내셨습니까? 사모님도 건강하십니까?"

그는 손을 잡고 놓을 줄 몰랐다. 어느 정도 감정이 정리되고 자리에 앉자마자 이번에는 그간의 크고 작은 일들을 울분과 탄식과 눈물을 섞어 가며 끝없이 늘어놓았다. 대부분 채권자들의 횡포나 전(前) 직원들의 배신, 사장에 대한 비방과 불경, 과장된 루머들과 이에 저항하여 고군분투한 자신의 입장을 하소연하는 내용들이었다.

이야기는 가지에 가지를 달고 이어지다가 음식을 들고 온 부인의 따끔한 핀잔을 듣고 나서야 겨우 끝이 났다.

"사장님 피곤하실 텐데 앞뒤도 안 맞는 말 그만하세요."

그래도 제바람에 열을 받은 그는 막무가내로 떠들다가 술 한 병까지 청했고, 그 술로 다시 탄력을 받은 그는 천군만마를 얻은 장수처럼 더 한층 힘을 내 무용담을 늘어놓았다. 그가 열을 올릴수록 울화가 치미는 쪽은 나였다. 나는 더 이상 패배감에 빠지기 싫어 서둘러 말허리를 잘랐다.

"정말 고생이 많았군! 언젠가 좋은 날이 오겠지. 그런데 상무가 어떤 조건으로 공장을 임대하겠다는 거야?"

"자세한 내용은 사장님 만나서 말씀드리겠다고 했는데, 만나 보시려면 지금 연락하면 됩니다. 저 건너 회사에 있으니까 바로 올 겁니다."

"일단 불러 봐! 그 사람이 지금쯤 나타날 때가 됐지! 뭔가 먹다 남은 먹이에 미련이 있을 테니까."

"회사가 뿌리째 넘어간 마당에 또 뭘 찾아 먹겠다고 덤벼, 덤비길! 그 사람 조심하셔야 됩니다. 전에도 보니까 식당에서 직원들 불러내 꼬여 가지고 데모하고 그랬다니까요."

"나도 알아. 지금도 그 친구는 뭔가 다른 꿍꿍이가 있어서 임대를 하겠다는 거지 단순히 영업을 위해서는 아닐 것 같아!"

"그런데도 그 사람에게 공장을 다시 맡길 겁니까?"

"호랑이를 잡으려면 호랑이 굴에 들어가야 할 것이고, 물에 빠트린 돈은 물에서 찾아야 할 거 아닌가? 일단 불러 보게."

관리인이 불안한 표정으로 전화를 걸고 있는 동안 가장 먼저 떠오른 것은 언제나 권 상무의 목을 옭아매고 있던 넥타이였다. 아직 넥타이 매는 법에 미숙했던 탓인지 그의 목은 늘 굵은 오랏줄 매듭에 묶여 있는 것 같았다. 거기다 넥타이는 늘 그가 자랑하는 장끼 무늬였는데, 검붉은 바탕에 초록색과 흰색 테가 단조롭게 어우러진 구닥다리였다. 그 외 그의 넥타이는 검은색과 붉은색 정도밖에 떠오르지 않는다. 한땐 그 넥타이가 위협적으로 느껴지기도 했다. 그것은 넥타이가 어떤 저항의 상징 같은 것이어서 넥타이를 매고 온 날 그는 반드시 외출을 해 버렸고 공장은 마비돼 버렸기 때문이었다. 그래서 나는 넥타이를 볼 때마다 마치 권 상무가 어릴 때 바라보던 아버지의 넥타이처럼 두려워했다. 오늘도 그는 넥타이를 매고 올 것이다. 나는 엉뚱하게 그런 멍청한 상상부터 하고 있었다. 실제적으로 그는 내 인생을 송두리째 앗아간 마귀가 아닌가. 그런데도 그가 압류되어 묶여 있는 공장 시설을 임대하겠다는 것은 무슨 뜻일까? 먹다 남은 먹이를 마저 먹으려는 이리 떼의 본능일까? 최소한의 가책일까? 그의 본뜻은 무엇일까? 내가 이런 상념에 빠져 있을 때 관리인이 전화를 끝내고 돌아왔다.

"사장님, 권 상무가 시내에 나가 있어서 조금 늦겠다는데 어떻게 하죠?"

"할 수 없지 뭐. 좀 기다릴 수밖에……."

"권 상무, 제깟 놈이 누구 덕에 그만한 공장이라도 꾸려 가는지 고맙게 생각할 줄 모르고 벌써 거만을 떠네요. 건방진 놈!"

"다 그런 거야. 내가 이번에 부도를 당하고 보니까 역시 세상은 공평하구나, 라는 걸 느꼈어. 좋은 놈이 있으면 나쁜 놈도 있고, 깊은 곳이 있으면 낮은 곳도 있고 말이야. 자네 강 사장이라고 건축업 하는 사람 알지? 그 사람이 건축업을 하면서 어음 할인해 주는 사채업을 했다는구먼. 그러다 보니 우리 회사 어음을 많이 보유하고 있었는데 갑자기 부도가 나니까 억대 이상의 어음이 하루아침에 휴지 조각이 될 판이야! 물론 채권 확보를 위해서 온갖 짓을 다했겠지만 내 재산이 전부 압류가 돼 있어서 어쩔 수 없잖아. 그래서 나한테 어음 한 다발을 들고 와서 그냥 북북 찢어 버리고 그 액수대로 차용증이나 하나 써 달라는 거야! 형식적으로 받아 두는 거니까 지금 일자는 적지 않아도 된다고……. 그리고 언제라도 사장님 돈 벌면 갚으세요, 하고 가는 거야. 정말 고맙더군!"

"그 사람이 한쪽 다리 없는 불구자일 텐데……. 야! 정말 대단한 사람이네요. 그런데 그 사람이 그렇게 돈이 많아요?"

"글쎄, 나도 놀랐어. 그리고 반대로 아주 나쁜 놈도 있더라고. 그 친구는 변호사인데 한창 어려울 때 내가 어음을 끊어 주고 1000만 원을 빌렸는데 부도가 나니까 바로 형사 고소를 했어. 그것도 죄목이 사기죄야. 이상해서 검찰청에 가 보니까 증빙서류를 다 위조했더라고. 그래서 이건 사실과 다르다고 했더니 검사가 기소도 하지 못하고 돈만 갚으면 되니까 지급 각서를 쓰라는 거야. 내가 그동안 수십억 원 어음을 부도냈어도 민형사 간 고소를 당한 적이 없는데 고작 돈 1000만 원을 가지고 친구 사이에 사기죄로 고소를 하다니……. 그것도 법조인이 범법 행위를 해 가면서까지 돈에 매달리더라고! 너무 치사해서 월 2할짜리 사채를 내서 갚아 버렸다니까! 나는 이 두 사건이 너무나 대조적이라서 잊을 수가 없네."

"그놈도 참 나쁜 놈이네요. 세상에 배운 놈들이 진짜 나쁜 짓은 다하고 다닌다니까요!"

오래잖아 허우대가 멀쩡한 권 상무가 나타나 아무 일도 없었다는 듯 옛 주인 만난 강아지처럼 꼬리를 흔들며 한바탕 요란스러운 인사를 했다. 이 강아지는 뭔가 주인의 손에 남아 있는 새로운 먹이를 발견한 것 같았다. 그는 누구보다 공장을 잘 알고 있었다. 그리고 내 입장으로선 공장을 재가동할 자금도 없거니와 많은 채권자들의 빚 독촉 때문에 당장은 경영 일선에 나설 수 없다는 사실까지도 꿰뚫고 있었다. 그는 그런 내 상태를 약점으로 삼아 자신의 자금과 영업 능력을 과시하며 기계와 시설물의 임대를 제의했다.

"사장님께는 조금 서운하게 들리시겠지만, 지금 현재 회사 사정으로 봐서 사장님이 직접 공장을 가동하기는 어려우실 것 같습니다. 그렇다고 아까운 기계를 놀릴 필요는 없지 않습니까? 그러니까 저한테 기회를 주신다면 제가 새 건물주에게 건물을 임대하고 기계만 사장님이 임대해 주신다면 비록 압류 상태라도 가동할 수는 있을 것 같습니다."

"그거야 그렇지만 건물 임대료나 기계 수리비, 운영자금 등 막대한 자금이 필요할 텐데?"

"임대료나 보증금은 서로 뻔한 터수니까 사장님 뜻에 따르겠습니다. 그러나 문제는 사장님이 저를 좀 도와주셔야 한다는 것입니다. 말하자면 기존 거래처 확보나 대외 신인도 같은 것들을 복원하는 것부터 영업 전반을 도와주셔야 한다는 것입니다. 사장님이 저의 진심을 알아주신다면 충분히 밀어주실 수도 있을 것 같은데요! 저만큼 사장님을 보필해 온 사람이 누가 있습니까?"

그는 마치 기억 상실증에라도 걸린 듯 지난날을 까맣게 뒤덮고 너스레를 떨었다. 나는 잠시 망설였다. 임대 자체는 감정상의 문제만 뺀다면 큰 무리가 없는 제안이었고, 내가 현실적으로 이 위기를 벗어날 수 있는 유일한 방편이기도 했다. 그러나 이미 그의 실체를 잘 알고 있는 나로서는 그 제안을 액면 그대로 받아들일 수도 없었다. 그가 마음먹고 덤빈다면 기계의 소유권 자체까지 위협 받을 수 있는 상황이기 때문이었다. 그런데 마치 이런 나의 불안감을 미리 읽은 듯 나의 협조를 요구하고 있지 않은가. 내가 회사 경영에 직접 참여하는 한 그가 어떤 술수를 써도 방어할 수 있을 것 같았다. 그리고 사실은 이보다 더 좋은 조건을 가진 사람이 나타난다 하더라도 기계 내용을 잘 모르는 사람에게 기계를 맡겼다가 생산량이 떨어지고 영업 능력이 부족해 경영난에라도 빠지게 되면 임대료 수금이 어려워지는 것은 물론 새로운 부채가 발생하여 더 큰 짐을 떠안을 수도 있기 때문에 나는 그를 선택할 수밖에 없었다. 그렇지만…… 내가 이런 내 갈등에 빠져 있을 때 상무가 짐짓 꼬리를 빼며 능청을 떨었다.

"정 결정이 어려우시면 다음 기회에 연락 주십시오. 저도 다시 한번 생각해 보겠습니다."

"아니 뭐 계약 조건만 맞으면 제2선에서 내가 돕는 것은 별 문제가 될 거 없지. 단 비공식적이나마 직함은 있어야겠지!"

"그렇지요. 저는 진작부터 회장님으로 모시려고 생각했습니다."

의외로 협상은 순조로웠다. 모든 조건에 나의 뜻이 거의 수용되었다. 나는 그때 그의 원인 모를 관용을 어떤 성숙이나 자신감으로 받아들였다. 그것은 당시 나의 궁색한 입장에서 벗어나려는 심리적 갈등의 결과였다.

그러나 나는 어쩐지 또 한 번 더 호랑이 굴로 걸어가는 듯한 불안감을 지울 수 없었다.

며칠 후 나는 상무와 기계 및 시설에 대한 임대차 계약을 하고 오랜만에 안도의 한숨을 내쉴 수 있었다. 일단은 고정 수입이 보장되었고 사회의 일원으로서 일정한 역할이 주어진 것에 만족했다. 그런데 권오달은 계약을 마친 후 한 달이 지나도 공장을 가동하지 않고 이런저런 이유를 들어 시간만 죽여 내고 있었다. 내가 뭔가 석연찮은 낌새를 느끼고 내부 조사를 하던 중 난데없이 기계에 대한 경매 개시 통지서가 날아들었다. 그동안 리스비가 연체되어 압류된 상태였지만 리스 회사에 연체비만 지불하면 사용할 수 있는 조건이었으나 계약상 권오달이 지불하기로 한 연체료를 지불하지 않아서 부득이 경매 처분하게 됐다는 것이었다. 급히 권 상무를 찾았으나 지방 출장을 핑계로 연락조차 되지 않았다. 당황한 나는 경매에 참가하여 일단 기계라도 잡아 두려고 그에게 받은 수표를 추심했으나 오래전에 사취계를 낸 지급정지 상태였다. 내가 마지막까지 믿고 싶었던 그의 양심은 애초부터 존재하지도 않았다. 처음부터 그의 의도는 형식상 임대 계약을 맺어 기계 소유주인 리스 회사로부터 연고권을 얻어 내려는 것이었고, 최종 목적은 기계 자체를 경매에 부쳐 가로채려는 것이었다.

사태는 리스 회사와 사전에 치밀하게 짜 맞춘 각본대로 빈틈없이 진행됐다. 실제 경매일이 되었을 때도 권 상무는 나타나지 않았고 경매는 일사천리로 진행됐다. 나는 속수무책으로 빤히 쳐다보고 있을 뿐 어떻게 할 방법이 없었다. 기계는 내가 알 수 없는 그의 하수인들에게 낙찰됐다. 그는 다시 돌아오지 않았다. 훗날 그는 "그 기계는 어차피 남의 손에 넘어가게 돼 있었고 나도 그들 중 하나임에 불과했다."고 강변했다. 오래잖아 기계가 사라지고 건물도 다시 옛날처럼 입에 수없이 많은 자물통을 물고 문을 닫았다. 나는 다시 무(無)로 돌아갔다. 노자는 무로서 본체를 삼았다. 장자는 무 이전에는 무무(無無, 없음도 없음)가 있고, 또 그 이전에는 무무무(無無無, 없음도 없음이 없음)가 있다고 했다. 그러나 내가 깨달은 것은 무는 유에서 생기고 유는 반드시 무로 돌아간다는 사실이었다. 그리고 유무(有無)는 고정된 상태가 아니라 변화무쌍한 것이라고 자위했다. 나는 오히려 짐을 벗어던진 나무꾼처럼 홀가분한 기분으로 그가 한때 저질렀던 각종 부정행위의 근거 서류를 정리해 나가기 시작했다. 그리고 장자의 둔중한 유음을 상기했다. 진인(眞人)은 역경을 억지로 거역하지 않고 성공을 자랑하지도 않으며 아무 일도 꾀하지 않는다. 이런 사람은 잘못을 해도 후회하지 않고 잘되어도 자만하지 않는다.

나는 왔던 길을 되짚어 경춘가도를 달렸다. 팔당호 부근에서 늦은 가을을 보았다. 잎사귀들이 붉게 물들어 지천으로 떨어졌다. 엷어진 햇살 속에는 원인 모를 슬픔이 배어 있었다. 아이들이 부챗살처럼 떠올랐다 사라졌다. 나는 마치 어머니의 품속을 찾아가는 어린아이처럼 불암사를 향해 한걸음에 달려갔다.

14

오랜만에 만난 산사는 또 다른 모습으로 나를 맞았다. 지난날 내가 절망과 실의에 빠져 쫓기듯 스며들었을 때는 어둡고 위협적인 신비감으로 다가섰지만 이제 모든 것이 사라진 공허한 가슴으로 우러러보았을 때는 왜 그런지 어둡고 서글프기만 했다. 객사에 들어서자 실내는 오래 비워 둔 탓인지 전에 없이 써늘한 느낌이 들었다. 박 영감이나 법사도 보이지 않았고 늘 말끔하게 쓸어져 있던 마당도 낙엽에 뒤덮여 어수선했다. 우선 주지 스님께 인사라도 올릴 겸 위 절부터 찾아갔다. 언덕길을 돌아 천년샘 찬물을 한 바가지 마시고 주지 스님이 기거하고 있는 암자 앞에 이르렀을 때 어디선가 두런두런 염불 소리 같은 것이 들렸다.

무정세월 여류하야 원수백발 돌아오니 없던 망령 절로 난다.
망령이라 흉을 보고 구석구석 웃는 모양 애달프고도 설운지고.
절통하고 통분하다. 할 수 없다. 할 수 없다.
홍안백발 늙어 가면 인간의 이 공도를 누가 능히 막을손가.
춘초는 연록이나 왕손은 귀불귀라.
우리 인생 늙어지면 다시 젊지 못하리라.

그러나 가만히 들어보니 그것은 염불 소리가 아니고 주지 스님이 부르는 회심곡(回心曲)이었다. 아직 해도 지지 않은 대낮인데 스님은 벌써 어지간히 취한 듯했다. 이윽고 박 영감의 쇳소리 같은 노래 가락이 뒤를 받았다.

부유 같은 이 세상에 초로 같은 우리 인생.
물 위에 거품이요, 위수에 부평이라.
칠팔십을 살더라도 일장춘몽 꿈이로다.
꽃같이 곱던 얼굴 검버섯은 웬일이며,
옥같이 희던 살이 광대등걸 되었구나.
삼단같이 검은 머리 불한당이 쳐 갔으며,
볼때기에 있던 살은 마귀 할미 꿔 갔나.

박 영감은 그렇게 백발가 한 대목을 불러 놓고 스스로 흥을 돋우고 있었다.

좋다! 허이, 허이!

나는 뭔가 불길한 예감을 느끼며 조용히 그 자리를 빠져나왔다. 아무래도 무슨 변화가 있는 것 같아 총무 스님을 찾아갔다. 그러나 그는 여전히 아무 일 없다는 듯 말끔한 미소로 나를 맞아 주었다. 그는 50대 중반이지만 40대로 보이는 동안(童顏)이었다. 그의 태평스러운 얼굴을 보자 공연히 나 혼자만 조바심을 낸 것 같아 머쓱해졌다. 백일기도 후 처음 만나는 터라 당연히 백일기도에 대한 치사를 드려야 했지만, 이미 위장 백일기도 내용을 알고 있는 나로서 도저히 입이 떨어지지 않아서 겉치레 인사만 했다.

"스님 그간 별고 없으셨습니까?"

"예, 오랜만에 뵙겠습니다. 이번에는 집에 오래 계셨군요."

나는 대답을 하면서도 그의 표정을 다시 살폈다. 그는 뭔가 불안한 기색을 감추고 한참 머뭇거리다가 조심스럽게 입을 열었다.

"거사님, 혹시 법사한테서 무슨 얘기 못 들었습니까?"

"글쎄요! 이제 막 돌아오는 길이라서 아직 법사를 만나지도 못했습니다. 무슨 일 때문에 그러십니까?"

"며칠 전부터 법사가 안 보입니다. 어딜 가면 반드시 얘기를 하고 나가는데 알 수가 없네요. 그리고 이것저것 수상쩍은 일도 많고…….."

"그래요! 어쩐지 객사가 썰렁하다 했더니 법사가 절을 비웠
군요?"

"가 봐야 자기 집에 갔을 텐데 아무 연락이 없으니까 그게
걱정이지요."

그는 진지하게 법사를 걱정하고 있었다. 법사 문제는 반드
시 박 영감과 연관성이 있을 것이고, 대낮에 주지 스님과 술판
을 벌인 일과도 무관하지 않을 것 같았다. 이것으로 뭔가 새로
운 도발이 시작되지 않을까 하는 의구심이 들었다.

"그러시면 저보다는 박 영감이 잘 알 텐데 그분께 한번 물
어보시죠."

"글쎄요, 그 양반이 잘 가르쳐 줄까요? 그보다는 거사님이
제 부탁 하나 들어주셨으면 하는데……."

"무슨 부탁입니까?"

"다른 게 아니고 법사 집에 한번 다녀오셨으면 합니다. 가
서 왜 집에 갔는지 이유나 물어보고 가능하면 잘 달래서 데리
고 오는 방향으로 해 보십시오."

"그렇지만 그보다는 먼저 박 영감한테 얘기를 들어 봐야 할
것 같은데요. 분명히 박 영감과 관련이 있을 겁니다. 그리고
아까 수상쩍다는 것은 뭡니까?"

"아, 뭐 별거 아니고 서류가 뒤섞여 있어서……. 그것도 한
번 물어보십시오."

"뭐 없어진 서류라도 있습니까? 저한테 정확하게 말해 주십시오. 지금 그렇게 여유 부릴 때가 아닌 것 같습니다."

"글쎄, 장부는 다 있는데 내 개인 비망록이 안 보여서……. 어쩌면 집에 두고 왔는지도 모르겠고……."

스님은 아직도 박 영감의 음모를 전혀 의식하지 못하고 오히려 나를 경계하고 있는 듯했다. 나는 잠시 망설였다. 박 영감의 원인 모를 악의도 문제지만 총무 스님의 부정도 두둔할 명분이 없었다. 그러나 결국 무방비 상태로 당하고 말 약자를 방임하는 것 같아 그동안 박 영감이 진행해 온 각종 조사 내역과 그의 계획을 아는 대로 일러주었다. 스님은 너무 놀라 입을 다물지 못하고 넋을 놓고 있다가 한참 후에야 정신을 가다듬어 소리쳤다.

"그 사람이 전생에 나하고 무슨 업보가 있어서 날 잡아먹으려고 덤벼? 그래, 뒷조사를 해서 뭘 하겠다는 거요?"

총무 스님은 그때까지만 해도 얼굴에 잠깐 어두운 그림자만 비쳤을 뿐 당당한 태도였다. 아마 그런 정도는 사주와의 깊은 인맥으로 충분히 해결할 수 있다는 자신감에 차 있는 듯했다.

"그래, 그자가 뭔데 남의 절 재정을 가지고 이러쿵저러쿵한단 말이오? 없는 절 살림 내용을 자기가 알기나 안답니까? 그래 주지 스님한테 일러바친다고 무슨 마른하늘에 날벼락이라도 떨어지는 줄 아나 본데, 어디 한번 마음대로 해 보라지요. 어쩐지 위 절에 자주 들락거린다 싶더니, 그게 기껏 주지 스님과 짜고 무슨 되잖은 음모를 꾸민다는 거 아니오?"

"그렇다고 봐야죠. 그런데 거기서 끝나는 게 아니고 사주까지도 걸고넘어지려니까 문젭니다. 여기에 대한 반박 자료를 수집하고 불리한 자료는 폐기하십시오. 그리고 없어진 서류는 법사가 박 영감에게 넘겼을 가능성이 높기 때문에 하루 속히 만나서 찾아야 합니다."

"그보다는 거사님이 박 영감께 전해 주세요. 괜히 쓸데없는 장난 그만하고 자기 처신이나 잘하라고요. 부처님도 마군에겐 중벌을 내리십니다."

총무 스님의 자신 있는 말을 듣고 보니 그동안 공연히 나 혼자 속을 끓였다는 자괴감까지 느껴졌다. 나는 그들의 싸움에서 풀려난 듯 홀가분한 기분으로 법당으로 돌아왔다. 저녁 공양 때도 박 영감은 돌아오지 않았다. 그러다가 좀 늦은 밤 내가 객사로 돌아갔을 때에야 그가 버너 앞에 쭈그리고 앉아 땀을 뻘뻘 흘리며 뿌연 국물을 후르륵후르륵 들이마시고 있는 것을 볼 수 있었다.

"공양은 안 하시고, 무얼 그렇게 맛있게 드십니까?"

"잉어 곰국이디. 야! 구수하다. 이거이 보신탕 에이고 뭬이야? 주지 스님이 이걸 몇 번 자시더니 아주 얼굴이 확 폐졌다니까그래."

그는 아주 잉어 곰탕을 끓여 놓고 장복을 하고 있었다. 마음 같아서는 국그릇이라도 걷어차 던져 버리고 싶었지만 그것은 생각뿐이고, 겨우 가느다란 비아냥으로 항의의 뜻을 전달했다.

"정말 너무하십니다. 결국 저 잉어 씨가 말라야 끝이 나겠네요!"

"아니야! 아직 많이 있어! 아직 절반도 못 먹었서야. 걱정 말라우!"

"영감님! 그 머리 한번 만져 봅시다."

"야야! 길디 말라우. 거 또 법사처럼 냅다 갈기려고 하는 수작 아니야. 늙은 사람 가지고 놀려고 기러믄 안 되지!"

"아녜요, 그 땀 나서 뜨끈뜨끈한 거 한번 만져 보려고 그러는 거예요."

"관두라니까!"

"그건 그렇고 법사는 어디 갔습니까?"

"법사? 그거 술 취해 놓으니끼 또 개고기더구먼."

"술이야 뭐 한두 번 먹어 봤습니까? 술버릇 나쁘진 않던데요?"

"아니야! 우리가 잘못 알았어. 평소엔 일부러 적게 먹은 거고, 밖에 데려다 놓으니끼 그냥 홱 돌아서 계속 퍼 마시는 기야. 그러더니 깽판이 나오는데 거 정말 왕년에 짱돌 잡고 놀았다는 게 맞겠더라고. 아무리 끌고 나오려고 해도 안 돼. 그래서 저희 집에 전화해 주고 왔디."

"그럼 지금 법사는 자기 집에 있겠군요. 총무 스님이 찾고 있던데. 혹시 다른 문제는 없습니까? 공연히 외부인들이 절을 들쑤셔 법사까지 못 있게 해 놨으니 이젠 우리도 더 이상 이곳에 붙어 있을 수 없게 됐습니다."

"기렇티 않아! 이제는 법사 따위가 문제 에이고 총무 스님이 결단을 내릴 때요. 내레 전에도 말하잖아서? 결국은 약자가 먹히는 거요. 누가 옳고 그르고는 중요하지 않다는 거요. 이 절에도 이젠 새로운 바람이 불 거요. 이 사장도 더 이상 끼어들지 말고 조용히 처신하는 게 좋을 거우다."

"왜 이러십니까? 무슨 황제 칙령이라도 받은 거 같습니다."

"뭬야! 두고 보라우. 어러케 돌아가는지."

나는 정말 이쯤에서 이 회색빛 절과 끈끈한 이북 사투리에서 벗어나고 싶었다. 이젠 어쩔 수 없이 이곳에 갇힌 처지가 돼 버렸지만 박 영감의 심상찮은 언질로 봐서 불길한 느낌이 들었다. 그러는 판에 또 총무 스님에게서 법당으로 오라는 전갈이 왔다. 그러나 나는 박 영감의 주문대로 그들의 분쟁에 끼어들고 싶지 않았다. 공연히 그리 정의롭지도 않고 승산도 없는 총무 스님의 구명 운동에 뛰어들었다가 예기치 못한 역풍을 만날 수도 있고, 또 그렇잖아도 잔뜩 위축된 내 기분을 더 이상 손상 받고 싶지도 않았기 때문이었다. 내가 대충 이렇게 생각을 정리하고 법당으로 들어갔을 때 총무 스님은 한결 풀이 죽어 있었다.

"아까 내가 얘기하던 장부가 집에 있을 줄 알았는데 그게 안 보입니다. 사찰 운영에 관한 제반 사실을 기록한 개인 비망록이라서 어떻게든 법사를 찾아가 없어진 장부를 찾아와야겠습니다. 거사님이 좀 수고해 주십시오."

"스님이 직접 만나 보시는 게 좋을 것 같은데요?"

"출가한 몸으로 어떻게 중생들과 더불어 시비를 가리겠습니까? 또 법사가 평소에도 거사님 말을 잘 듣지 않았습니까? 어쨌든 거사님이 나서 줘야겠습니다."

나는 더 이상 개입하고 싶지 않다는 의사를 밝히고 넝마처럼 엉클어진 내 입장까지 설명했지만 그는 막무가내로 어린애처럼 생떼를 부렸다.

"안 됩니다. 거사님이 이 짐을 풀어 주셔야 합니다."

그는 그때서야 장부의 중요성과 분실의 이유가 단순하지 않음을 깨닫고 당황하고 있었다. 얼마 전까지만 해도 당당하던 수행자의 태도는 사라지고 이제는 위기를 벗어나려는 나약한 범부의 모습으로 돌아와 있었다.

나는 어쩔 수 없이 스님이 적어 준 법사의 집 주소와 전화번호를 들고 찾아 나섰다. 법사가 아무 이유 없이 갑자기 절을 떠난 배후에는 반드시 박 영감의 숨겨진 간계가 있을 것 같았기 때문이다. 나는 쓸데없는 호기심에 이끌려 자칫 헤어날 수 없는 진창에 빠져 들어갈 수 있다는 위험을 느끼면서도 스님의 간곡한 부탁을 더 이상 거절할 수 없었다.

15

법사의 집은 농가치곤 넓고 잘 정돈돼 있었다. 내가 법사의 이름을 대고 찾아온 이유를 밝히자 세파에 절은 할머니가 한 걸음에 내달으며 소리쳤다.

"누가 우리 법사를 찾소? 도무지 찾는 이유가 뭐요?"

"네, 불암사 주지 스님의 부탁을 받고 왔는데 법사님을 좀 만날 수 없을까요?"

"뭐라고요? 주지 스님인지 조지 스님인지 내 알 바 없고, 엊그제 사람 개 몰듯 쫓아내 놓고 오늘 다시 찾아와? 이젠 별 볼일 없으니까 얼씬도 마세요!"

"아니, 뭘 오해하고 계신가 본데요, 주지 스님은 법사님을 가라고 한 적도 없고 지금 왜 나갔는지도 모릅니다. 그래서 제가 그 이유나 알고자 법사님을 보러 온 것입니다."

"아니긴 뭐가 아녜요? 우리 애가 그러는데 실컷 부려먹고 실속은 죄다 챙기면서, 일만 터지면 죄를 몽땅 뒤집어씌운다 던데. 그러니 젊은 애들이 배겨요? 그따위 짓 하니까 자기도 인제 그 자리도 못 해 먹게 생겼지."

정말 어이가 없어 할 말을 찾고 있는데 건넌방 문이 활짝 열리면서 반바지에 티셔츠 차림의 법사가 빙그레 웃으며 걸어 나왔다. 그의 복장과 빡빡 깎은 머리 모양새나 얼굴을 갈아붙 인 찰과상까지, 영락없는 극장 뒷골목의 건달 꼴이었다.

"엄마, 이분은 절에 휴양하러 온 분인데 왜 난리를 쳐요? 들어가 계세요. 우리 얘기 좀 하게."

그는 제법 의젓하게 모친을 나무라고 나를 방 안으로 안내했다. 그래도 모친은 마음이 놓이지 않는 듯 의심쩍은 눈으로 나를 흘금거리며 방까지 따라 들어와 하던 말을 계속했다.

"쟤가, 글쎄, 오죽하면 스님 말에 욱해 가지고 뛰쳐나왔겠어요? 근데 거 박 영감인가 뭔가 하는 사람은 또 왜 우리 애를 색싯집에 데려가서 술을 그렇게 먹여 가지고 이 꼴을 만들어 놔요그래!"

"박 영감이 법사님을 색싯집에 데리고 가서 술을 먹였다고요?"

"말도 말아요. 그 박 영감인가 뭔가 하는 사람이 한밤중에 전화를 해서 무슨 술집에 있다고 와서 애를 데리고 가래잖아요! 기껏 공들여 절에 보내 놨는데 글쎄 난데없이 술집에 잡혀 있다니 얼마나 놀랐겠어요? 그래 부리나케 뛰어갔더니 영감은 벌써 가고 없고, 글쎄 술집 계집애가 우리 애 배를 깔고 올라앉아 있더라니까요. 그래서 내가 이 갈보 년이 어디 남의 집 귀한 자식 배를 깔고 뭉개느냐고 냅다 소릴 질렀더니 저 골 빠진 놈이 뭐라는 줄 알아요? 그런 건 서로 좋아서 하는 건데 왜 욕을 하느냐고 도리어 계집애 역성을 들잖아요! 아이고 속 터져!"

"에이, 엄마는 옛날식으로 생각하면 안 돼요. 요즘 젊은 사람들은 전부 여자가 위로 올라가기도 하고 그러는 거예요. 히히. 엄마가 무식해서 그렇지. 안 그래요? 사장님."

"아이고 이놈아! 정신 좀 차려라, 정신……."

"도무지 이해할 수가 없네요. 그날 무슨 일이 있었습니까?"

"그게 아니고요, 영감님이 술집에 계실 때 벌써 술이 꼭지까지 돌았걸랑요. 그래서 거기서 그냥 뻗은 거예요. 아침에 깨보니까 영감님도 없고 낯선 술집이더라고요. 그때부터 계속 먹은 거예요. 한 이틀 먹고 자고 하니까 절에서 1년 모은 돈 다 날아간 거예요. 그래서 영감님한테 돈 좀 빌려 달라고 전화를 했더니 술 그만 먹고 집에 가 있으라고 집으로 전화를 해 버린 거예요."

법사가 뭔가 감추려는 듯 어물거리자 모친이 서둘러 말허리를 잘랐다.

"그뿐인 줄 아세요? 거기서 억지로 집에 끌어다 놨더니 또 기어 나가고, 붙잡아 놓으면 또 기어 나가고 하다가 이제 이틀 만에 겨우 정신 차린 거예요. 그러니 이 어미 마음이 어떻겠어요? 이젠 아주 쟤 이름만 들먹거려도 그냥 가슴이 뛴다니까요."

"도대체 박 영감이 왜 법사를 색싯집까지 데리고 간 겁니까?"

"사실은요, 술 먹던 날 낮에 총무 스님이 요즘 왜 손님이 자꾸 줄어드느냐고 짜증을 내시더라고요. 그래 내 방에 돌아와서 가만히 생각해 보니까 기분이 나쁘더라고요. 내가 뭐 손님을 쫓은 것도 아니고 결국은 날 의심하는 거밖에 더 돼요? 나는 하느라고 했는데 내가 뭐 돈이라도 빼돌린 것같이 말하니까 기분 나쁘잖아요. 내가 해 먹으려면 부처님 사리 같은 거라도 빼 먹고 말지! 그딴 푼돈 몇 푼 해 먹고 도둑놈 소리 듣겠어요? 그래서 내가 홧김에 박 영감님한테 술 한잔 하자고 했지요.

그랬더니, 박 영감님이 대뜸 나더러 가만있다간 큰 바가지 쓴다고 총무 스님한테 돈 입금한 장부를 가져다 복사를 해 놓으라는 거예요. 그래야 나중에 증거물이 돼서 딴소리 못 한다고……. 가만히 들어 보니까 맞겠더라고요. 그때 마침 스님도 출타 중이고 해서 장부를 갖고 시내로 가서 복사를 했는데, 박 영감님이 여기까지 왔으니까 색싯집에 가서 한잔하자고 하더라고요. 자기가 쏜다는데 어떻게 해요?"

"그렇게 한잔했으면 됐지 왜 안 들어가고 이렇게 버티고 있는 거요?"

"그게 아니고요. 조금 있다가 영감님 연락이 오면 들어가기로 약속이 돼 있걸랑요! 더 이상은 묻지 마세요. 히히."

나는 뭔가 심상치 않은 낌새를 느끼고 심약한 법사의 의식을 충동질해 보기로 했다.

"법사님, 나는 여기 법사님을 도우러 왔습니다. 사실은 조금 전 말씀하신 그 장부가 없어졌습니다. 그래서 주지 스님이 경찰에 고소를 했어요. 그 장부는 절 운영 장부인데 매우 중요한 내용들이 있어서 꼭 찾아야 한다는 거예요. 만약 법사님이 훔친 것이 밝혀지면 이건 절도죄가 되기 때문에 바로 구속

됩니다. 박 영감님과 어떤 약속이 있었는지, 지금 장부가 어디 있는지 내게 말해 주지 않으면 내가 도울 수가 없습니다."

"뭐라고요? 장부는 영감님이 갖고 가서 제자리에 갖다 놓기로 했는데 왜 없어져요? 그럼, 벌써 경찰서에 고소장이 들어갔습니까? 야, 이거 큰일 났네. 빨리 손을 써야 되는데! 잘못했단 또 감방 가게 생겼네."

그는 예상대로 금세 달아올랐다. 나는 조금 더 들어가 보기로 했다.

"법사님, 일단 구속은 면해야 할 것 아닙니까? 장부는 그렇다 치고 박 영감과의 약속이 뭡니까? 내가 내용을 자세히 알아야 경찰에서 빼내 줄 수 있잖겠습니까? 무슨 약속입니까?"

"나, 참 큰일 났네. 영감이 아무한테도 말하지 말랬는데……. 아이 참, 엄마! 나 물 좀 줘요. 그리고 엄마는 나가세요!"

"야, 이놈아! 정신 똑바로 차려. 네가 도둑질을 했어? 뭘 했어? 이 선생님한테 똑바로 말해. 그래야 도와주신다고 하시잖아."

그는 당황한 기색이 역력한데 어머니 앞이어서인지 눈치만 살피면서 말을 머뭇거리고 있었다. 내가 넌지시 떠날 채비를 하면서 마지막으로 쐐기를 박았다.

"법사님이 나를 믿지 못해서 말을 하지 않으니까 도와줄 수가 없네요. 이만 가 보겠습니다. 곧 구속영장이 떨어질 겁니다."

"아닙니다. 이거 왜 이러세요. 이제 내가 바른말 하려고 그러잖아요. 앉으세요. 히히. 그러니까 그날 색싯집에서 술을 먹는데 영감님이 그러더라고요. 자기가 그동안 총무 스님을 쭉 조사해 봤는데 똥까지 썩은 사람이라고요. 그래서 자기가 주지 스님에게 여태까지 총무 스님이 해 먹은 자료를 보여 줬더니 주지 스님이 헷또가 돈 거예요. 그래서 종단에 보고하고 사주한테 연락해서 총무 스님을 잘라 버리겠다고 그러더래요. 그리고 나는 집에서 기다리면 연락할 테니까 그때 와서 증인서 주면 복직시켜 주겠다고 약속했걸랑요. 그거뿐이에요! 그럼 내가 뭐 영감님하고 짜고 자릿세라도 빼 먹은 줄 알았어요? 히히. 나 그런 사람 아녜요."

"그럼, 벌써 사주한테까지 보고를 했다는 겁니까?"

"어저께 영감님과 만났는데 벌써 새로 올 총무 스님까지 결정됐다고 하던데요."

"어제 만났다고요? 그럼, 박 영감이 자주 옵니까?"

"아직 모르세요? 요즘 영감님이 공양 보살하고 저녁마다 시내에 나오시잖아요!"

"뭐, 공양 보살! 그 할멈하고?"

"어휴. 그 아줌마, 양장 쭉 빼입으니까 멋쟁이더라고요. 춤도 사래요!"

더 이상 들을 것도 없고 마지막 말 한마디는 끔찍스러웠다. 불결한 느낌이 가시지 않아 귀라도 씻어 내고 싶었다. 이미 모든 것은 내가 예상한 것보다 더 최악의 사태로 끝이 나 있었다. 더 이상 내가 총무 스님에게 보고할 이유도 없어졌고, 도와줄 아무것도 남아 있지 않았다. 오히려 내가 떠날 때가 되었음을 느꼈다. 그렇게 마음을 정한 탓인지 객실에 돌아와서도 어쩐지 서먹하고 모두가 낯설어 보였다.

16

최근 학승도 이런 경내 분위기를 체감한 듯 몹시 우울해 보이고 법당 출입도 뜸해졌다. 가끔씩 그의 방에서 들려오는 독경 소리는 유난히 침중하고 목탁 소리도 어지러웠다.

아주 작은 것은 큰 것과 같아서 경계를 알 수 없고,
아주 큰 것은 작은 것과 같아서 그 끝을 볼 수 없다.
있는 것이 곧 없는 것이요, 없는 것이 곧 있는 것이니.
만약 이 계율이 아니면 모름지기 지킬 바가 아니로다.
하나가 곧 일체요, 일체가 곧 하나이니.
오직 이 경지에만 이르면 어찌 미급하다 하리오.
믿음과 마음은 둘이 아니니 둘 아닌 것이 신심이다.
그 속엔 말길이 끊기고 세월이 흐르지 아니하도다.

신심명의 1절이었다. 학승은 무언가 선택의 번뇌에 빠져 있는 듯했다.

며칠 동안 방 안에서 참선을 해 온 탓인지 그는 무척 지치고 창백해 보였다.

"스님, 무척 수척해 보이십니다. 어디 불편한 데라도 있습니까?"

저녁 공양이 끝나고 다시 법당으로 들어가려는 학승에게 인사를 건네자 그는 공허한 시선으로 나를 응시하더니 법당 사무실로 안내했다. 그리고 조심스럽게 입을 뗐다.

"요즘 법사님이 안 보이는데 혹시 알고 계십니까?"

"예, 얼마 전 법사네 집에 다녀왔습니다. 아직 총무 스님께도 자세한 말씀을 드리지 못했는데, 사실은 드릴 말씀이 없습니다."

"대략 짐작은 갑니다만 무슨 말씀인지 자세히 설명 좀 해 주십시오."

나는 이미 사세가 결정지어진 상태여서 그동안 총무 스님과 박 영감의 관계, 그리고 주지 스님과 법사의 역할까지 자세하게 설명해 주었다. 학승은 매우 놀란 눈치였지만 감정을 억누르고 염주를 굴리며 조용히 입을 열었다.

"부끄럽습니다. 스님들의 나약한 불심이 거사님들 앞에 다 드러나고 말았군요. 소승은 그런 것도 모르고 총무 스님을 도우려고 번민했습니다. 듣고 나니 오히려 마음이 가볍군요."

"그래도 총무 스님이 너무 일방적으로 당하신 것 같아 어떤 도움이 필요할 것 같은데요."

"글쎄요, 저도 총무 스님을 도우려고 했습니다만 명분이 너무 약합니다. 저희 종단은 원래 종단 사찰보다 개인 사찰이 많고, 대처승들이 많아서 종단과 현지 주지들 사이에 알력이 잦습니다. 이번 일도 총무 스님이 명분만 섰으면 쉽게 물러서지 않았을 것이고 저도 동기생들 동원하여서라도 마군 떼를 몰아냈을지 모릅니다. 그러나 거사님 말씀을 듣고 보니 여긴 이미 제가 설 자리가 아닌 것 같습니다."

　"그럼, 앞으로 어떻게 하시렵니까?"

　"떠나야지요. 이제 이 절은 마귀굴이 돼 버렸습니다. 떠날 때가 됐습니다."

　"마귀굴이라니? 혹시 박 영감을 두고 말씀하시는 건 아닌지요?"

　"그렇습니다. 그 사람은 마군입니다. 화가 미치기 전에 거사님도 이곳을 떠나십시오. 나무 관세음보살."

　"그럼, 총무 스님은 어떻게 될 것 같습니까?"

　"틀렸습니다. 총무 스님도 이미 바른 성정을 잃어서 본심을 회복하기 어렵습니다. 그리고 주지 스님도 심성에 마군이 틀어 앉아서 용서할 줄 모릅니다. 나와 법사 그리고 공양 보살까지 모두 그 사람의 마술에 빠져 본모습을 잃어버렸습니다. 모두가 마군의 심성으로 돌아가 있습니다. 지금 아무도 그의 마력을 이겨 낼 수 없습니다. 유마경에는 악한 사람을 만나도 스스로 참고 견디어 성내지 않으면 악인도 부끄러워할 것이라며,

헛된 메아리에 응답하지 말고 그림자가 물체를 따르듯 본성을 따르라 했습니다. 더 이상 이곳에 집착하지 마십시오. 소승은 내일 떠나겠습니다. 나무 관세음보살!"

"예, 나도 떠나야 할 것 같습니다만……."

"얼마 전에 일이 잘 풀려 회사를 다시 가동하시게 됐다고 들었는데요."

"다 속임수였습니다. 이젠 정말 빈손입니다. 기계도, 공장도, 모든 재산이 다 내 손을 떠났습니다. 오히려 홀가분합니다."

"그렇게 됐습니까? 나무 관세음보살! 그러나 그것이 탐욕을 벗어난 무소유의 기쁨입니다. 그러면 차라리 모든 것을 벗어던지고 삼보(三寶)에 귀의하십시오."

"제가 이 나이만큼이나 속세의 무거운 업보를 지고 어떻게 부처님께 용서를 구하겠습니까? 무망한 노릇이지요."

"아닙니다. 거사님은 원래 밝은 성정을 타고나신 분이기 때문에 속세의 연을 끊고 정진하신다면 성불하실 것입니다. 지금까지 잃은 것에 대한 애착을 버리십시오. 제행무상(諸行無常)입니다. 내 것이라고 믿었던 모든 것은 언젠가 소멸하고 맙니다. 인간의 근심은 소유욕으로부터 생깁니다. 소유의 망상에서 벗어나십시오. 거사님은 재산을 잃은 것이 아니고 원래 내 것이 없었던 것입니다. 나를 버리고 무아의 세계에 몰입하면 구원을 얻을 수 있을 것입니다. 부디 정진하십시오."

"말씀 감사합니다. 깊이 새겨듣겠습니다."

이튿날 학승은 바랑을 메고 작별 인사를 했다. 그는 역시 수행자답게 주변을 정리하고 어느 쪽에도 치우치지 않는 평정한 마음으로 경내를 두루 돌며 마지막 인사를 남기고 떠났다.

그리고 그날 밤 어스름한 야음 속에서 또 하나의 이별이 남몰래 진행되고 있었다. 그동안 온갖 고뇌와 시름의 날을 보내던 총무 스님이 무거운 이삿짐을 지고 눈에 잘 띄지 않는 샛길로 터덜터덜 걸어 내려가고 있었다. 그는 모든 사람의 질시와 감시의 눈길을 피하여 도망치듯 황망한 발걸음으로 경내를 빠져나갔다.

이제 불암사의 광풍은 멎었지만 도량은 수라장이 돼 버렸다.

다음 날 나도 짐을 정리하고 인사차 대웅전에 들렀을 때, 어느새 법사가 빳빳한 승복을 차려입고 주지처럼 의젓하게 걸어 나와 나를 맞았다.

"아이고! 사장님, 어서 오십시오. 왜 이렇게 늦으셨습니까?"

"네, 그동안 신세 많이 졌습니다. 이제 떠날까 합니다. 박 영감님은 어디 계십니까?"

"어? 아주 가시려고요? 박 영감이 아니라 사무장님이신데. 저기 법당 내실에 계십니다."

"사무장이라니? 우리 절에 그런 것도 있었나요?"

"이번에 주지 스님이 아래 절을 직접 관리하시려고 박 영감님을 특별히 임명했는데요."

"그럼! 법사님도 이참에 아주 무욕(無慾) 대사로 입적시켜 달래지 그랬어요? 사무장한테……."

"안 돼요. 나는 죄가 많아서 중 못 합니다. 술 먹고 오입하고 절 잉어까지 잡아먹었잖아요. 아주 씨를 말려 놨으니까요. 히히!"

"그럼, 이젠 연못에 잉어가 하나도 없나요?"

"히히. 그래도 오늘 사장님 이별주 안줏감은 남아 있지요. 한 마리 건져 올릴까요? 히히."

법사의 머리가 새 승복에 맞춰 금방 깎은 듯 아침 햇살을 받아 유난히 반짝거리고 있었다. 나는 그 넓적한 머리에서 눈길을 떼지 못하고 군침을 삼키며 물었다.

"아니 그것보다는 법사님 머리 한번 아주 시원하게 깎았네요! 그거……."

"아이고, 안 돼요. 또 세게 한번 만지려고 그러지요? 안 돼요! 아직 잘못한 것도 없는데. 히히."

"아닙니다. 내가 왜 남의 머리를 만집니까? 법사님이 예뻐서 그러지요."

"그럼 제가 사무장님한테 안내해 드릴까요? 법당이 내부 수리를 해서 전과는 다르다니까요."

"아닙니다. 나 혼자 박 영삼님 만나 보고 비로 가겠습니다."

법사가 무슨 낌새를 느꼈는지 머리를 감싸 쥐고 뒷걸음질로 물러갔다.

법당은 정말 달라져 있었다. 단청도 새로 했고 수리도 했지만 그보다 확실히 달라진 것은 박 영감이었다. 그는 어느새 머리를 깎고 잿빛 한복까지 입고 법당 한편의 널찍한 방에서 공양 보살과 정담을 나누고 있었다.

"안녕하십니까, 영감님. 사무장 취임을 축하합니다."

"축하는 무슨 축하! 주지 스님이 도와달래니끼 그저 사무장 이름만 갖다 붙인 거이지, 뭐. 실속이 있어? 빛 좋은 개살구디!"

"그래도 영감님 뜻하신 대로 이루어졌으니까 소원 성취 하셨네요."

"또 비아냥거리는구먼. 사실 축하 받아야 할 사람은 이 사장이야. 듣자하니 회사 일이 잘 풀려서 공장을 임대해 줬다면서? 하여튼 재주꾼이야!"

"뭐라고요? 영감님이 그걸 어떻게 아셨습니까? 그러나 잘못 알았습니다. 그자는 내 약점을 이용해서 기계를 아주 송두리째 뺏어 갔습니다. 그는 철저하게 나를 배신하고 재산을 갈취해 간 것입니다. 그자야말로 내가 기른 또 하나의 마군이었습니다."

"오! 또 기렇게 뒤집어졌구먼. 그런데 이보라우, 이 사장은 그 사람을 게지고 또 마군이라고 기러는데 난 기러케 생각하지 않아. 내레 전에도 말했지만 악이란 항상 약자의 변명에 지나지 않아. 두 사람의 싸움에서 승자는 그 사람이야. 따라서 경제적 관념으로 볼 때 선은 그 사람의 것이지 패자의 것이 아니야. 그러니까 약자인 당신이 악의 구렁텅이에 빠진 것인데,

당신의 무능을 탓해야지 그 사람을 악인이라고 하면 안 되지. 괜히 동에서 뺨 맞고 서에다 대고 눈 흘기는 짓 하지 말라우!"

"거참 묘한 선악론이군요. 말하자면 강자는 선이고 약자는 악이라는 건데 그건 착각입니다. 영감님의 말씀은 동물 세계에서나 볼 수 있는 약육강식의 정글 법칙일 뿐인데 고등동물인 인간의 선악 문제로 오해하시면 안 됩니다."

"뭬야? 그럼 자본주의 시장의 기본 원리가 머이가? 경쟁에이요! 그 경쟁에서 이기면 잡아먹고 지면 먹히는 거 에이요. 동물의 세계와 다를 게 뭐요? 잡아먹히는 놈이 아무리 정의로우면 뭘 하오. 발써 사라지고 없는데!"

"인간에게 선악의 문제는 행위의 문제가 아니고 출생 이전의 본질적인 문젭니다. 그러므로 많은 선각자들이 악을 구축하고 선을 구현하기 위해 노력을 해 온 것입니다."

"기건 또 별도의 문제고. 내가 보기에 그 권 상무인가 하는 사람은 자본주의 사회에서는 능력 있는 경영인이고, 이 사장은 나약한 몽상가에 불과하오. 당신의 패배는 당연한 결과요. 당신이 주장하는 정의는 이미 사라졌소."

"영감님의 말씀은 현실적인 경제 논리에는 다소 부합하는 면이 있어도 인간의 선악 문제에는 접근하지 못했습니다. 공자는 인(仁)으로 인간의 본성을 찾으려 했고, 맹자는 사단(四端)을 들어 성선설(性善說)을 말했습니다. 심지어 인간의 본성을 악으로 보는 순자나 선과 악의 양면성을 강조하는 고자(告

子) 같은 분들도 인성의 목표를 선으로 회귀하는 것에 두고 있습니다. 모든 일은 악의를 버리고 선의 바탕에서 행해져야 하고, 비록 완전하지는 않더라도 모든 사람이 그렇게 되도록 노력해야 하는 것입니다."

"거참 별 인민군 발싸개 같은 소리 다 듣겠수다. 내레 그동안 이 사장을 죽 봐 왔는데 사람은 똑똑하고 좋아. 기런데 뭔가 한 뭉텡이가 빠진 거 같더라고. 이 사장은 처음부터 내가 하고 있는 이 절 개혁 사업을 아주 물로 보고 비아냥거리더라고. 난 그것부터 이해가 안 갔어! 내가 스님들의 부정을 몰아내고 사찰의 참 모습을 찾아 주었다는데 그걸 왜 마군이니 뭐니 하면서 악행으로 몰아붙이느냐 이거야! 당신이 생각하는 선악의 기준이라는 게 바로 중(中)도 소(小)도 아닌 그런 도사들의 잠꼬대란 말이오?"

"반드시 그것뿐만이 아니라 불가에서도 악의 근원을 막기 위해 5계, 10계를 두고 수도자에게는 150계, 348계를 주어 수행하도록 하고 있지 않습니까. 그것은 모두……."

"그만하시라요! 거참! 점점 사람 부아만 채우는구먼. 나는 지금 그런 잠꼬대를 듣고 싶은 거이 에이고 이제 헤어지는 마당에 몇 가지 충고를 하고 싶소. 먼저 당신은 상대에 대한 기대가 너무 높소. 그것도 당신이 규정해 놓은 어떤 도덕률을 게지고 말이오. 기러니께 만날 상대에게 충성이나 의리 같은 것이나 강요하게 되고, 상대의 좋은 점은 안 보이고 악행만 보이는 거 아니오? 내가 보기엔 당신 자신이 먼저 강해진 후에 인을 베풀어야 방어할 수 있지, 기렇지 않고선 만날 잃기만 하게 될 거요. 결국 명분에만 치우치지 말고 실리를 취하라는 거요."

"충고는 고맙습니다만 영감님 말씀처럼 내가 그렇게 일방적이진 않습니다. 나도 늘 마음속에서 그런 선악의 갈등을 느낍니다. 때로는 그것이 정의와 불의라는 형태로 나타나기도 하고 어느 땐 명분과 실리로 갈라지기도 합니다만, 늘 선택에서 비현실적인 면이 있는 것은 사실입니다."

"이보라우, 당신은 좋게 보면 이상주의자고 나쁘게 보면 황당한 몽상가나 독선가에 불과한 거우다. 당신이 들으면 좀 이상하겠지만 나나 권 상무 같은 사람들은 사실은 악의 소굴에서 열렬한 투쟁 끝에 간신히 탈출해 나온 승자들이오. 그러기 위해선 누군가의 희생이 필요했던 거요. 그걸 무조건 악으로만 몰아붙여서는 안 된다는 거요. 당신과 나의 차이는 선악의 기준이 다르다는 것뿐이오. 당신의 선은 명분이고 나의 선은 실리라는 점이오. 내레 굳이 당신을 무능하다거나 악한 사람으로 보지 않소. 당신은 분명히 천성이 선량한 사람이오. 기렇지만 당신은 설 자리를 바로잡지 못한 거요. 사실 당신 같은 사람이 뿌리를 내릴 수 있는 곳은 종교계나 학교 부근일 거요. 그런 데서나 당신의 그 높은 이상과 너절한 학문이라는 것이 필요할 테니까. 기렇지만 당신에게는 그것도 쉽지 않았을 거요. 아마 월북자 가족이라는 신분과 당신의 정치적 이념이 그 길을 막았을 거요. 미안하지만 난 군 수사대를 통해 당신의 신상 파일을 본 적이 있소. 당신의 교직 생활은 파란만장한 것이었소. 정규 교육기관보다는 대부분 사설 학원 강사였으니까 말이오. 더구나 사상 문제도 그렇고⋯⋯."

"뭐라고요? 지금 무슨 말씀을 하는 겁니까? 그럼 영감님이 나까지 수사를 했다는 겁니까?"

"더 이상 긴 말은 필요 없수다. 이제 헤어지는 마당에 서로 맺힌 마음을 풀고 편하게 살자는 거요. 어디 가서든 이 박봉출을 씹지 마시오. 기거이 피차간에 좋을 거요. 그리고 이제 이 절 재정 관리자로 말하갔는데 식비조차 나오기 어려운 당신에게 더 이상 방을 빌려 줄 수는 없소. 그런데 마침 떠난다니 오히려 다행스러운 일이오. 잘 가시라요!"

나는 서서히 허물어져 가는 자신을 느꼈다. 과연 내가 추구해 온 가치 기준은 무엇이었을까. 박 영감의 말대로 정말 실리가 아닌 명분만을 쫓다가 모든 것을 다 잃고 만 것은 아니었을까. 나는 갑자기 길 잃은 아이처럼 사방을 두리번거렸다.

어느새 홈드레스에 화장까지 한 공양 보살이 수줍은 듯 찻상을 들고 들어왔지만 차 맛은 그저 시금털털했다. 나는 더 이상 이을 말을 찾지 못하고 수라장이 돼 버린 불암사를 떠났다.

박 영감은 지난 2년여 동안 싸워서 얻은 전리품으로 새로운 생활의 근거지를 얻어 냈다. 한때 무리에서 쫓겨나 방황하는 늙은 이리처럼 가족을 잃고 세상을 떠돌다가 이 벽지까지 밀려나서야 다시 보금자리를 얻게 된 것이다. 그는 주지의 신임을 업고 사무장으로서 명실상부하게 절 내부의 관리 업무를 맡게 되었다. 비록 아무도 알아주지 않는 작은 절의 관리인에 불과하지만, 이 사무장이라는 직함의 가치는 그에게 생존의 의미이고 승자의 월계관 같은 것이다. 거기다 반대급부로 최소한의 고정 급여를 확보했고 또 실권 없는 총무 스님을 올라타고 경내의 크고 작은 경제적 실리도 얻게 되었다. 이제 가끔씩 도치 나물이나 갖다 바치고 청주와 잉어 곰국이나 공양하면 주지 스님은 그의 손바닥을 벗어나지 못할 테고, 지금보다 조금만 더 제 시간을 갖게 해 주면 법사는 산딸기나 더덕 등으로 계절따라 술을 빚어 올릴 것이다. 여기다 사무장의 아량으로 돈 몇 푼만 더 법사에게 던져 준다면 그는 또 방 안 여기저기 뿌려 놓고 객기를 부리다가 1년에 한 번, 아니면 두 번쯤 색싯집에 가서 아가씨 엉덩이 밑에 깔려 환성을 지를 수 있을 것이다. 그리고 특히 박 영감에게 전리품으로 묻어간 불암사 공양 보살은 육보시에만 공을 들이지 말고 해장국도 맛깔나게 끓여 올려야 할 것이다.

나는 다시 물안개 내리는 경춘가도를 달려갔다.

시선에 대하여

施善

시작은 그렇다. 아무래도 그놈의 길부터다. 내가 출퇴근을 위해 아침저녁으로 이용하는 버스 정류장과 우리 집 사이는 대략 1킬로미터쯤 되는데, 그중에서 집 앞 골목길 100여 미터를 뺀 나머지 길이 좀 묘했다. 얼핏 보아서는 보도(步道)에 지나지 않지만, 이른바 러시아워가 되면 그 길은 도심(都心)의 어떤 거리보다도 사람의 물결로 미어터지는 것이었다. 그도 그럴 것이, 가까스로 서울특별시에 끼어든, 가파른 야산 비탈에 억지로 달라붙어 있는 동네이다 보니 소방도로는커녕 뒷골목조차 제대로 발달할 여지가 없고, 또 뒷골목이 그 지경이다 보니 사람들은 모두 집 앞 골목길만 벗어나면 곧장 그 보도로 쏟아질 수밖에 없었다.

그런 사정은 내게도 마찬가지여서, 출퇴근은 물론이려니와 일요일이라도 시내에 볼일만 있으면 어김없이 그 길을 지나야 했다. 다른 버스 정류장을 이용하려면 적어도 5리쯤은 다리품을 팔거나, 천천히 걸어도 종당에는 숨을 헐떡거리게 되는 언덕길을 넘을 각오를 해야 했기 때문이다.

　그런데 바로 그 길 끄트머리쯤에 언제부터인가 한 맹인(盲人) 가족이 자리 잡고 앉아 매일같이 그곳을 지나쳐야 하는 내 의식을 긁어 대기 시작했다. 목이 좋으면 돌도 구워 판다던가. 전부터 이런저런 잡상인들이 노렸으나 공무원들의 단속 때문에 한나절도 배겨 나지 못하고 쫓겨나곤 하던 버스 정류소 옆 가로수 아래였다.

　맹세코 나는 앞 못 보는 사람들에게 호오(好惡) 간에 무슨 특별한 감정을 품은 적이 없거니와, 또 그런 사람들이 가족 수대로 거리에 나와 구걸하는 것을 본 것도 그게 처음은 아니었다. 그런데도 그들이 그 자리를 차지하고 앉은 날부터 알게 모르게 내 의식이 교란 받게 된 데는 몇 가지 까닭이 있었다.

　먼저 그들이 내 눈길을 끈 것은 구성진 그들 가족의 짜임이었다. 나이를 짐작하기 힘든 맹인 사내와 서너 살가량의 계집아이에다 그 위로 두 살 터울쯤 되는 계집아이 둘이 더 있었는데, 그런 가족 구성이 너무도 나와 닮아 있었다. 내게도 네 살배기 막내딸에 그 위로 여섯 살, 여덟 살 난 딸 둘이 더 있어, 그 구성만으로 보면 그들은 영락없이 아내가 빠진 우리 가족과 같았다.

하지만 그보다 더욱 사람을 못 견디게 하는 것은 그들의 구걸 방식이었다. 책상다리를 하고 앉은 맹인 사내는 가장 나이 어린 것을 받쳐 들듯 반듯이 안고 있었고, 나머지 두 계집아이는 그런 그의 무릎 곁에 나란히 누워 있었다. 맹인은 말할 것도 없고 아이들까지 모두 눈을 감고 있었는데, 얼마나 꼼짝 않고 있는지 한참을 서서 보아도 돌부처처럼 그대로 굳어 있을 때가 많았다. 움직이는 것은, 살아 있음에 분명한 그들보다는 오히려 갑작스러운 바람에 나부끼는 그들의 머리카락이나 누더기 자락 또는 동전 몇 개가 던져져 있는 찌그러진 양재기 쪽이었다.

"쯧쯧…… 천벌을 받지. 그래, 저 어린것들을 두고……."

성난 듯 동전 한두 개를 양재기에 던져 넣으며 지긋한 부인네들이 내뱉는 말은 열에 아홉이 그랬다. 실은 그녀들이 아닌 그 누구라도 맹인의 아내가 어느 음흉한 놈팡이와 배가 맞아 앞 못 보는 남편과 어린 자식들을 버리고 달아났다고 대뜸 단정할 만한 정경이었다.

그러나 내가 그 찌그러진 양재기에 동전을 떨어뜨리는 동기는 좀 달랐다. 무엇보다도 사내의 팔에 안겨 있다기보다는 차라리 반듯하게 얹혀 있다는 편이 옳은 어린것의 가련한 모습 때문이었다. 그 애는 나이에 비해 유난히 검고 긴 머리채를 가지고 있었는데, 먼지와 땀에 절어 길게 늘어진 머리칼 가운데 몇 가닥은 종종걸음 치는 여자들의 치맛바람에도 노르께한 얼굴 위에 흩어지곤 했다. 거기다가 두 눈을 꼭 감은 채 두 팔을 축 늘어뜨리고 있는 그 애를 보면 금세라도 어떻게 될 중병 환자나 이미 숨이 끊어진 시신을 보는 듯한 섬뜩함까지 느껴졌다.

이따금 한 이틀씩 안 보일 때가 있기는 해도, 그들이 다시 나오기만 하면 그 애 또한 같은 모습으로 나타나는 것으로 보아 병들었거나 죽은 게 아닌 것만은 틀림없었다. 하지만 그것만으로는 그 애에게서 느껴지는 애처로움이나 안쓰러움이 조금도 줄어들지 않았다. 어떤 필요에 따른 연출에 지나지 않다 쳐도 그 애에게 맡겨진 역할은 겨우 서너 살밖에 안 된 어린것에게는 너무나 가혹했다. 내가 회사에서 일하느라 볼 수 없는 낮 동안에도 그들이 같은 모습으로 앉아 있다면 적어도 그 어린것은 하루에 열 시간 가까이 자거나 자는 척하며 손가락 한번 꼼지락거리지 못하고 보내야 하기 때문이었다.

그 때문에 나는 그 찌그러진 양재기에 동전을 던져 넣을 때마다 잠깐씩 멈춰 서서 그 애를 살펴보았다. 어떤 때는 콧등에 땀이 송알송알 맺혀 있기도 했고 또 어떤 때는 노르께한 피부 밑으로 발그레한 빛이 내비쳤지만 움직임은 끝내 볼 수 없었다. 한번은 근처 반찬 가게에서 날아온 듯한 파리 한 마리가 한 3분은 좋이 그 애의 얼굴을 핥으며 기어 다녔지만 마찬가지였다. 핏기 없는 얼굴에 잔물결 같은 경련을 보이면서도 손 한번 시원스레 내젓지 못하는 그 애를 위해 그 파리를 쫓아 준 것은 결국 보고 있던 내 쪽이었다.

'저 애가 꼭 저러고 있어야만 하나?'

'저 애를 우선 좀 풀어 놓아야 할 텐데⋯⋯.'

어린것을 그렇게까지 단련시킨 맹인 사내의 비정과 잔혹성에 치를 떨던 것도 한동안이고, 나는 차츰 그런 생각으로 속을 끓이게 되었다. 그것도 처음에는 그저 막연한 감정이던 것이 날이 갈수록 구체적이고도 격렬하게 변해, 어떤 때는 당장 그 사내에게 덤벼들어 애를 떼어 놓고 싶은 충동에 빠지기까지 했다.

그렇지만 엄밀히 말하자면 그런 충동이란 것도 기껏 마음속에서뿐이었다. 걸핏하면 남편의 귀싸대기를 후려 패는 아내의 못된 손버릇을 결혼한 지 10년이 훨씬 넘는 지금껏 고치지 못한 내 심약함이나, 집어치워야지 집어치워야지 하면서도 변변찮은 회사에 시원찮은 월급으로 또한 10년이 훨씬 넘도록 매달려 있는 내 주변머리로 할 수 있는 게 무엇이겠는가. 기껏 멀리서 눈먼 사내를 흘겨보며 당장이라도 요절을 낼 듯 용을 쓰기도 하고 또 어린것을 보면 안쓰러워 혀도 차 보다가 마지막에는 팽개치듯 동전을 떨어뜨리고 얼른 그곳을 지나치는 게 고작이었다.

거기다가 또 하나, 내가 그들과 그 이상의 어떤 관계에 빠져 드는 것을 은근히 꺼리는 것은 불행의 전염에 대한 두려움 때문이었다. 멀쩡한 내 눈이 갑자기 어찌될 턱도 없고, 못된 손버르장머리가 있기는 해도 멀쩡한 아내가 나와 어린것을 버리고 달아나는 일 따위도 일어날 성싶지는 않았지만, 왠지 그 맹인 사내와 가까이 했다가는 단박에 그의 불행이 내게로 옮아올 것 같은 조바심이 들곤 했다.

그래서 마음속으로는 끊임없이 그 어린것의 고통에 부대끼면서도 한 계절이 다가도록 동전 한두 푼 던져 넣는 관계만 유지해 오던 내가 갑자기 그들과 새로운 관계로 빠져 든 것은 대략 달포 전이었다. 그날 무슨 일인가로 아내와 대책 안 서는 싸움을 하고 썰렁한 기분으로 늦은 출근을 하다가, 역시 그날따라 늦게 나온 그 맹인 가족들이 전을 차리는 걸 본 게 그 발단이었다. 전을 차린댔자 보도 위에 때 묻고 해진 비닐 돗자리를 깐 뒤 앞서 말한 그런 배치로 앉고 눕고 하는 것인데, 먼저 책상다리를 하고 앉은 맹인 사내가 그 어린것을 팔 위에 올려놓은 대목에서 나는 그만 참지 못하고 말았다.

"여보시오."

나는 험악한 표정에다 목소리를 짐짓 위협적으로 내어 그를 불렀다. 아내에게 새벽부터 들볶인 뒤끝이라 까짓 불행 따위 옮을 테면 옮아라, 하는 기분이었지만, 너무나도 갑작스레 시작한 일이어서 막상 그를 불러 놓고 보니 스스로 당황스럽기까지 했다.

"누구십니까?"

그렇게 묻는 맹인 사내의 목소리는 뜻밖으로 차분한 가운데도 어떤 당당함마저 느껴졌다. 나는 더욱 당혹스러웠으나 내친김에 용기를 내어 진작부터 별러 오던 말을 꺼내고 말았다.

"나는 이 근처에 사는 사람인데 부탁이 하나 있소."

"그렇잖아도 발걸음 소리가 귀에 익다 했는데, 그래 무슨 부탁이십니까?"

"다른 게 아니고, 그 아이 말이오, 당신이 안고 있는 그 아이를 좀 놓아둘 수는 없겠소?"

"왜 그러시죠?"

그가 보이지도 않는 눈을 내 쪽으로 향하며 천천히 물었다.

"왜라니? 당신 정말로 그걸 몰라서 묻소?"

나는 앞뒤 없이 그렇게 목소리를 높이다가 문득 계면쩍어 다시 목소리를 낮추었다.

"물론 그 아이를 그런 모양으로 안는 당신의 의도는 짐작이 가오. 하지만 하루 종일 그렇게 안겨 있어야 하는 그 어린것의 고통이나 신체적 장애도 좀 생각해 봐야 되지 않겠소?"

"글쎄요……."

좀 그런 것 같다는 표정을 지어 보이면서도 목소리는 조금도 달라진 게 없이 그가 말끝을 흐렸다. 그 표정에 힘을 얻은 내가 제법 다그치듯 물었다.

"그래, 안 되겠소? 그 애를 자유롭게 놓아둘 수는 없는가 이 말이오. 그 애뿐만 아니라 당신 무릎 곁에 누운 아이들까지도……."

그러자 맹인 사내는 잠시 곤혹스러운 표정을 지었을 뿐 다시 차갑고 무감동한 표정으로 돌아갔다. 고개까지 가로젓지는 않아도 뒤이은 상체의 가벼운 흔들거림은 틀림없이 거부의 뜻을 나타내고 있었다. 그의 대답을 기다리지 못한 내가 성급하게 다그쳤다.

　"결국 안 되겠단 말씀이군요."

　"그냥 못 본 체 해 줄 수는 없을까요?"

　나의 선의에 대한 그의 반응은 냉담했다. 어쩌면 그는 나의 제안을 방해나 시비쯤으로 받아들이는 듯했다. 그러나 나의 기분은 그의 감정 따위를 헤아려 줄 만큼 여유롭지 못했다. 당장은 어떻게든 아이를 풀어 놓아야겠다는 조바심 때문에 그를 설득해야 했고 출근 시간도 늦었기 때문에 나는 곧바로 진의 파악에 나섰다.

　"좋소. 안 되겠다는 뜻이군요. 그럼 당신이 꼭 이렇게 해야 할 이유나 들읍시다."

　내 딴에는 치솟는 감정을 억누르고 조용히 말했지만 아무래도 말투가 앞서보다는 거칠었던 모양이다. 그때까지 눈을 감고 누워 있던 아이들이 한꺼번에 눈을 떠 나를 쏘아보았다. 낯선 침입자에 대한 적의와 공포가 반반으로 섞인 여섯 개의 눈동자가 내쏘는 빛줄기는 무슨 날카로운 바늘 끝처럼 온몸에 따갑게 느껴져 왔다. 나는 저희들을 위해 나섰건만 그 눈동자들 어디에도 조그마한 호의조차 느껴지지 않았다. 그런 애들의 눈길을 감히 마주하지 못하고 황급히 눈을 돌리려 할 때 맹인 사내의 엷은 입술이 열렸다.

"세상이 그렇게 시킨 겁니다. 뿐만 아니라 이렇게 하는 것이 우리가 지켜야 할 최소한의 예의이기도 하지요."

"예의라니? 어떻게 어린것을 학대하는 것이 예의라는 거요?"

그러자 맹인 사내는 정말 딱하다는 듯 목소리를 가다듬어 설명하기 시작했다.

"선생께서는 너무 정상인의 기준으로만 보시지 말고 좀 더 불구자들의 처절한 입장으로 생각해 주십시오. 저희들은 단순한 구걸 행위만으로는 세상살이에 지친 사람들의 동전을 얻어 낼 수 없습니다. 뭔가 더 강렬한 고통을 호소해야 세상 사람들의 동정심을 유발하고 동전을 얻어 낼 수 있는 거죠. 그런 노력이 바로 구걸하는 자들이 바치는 최소의 예의고 의무입니다. 선생께서도 제가 이렇게 하고 있는 편이 동전 한 닢이라도 떨어뜨리기에 편리하실 텐데요? 다시 말하면, 이 아이의 가련한 모습이야말로 먼저 선생의 시선을 끌고 마침내 선생의 호주머니에서 동전까지 끌어내게 한 것 아닙니까?"

"딴은 그렇군. 이왕 거리로 나온 바에야 자신의 불행이나 고통을 설명할 필요는 있었겠지. 그러나 하필이면 왜 저 어린것들을 택했단 말이오? 특히 당신이 지금 안고 있는 그 어린것의 고통을 단 한 번이라도 생각해 본 적은 있소?"

"물론 생각하고 있습니다. 제 의도가 바로 거기에 있으니까요. 그러나 아이들을 학대한다느니 어쩌니 하는 것은 선생님께서 잘 모르시는 말씀입니다. 아무리 못난 애비라도 명색 자식새긴데 억지로 이런 짓을 시키기야 하겠습니까? 못 미더우시면 이 아이들에게 물어보십시오. 애들은 누가 시켜서가 아니라 스스로 이러고 있습니다. 단 하나, 배불리 먹고 싶다는 욕망이 이 아이들을 견뎌 내게 하고 있는 것뿐입니다. 그리고 안고 있는 이 어린것을 말씀하셨는데, 실은 이 애만 늘 이런 꼴로 안겨 있는 것은 아닙니다. 우리는 이곳까지 모두 세 곳을 돌고 있습니다. 다른 곳에서는 첫째가, 또 다른 곳에서는 둘째가 늘어진 시늉을 하며 안겨 있습니다."

맹인 사내의 조리 있는 설명을 듣자 나는 잠시 말문이 막혔다. 하지만 이왕 벌인 일이었다. 적어도 그때의 내 기분은 무슨 수를 써서라도 그 어린것을 맹인 사내에게서 떼어 놓고 싶다는 것뿐이었다.

"알겠소. 그러나 꼭 이렇게 해야만 하겠소? 이 방법이 아니고는 벌이가 안 된단다는 거요?"

"참 딱하신 분이군요. 선생께서는 세상 사람들의 냉담과 무관심의 벽이 얼마나 굳고 두꺼운지를 모르십니까?"

"그렇지만 세상 사람들 모두가 다 그런 건 아니잖소? 어쨌든 이곳에서만이라도 그 애를 놓아두시오. 그리고 모두 자연스러운 동작으로 세상 사람들의 온정을 기다려 보시오. 만약 그래서 들어오는 돈에 차이가 난다면 말이오. 그 차액은 내가 보상해 주겠소."

"왜 그러시죠?"

"나는 단지 저 애를 고통에서 구하려는 것뿐이오."

뭐에 씌었는지 나는 후끈 달아 거기까지 단숨에 말했다. 사내가 한심하다는 듯 이맛살을 살포시 찡그렸다가 이내 엷은 미소와 함께 머리를 끄덕였다.

"좋습니다. 정 그러시다면 그렇게 한번 해 보지요. 숨결이나 전해 오는 열기로 미루어 그냥 물러설 분 같지도 않고……. 그런데 그 보상은 어떤 식으로 해 주실 참인가요?"

"글쎄 뭐 별다른 방법이 있겠소? 내가 퇴근할 때 계산해 봐서 평소보다 적으면 그만큼 내가 동전을 채워 주겠소."

"그러면 되겠습니다만, 제 수입은 아마도 평소의 절반 이하로 떨어질 것 같은데 선생께서 후회할 일을 한 것은 아닌지요?"

"천만에요. 그럼 그렇게 결정 난 겁니다."

나는 사내의 마지막 말에 묻어 있는 유혹을 떨쳐 버리듯 단호하게 말했다. 대단한 액수일 것 같지는 않지만, 그래도 대충 이삼 일에 한 번씩은 생돈을 물 계약에 빠져 드는 것이 은근히 겁나지 않은 것은 아니었다.

지금까지 우리가 주고받는 이야기를 듣고 있었는지, 그때까지 죽은 듯이 누워 있던 아이들이 내 말이 떨어지기 무섭게 부스스 털고 일어났다. 심지어 사내의 무릎 위에 반듯이 누워 있

던 그 어린것까지도 발딱 일어나 앉아 제 언니들 쪽으로 고개
를 돌리며 방긋 웃었다. 그 맑은 미소 하나만으로도 자칫 후회
로 발전할 수 있었던 내 마음속의 구름은 씻은 듯 사라졌다.

그때쯤 맹인 사내도 두 다리를 쭉 뻗고 상체를 비스듬히 젖
힌 편한 자세로 바뀌어 있었다. 그런 그들의 모습은, 몇 푼의
동전을 구걸하러 나온 거지가 아니라 잠깐 바람이나 쐬러 나
온 이웃의 한 가족처럼 보였다.

"고맙소. 이젠 가 보겠소. 참, 그런데 말이오. 보통 당신들
의 하루 벌이는 얼마쯤 되오?"

"보잘것없지요. 5~6만 원 정도가 보통입니다. 운수가 좋은
날에는 빳빳한 지폐가 끼어들 수 있지만, 그런 것까지 선생에
게 물어 달랄 수는 없고, 그저 한 5만 원 정도를 기준으로 삼
는 게 어떻습니까?"

"알겠습니다. 그럼 퇴근 때 다시 들르겠습니다."

나는 그 거래에서 쌍방의 성실성을 처음부터 보장 받고 있
는 것처럼 그렇게 말을 맺고 일어서려 했다. 그때 그가 그런
내 소홀함에 주의를 환기시켰다.

"그렇게 하십시오. 사실 저는 선생을 처음부터 알고 있었습
니다. 발걸음 소리로 보니 선생은 키가 크면서도 터덜거리는
걸음걸이고, 구두창은 아마도 안쪽으로 닳아 있을 겁니다. 직
업은 대체로 사무직에 종사하실 테지만 남을 도울 만큼의 여
유를 가지신 분 같지는 않군요. 나이는 아직 채 마흔도 안 되

셨고……. 대략 이게 제가 선생에 대해 알고 있는 것들이지요. 제 기억이 틀림없다면 선생은 지난 초여름 우리가 처음 여기에 자리 잡던 날부터 줄곧 동전을 던져 주셨을 겁니다."

그러나 나는 그게 계약의 성실한 이행을 은근히 다짐 받으려는 말이란 것도 거의 알아차리지 못하고 턱없이 지체된 출근만 서둘렀다.

"그런 것까지 기억하시다니 용하십니다. 어쨌든 퇴근 때 다시 만납시다."

회사는 물론 지각이었다. 까닭 없이 사람을 주눅 들게 만드는 과장 앞에서 궁색한 변명을 지어내느라 땀깨나 뺐지만 조금도 괴롭지 않았던 것은 틀림없이 맹인 사내와의 그 계약 때문이었다. 나머지 하루도 마찬가지였다. 어떤 뿌듯한 성취감과 자부심 같은 것으로 나는 하루를 거의 들뜬 사람처럼 보냈다.

맹인 사내의 예측은 정확히 맞아떨어졌다. 퇴근 시간에 들러 그들의 양재기를 털어 계산해 보니 5만 원의 절반이 넘는 3만 원이었다. 나는 주머니를 톡톡 털어 2만 원을 채워 주었으나 그때까지는 아직 언짢지도 짐스럽지도 않았다. 자리를 걷을 때가 다 되어 이제는 놀이도 끝나고 제 아버지 곁에 올망졸망 모여 앉았기는 해도 아침과는 비교도 안 될 만큼 자연스럽고 활기 찬 아이들의 모습이 낮 동안의 내 기분을 유지시켜 준 것이다. 더구나 그들의 줄어든 수입에 대해서도, 나는 그것이 그날의 특별한 불운 탓일 뿐 곧 회복되리라고 낙관하고 있었다.

그러나 밀월(蜜月)이라고 해도 좋을 그들과의 그런 관계는 솔직히 말해 그리 오래가지 못했다. 그들에게 주머니를 털어 주는 일이 대여섯 번쯤 거듭되면서부터 나는 어떤 빠져나오기 힘든 수렁으로 발목이 잠겨 들고 있는 듯한 느낌을 받기 시작했다.

그 첫째는 무엇보다도 돈 때문이었다. 첫날의 내 낙관(樂觀)은 터무니없는 것임이 곧 드러나 그들의 수입은 원래대로 회복되기는커녕 갈수록 줄어들었다. 절반 남짓에서 절반 이하로, 그리고 다시 삼분의 일 남짓에서 삼분의 일로 줄어들던 그들의 동전 양재기는 이윽고 만원 정도를 왔다 갔다 하는 데까지 가서야 줄어들기를 멈추었다. 결국 내가 물어야 할 돈은 4만 원하고도 동전 한두 개 귀가 달린 액수로 굳어 버린 셈이다.

돈 많은 이들에게는 애들 과자 값도 안 될 액수지만, 비상금 없이 하루 1만 원을 타서 집을 나서는 나로서는 당초부터 힘겹기 그지없는 큰돈이었다. 점심은 라면으로 때우고 커피 따위는 자동판매기까지 외면을 해도 사흘에 한 번씩 4만 원을 만들어 내는 것은 무리였다. 거기다가 그렇게 절약해서 모으는 돈의 용도는 그 밖에도 더 있었다. 이를테면 아무리 눈 딱 감고 모르는 척해도 피치 못할 경조사 부조금이나 어쩌다 한두 번쯤은 섞여 줘야 하는 동료들과의 술자리 같은 것이었다.

따라서 그 맹인 가족이 나오는 날이면 으레 나는 돈 걱정부터 해야 했다. 그래도 처음 얼마간은 옆 자리의 미스터 박, 맞은편의 김 형, 하는 식으로 버텨 나갔으나 날이 갈수록 그것도 어려워졌다. 좁은 사무실을 한 바퀴 돌아 급사 아이의 비상금 5만 원까지 빌려 쓸 형편이 되자 다음이 막막했다. 가깝기로 야 아내가 있지만, 그녀에게 가욋돈을 요구하는 것보다는 차라리 남의 집 담을 뛰어넘는 편이 나았다. 200만 원이 채 못 차는 월급봉투를 내밀 때마다 나를 세상에 가장 몹쓸 남편으로 몰아세우는 그녀에게 그따위 소리를 했다가는 귀싸대기부터 올려붙이고 들 게 뻔했다.

그렇다고 이제 와서 그 맹인 사내와 한 계약을 일방적으로 파기하는 것은 더더욱 할 수 없는 일이었다. 무엇보다도 그 계약은 내 쪽에서 먼저 매달리다시피 해서 한 게 아닌가. 거기다가 대가가 좀 호되기는 해도 나는 아직 그 아이들을 옛날의 고통 속으로 되돌려 보낼 만큼 다급하지는 않았다. 슬그머니 그 자리를 지나쳐 버리는 수도 생각해 볼 수는 있지만 그것도 현실적으로는 거의 불가능했다. 그의 예민한 청각을 속이고 몰래 지나간다는 것도 어렵거니와 그 곁에는 또 이미 나를 알아보는 초롱초롱한 눈이 여섯이나 있었다. 그 밖에 다른 출퇴근 길을 찾아 그를 피하는 방법도 있겠지만 우리 동네의 지형상 어려웠다. 잘 해야 택시를 이용하여 그 길을 피하는 수가 있는데, 그때는 또 아무런 실익이 없었다. 동네가 워낙 변두리라 회사까지 왕복 택시비만으로도 맹인 사내와의 계약 이행을 하고 남기 때문이었다.

이래저래 궁리가 막힌 나는 하는 수 없이 경리과를 찾아가 입사(入社) 후 처음으로 가불 신청을 했다. 나중 일은 나중 일이고 임시낭패나 면하자 싶어 큰맘 먹고 40만 원을 타 낸 것인데, 그것으로도 생각만큼 오래 견디질 못했다. 현금 빌린 미스터 박, 김 형, 오 양하며 또 누구누구에다 그동안 피하느라고 피해도 몇 군데 걸린 점심 빚 커피 빚 갚고 하다 보니 거금 40만 원이 없는 집 쌀독 내려앉듯 줄어들어 어느새 바닥이 나고 말았다.

　그러나 그 같은 돈 문제 못지않게 그들과의 밀월을 금 가게 한 것은 차츰 빈정거림에 가까워지는 그 맹인 사내의 설교였다. 그는 언제나 내가 돈을 계산하고 생돈을 보충하는 장면에 가서 미안함을 표시하려는 것인지 아니면 나의 마음을 돌리게 하려는 것인지는 몰라도 터무니없이 긴 설교를 늘어놓았다.

　"선생, 어떻습니까. 세상 사람들을 둘러싸고 있는 그 무관심과 냉담의 벽이? 지금쯤은 선생도 그 벽이 생각보다 두껍고 굳다는 것을 느꼈을 겁니다. 하지만 우리는 그걸 탓하지 않습니다. 우리의 관심은 오직 어떻게 그 벽을 뚫고 들어가느냐에만 쏠려 있을 뿐입니다. 어떤 맹인은 녹음테이프를 따로 틀어 놓고 마이크를 앞세워 입만 벙긋거립니다. 물론 그 테이프에서 흘러나오는 노래는 이름난 가수의 것도 또 그들을 본뜬 다른 목청 좋은 사람의 것도 아닙니다. 그 노래가 쇼 무대의 것처럼 매끈하고 세련될 필요는 없으니까요. 대개는 자신의 목소리가 아니면 어떤 이웃의 목소리를 빌린 것인데, 거기에는 반드시 공통된 특징이 있습니다. 좀 덜 터진 듯하면서도 어딘가 애처롭게 들리거나 사람을 울적하게 만드는 그런 목소리지요. 가끔씩은 가사도 조금 틀리고 박자도 안 맞는 쉬어 터진 듯한 소리가 끼어들기도 하지만 그것은 실수가 아닙니다. 이모저모로 재고 살핀 끝에 가장 적당하다고 생각되는 곳을 골라 고의적으로 잔재주를 피운 것들이지요.

그러나 그것만으로 그들의 잔재주가 다 끝난 것은 아닙니다. 우선 그들의 차림을 보십시오. 대개는 도무지 그런 전자 장비와 유행가에 어울리지 않는 것들입니다. 갓 쓰고 자전거 탄 것처럼 우스꽝스럽거나 몇십 년 전 산골에서 금방 끌려 나온 것 같은 촌티가 나기 십상이지요. 표정과 몸짓도 마찬가집니다. 병신 육갑한다는 말이 절로 나올 만큼 기성 가수의 흉내를 내거나 누가 봐도 어색하다 싶을 만큼 지나치게 과장되어 있을 것입니다. 얼핏 보아서는 웃음이 터질 것 같기도 하지만 실은 그게 그렇지 않습니다. 어쩌다 웃음을 터뜨린 사람도 속으로는 이내 서글퍼지지요. 하염없다는 생각에 자신도 모르게 동정 섞인 한숨을 짓게 됩니다. 일부러 속이 빤히 보이는 알량한 수작을 부렸다가 들켜 줌으로써 상대에게 우월감을 주면서도 실은 자신의 욕구가 절실함을 이중으로 과장하는 수법도 있지요. 오죽하면 저럴까, 하는 기분이 들게 하는 그런 연출 말입니다. 어쨌든 사람들에게 겉으로든 속으로든 그런 한숨만 끌어냈다면, 평소 그들을 둘러싸고 있는 무관심과 냉담의 벽을 반쯤은 허문 것입니다.

그 단계에서 벌써 우리에게 동전을 떨어뜨리는 마음 약한 사람들도 있지만 그것만으로는 부족합니다. 그들의 호주머니로부터 동전을 끌어내리려면 단순한 동정심 이상으로 더 강한 자극이 필요하지요. 분노나 혐오감 같은 그런 감정들 말입니다. 대개의 사람들은 나름의 속단으로 앞뒤 없이 분노하거나 얼른 그 자리를 피하고 싶을 만큼 혐오감에 빠지게 될 때에 비로소 황급하게 동전을 팽개치고 가 버리는 것입니다. 멀쩡한 다리에다 이상한 연고를 발라 살이 짓무르게 한 뒤 변소에서 잡은 구더기를 몇 마리 슬쩍 끼워 넣거나, 10년 전에 잘린 다리의 절단 부위를 새삼 북북 긁어 피가 흐르게 하든가, 흉측하게 딱지 지게 한 뒤 내보이는 것 따위는 혐오감의 유발을 노리는 대표적인 예가 될 겁니다.

분노의 유발을 노리는 전형적인 것은 어린것들을 있는 대로 다 데리고 나앉는 아낙네의 경우 같은 것이지요. 사람들이 동전을 던지고 지나가는 것은 그들에 대한 동정이라기보단 그 모양으로 버리고 간 비정한 가장(家長)에 대한 분노에서인 경우가 훨씬 많습니다.

하지만 선생, 그 가엾은 이들을 비난하려 들지는 마십시오. 잔재주든 속임수이든 그것도 두터운 무관심과 냉담의 벽을 뚫기 위한 처절한 몸부림이니까요. 선생이 개입하기 전 제가 택했던 구걸 방식도 결국은 거기에 따른 것이었습니다. 그런데도 선생은 저를 단순한 동정에만 의지하도록 강요하셨고 결과는 이렇게 되었습니다. 아무래도 선생의 안일한 오해였습니다."

"그렇다면 결국 불구자들은 고의적으로 자신의 신체적 약점을 과장하여 사람들을 속이는 것인데 그걸 마치 무슨 특권처럼 말하는군요."

"분노나 혐오감의 유발도 결국은 동정심의 강요에 지나지 않다고요? 우리가 잔재주와 속임수를 섞어 스스로의 불행을 과장하는 것이 불쾌하다고요? 네, 불쾌하셔야지요. 아니 그 이상 화가 나서 동전이라도 내던지지 않고는 못 견디게 되셔야지요. 그거야말로 성하고 유복한 사람들이 당연히 지켜야 할 예의며, 또 그런 예의를 가지신 분들이 바로 우리의 알짜 손님들입니다. 정말로 감동이 무엇인지를 아시는 분들이지요."

나는 이렇게 잘 정돈된 그의 설교를 들으면서 불구자로서 느낀 평소의 서러움을 하소연하는 것쯤으로 알았는데 횟수가 잦아질수록 그 목적이 다른 곳에 있음을 느끼게 되었고 그것은 단순한 사의만이 아닌 적의까지도 포함하고 있다는 것을 느끼게 되었다.

"우리에게 가장 무례한 손님은 쓸데없이 이것저것 많이 알아 감동이라고는 조금도 없는 이른바 지식인 나부랭이들입니다. 그들은 도대체 감동이 없지요. 거기다가 이러니저러니 해서 우리를 동정해서는 안 될 이유를 가장 많이 생각해 내는 것도 그들입니다. 그 다음으로 무례한 쪽은 선량하지만 지나치게 마음이 여린 사람들입니다. 그들은 공연한 부끄러움, 소심함, 쑥스러움 따위로 마음속으로는 이미 허락한 동전을 끝내 우리에게 전달하지 못한 채 지나기 일쑤지요. 어떤 때는 그냥 매정하게 지나가 버리는 사람보다 그들에게 더 화가 나기도 합니다.

마지막으로는 감동도 받고 실천력도 있으나 그것만으로는 속수무책인 따라지 인생들입니다. 동전 한 개 떨어뜨리는 것조차 자유롭지 못한 그들을 이해하지 못하는 것은 아니지만, 무례하기로는 앞의 사람들과 크게 다르지 않은 셈입니다. 그들이 마음속에 지니고 있는 따뜻한 동정만으로는 우리의 배가 불러지지 않으니까요.

선생도 그러시겠지만, 세상에 널리 퍼져 있는 또 다른 속설 중의 하나는 여유가 동정의 바탕이라는 것입니다. 어림없는 소리지요. 만약 그게 맞다면 나는 애초에 여기다 자리 잡지 않았을 겁니다. 여기서 조금만 내려가도 최소한 10억 원은 넘는 집들로 이루어진 고급 주택가가 있지 않습니까? 아니 그 이상, 수천 수백만 원의 예금통장을 든 사람들이 들락거리는 은행 앞도 있고, 한 벌 값이 웬만한 봉급쟁이 몇 달 봉급이 넘는 옷만 즐비하게 걸어 둔 시내의 백화점 모퉁이도 있지 않습니까?

하지만 그런 데서 우리를 보지 못하는 것은 반드시 경비원이나 경찰의 솜씨가 좋아서는 아닙니다. 가 봤자 별 볼일 없으니까 노련한 전문가들은 아예 피하지요. 간혹 애송이들이 멋모르고 그런 데서 억지를 부리는 수가 있는데, 벌이는 신통찮고 말썽만 많지요. 정말로 여유 있는 사람들에게는 그들 나름의 방식이 있습니다. 정작 우리 같은 사람은 어디에 쓰이는지도 모르는 불우 이웃 돕기 성금에 몇백만 원씩 턱턱 던지러 가 무슨 회(會)다 무슨 클럽이다 하는 이름으로 눈에 잘 띄는 곳에 거창한 시계탑을 세우거나, 아니면 부처님, 하나님한테 바로 뭉칫돈을 내밀어 비위(非違) 공무원 구워삶듯 뇌물을 대지요. 그걸로 우리에게 직접 동전을 떨어뜨리는 일을 면책 받는 겁니다. 바꾸어 말해 동정은 오히려 무언가 작더라도 비슷한 데가 있는 사람 사이에서 우러나는 법입니다. 뭐, 동질성(同質性)이라던가요. 어쨌든 그런 게 동정의 본질이지요. 선생이 저 아래 고급 주택가 쪽으로 자리를 옮기라고 나설까 봐 미리 해 보는 소립니다만……."

그 같은 그의 설교는 차츰 힐난조의 강의로 바뀌어 갔다. 그것은 힘겨운 지출을 견뎌 나가게 해 주는 내 알지 못할 성취감과 자부심을 뿌리째 흔들어 놓는 내용들이었다.

그래도 나는 잘 버텨 나갔지만 두 달쯤이나 지났을까, 마침내 그냥 참아 넘기기 어려운 일이 일어났다. 토요일이어서 좀 일찍 퇴근한 나는 여느 때처럼 그날의 계산을 맞추려고 그들에게로 다가가다가 아연해서 걸음을 멈추었다. 먼저 내 눈길을 끈 것은 노래를 부르며 고무줄놀이를 하는 아이들이었다.

한끝은 가로수 밑동에 묶고 다른 끝은 대여섯 살 난 중간 아이
가 잡고 있는 고무줄 위에서 큰 아이가 이리저리 뛰고 있는데
전에 맹인 사내의 팔에 죽은 듯 늘어져 안겨 있던 그 막내까지
도 턱없이 신이 나서 함께 덤벙대고 있었다. 셋이서 합창하고
있는 "아빠하고 나하고⋯⋯."란 노래도 한창 신명이 넘쳐흘렀
다. 하지만 그보다 더욱 내 심기를 건드리는 것은 그런 아이
들 쪽으로 귀를 들이대고 비스듬히 앉아 있는 그의 자세였다.
가까운 공사장에서 가져온 듯한 큰 시멘트 블록으로 제법 등
받이와 팔걸이까지 만들어 다리를 쭉 뻗고 거기 기대앉은 맹
인의 모습은 편안하기 그지없어 보였다. 이 장면은 즐거운 놀
이터에 나온 아이들과 그 아이들을 흐뭇하게 지켜보는 한가한
아버지의 모습일 뿐, 남의 동정심에 살이〔生〕를 건 맹인 가족
으로는 보이지 않았던 것이다.

"형씨, 이래서야 되겠소? 애들이 저렇게 떠들고 뛰어다녀
서야 누가 돌아보기나 하겠소?"

나는 마음속의 불만을 섞어 짐짓 소리를 크게 내며 한걸음
에 그의 곁으로 달려가 볼멘소리를 냈다. 그러나 맹인 사내는
느긋했다. 한 번 몸을 움찔한 것으로 알은체를 한 뒤 천천히
내 말을 받았다.

"그렇지요. 타락한 겁니다. 저 애들이 예의를 그새 잊어버
린 거지요."

"아저씨도 그렇소. 그렇게 느긋하게 젖히고 앉아 있는데 누

가 구걸을 하러 온 줄 알겠소?"

"맞아요. 거지가 거지답지 못한 것은 틀림없이 비난거리가 됩니다. 죄악이라고도 할 수 있지요. 하지만 그런 문제라면 선생께서 까닭을 더 잘 아실 텐데요."

거기서 내 목소리는 한층 굳고 거세졌다.

"그건 아저씨가 무얼 오해한 것 같소. 나는 저 아이를 놓아주라고 했지, 이렇게까지 하라고는 하지 않았소."

그래도 그 사내는 끄덕하지 않았다. 오히려 더 뻣뻣해진 목소리로 내 말을 받았다.

"그런 일은 없었습니다. 하지만 아이들이란 원래가 배부르고 틈이 나면 뛰어노는 법이고, 어른도 편해지면 몸이 뒤로 젖혀지는 거 아닙니까? 그게 정 못마땅하시면 어린것을 도로 안을까요? 큰 것도 불러다가 무릎 곁에 뉘고……."

"아니오. 결코 그런 뜻으로는 말하지 않았소. 다만 사람들의 선의에 대한 최소한의 의무는 해 달라는 뜻이오."

"선의라고요? 내가 몇 번이나 말씀드렸건만, 선생이야말로 아직도 매우 중요한 것을 오해하고 계십니다.

나는 세상에 태어나 한 번도 보지 못한 안태 맹인입니다. 내게는 빨강이니 파랑이니 하는 말처럼 이해 안 되는 게 없는데, 바로 그 말들에 못지않게 이해되지 않는 게 그 선의란 말입니다. 당신들은 그 말을 너무 여러 가지 뜻으로, 그리고 함부로 쓰는 경향이 있더군요. 어떤 때는 원래의 뜻과 정반대로 쓰면서도 전혀 그런 줄 모르는 때까지 있어요. 특히 우리들과 연관될 때가 무엇보다도 그러한데, 당신들이 말하는 그 선의는 우리에게 전혀 요령부득이지요. 동전을 떨어뜨리는 행위가 선의에서 나온 것이라고 믿는 게 그 단적인 예일 겁니다. 적어도 내 경험으로는 절대 그렇지가 않아요.

선생께서 이미 짐작하고 계시겠지만 빛을 모르는 대신 내게는 발달한 청각이 있습니다. 선생이 눈동자로 세상을 보듯이 나는 고막으로 세상을 압니다. 선생께는 똑같이 들릴 사람들의 발걸음 소리가 내게는 뚜렷이 구분될 뿐만 아니라, 가까이 오면 그들의 숨소리며 맥박, 근육의 움직임 그리고 심지어는 눈망울 굴리는 소리까지 들을 수 있습니다. 그걸 종합해 그들의 감정까지 알아맞힌다면 선생은 아마도 놀라시겠지요.

그렇지만 나는 육감으로 선의를 가진 사람들의 발걸음 소리를 압니다. 선생이 알아듣기 시작하는 거리의 두 배쯤 전에서부터 나는 수많은 발걸음 소리에 끼인 그들의 발걸음 소리를 구별해 낼 수 있지요,

질질 끄는 듯하고 무언가 자신 없는 듯한 발걸음 소리, 거기다가 우리를 발견했다 싶은 지점에서 어떻게든 반드시 전과 달라지는 발걸음 소리는 거의 틀림없이 그들의 것입니다. 하지만 유감스럽게도 그 발걸음 소리는 동전과 그리 자주 연결되지 않습니다. 망설임, 수줍음, 쑥스러움 뭐 이런저런 이유로 그냥 지나치기 일쑤지요. 선량한 만큼 약한 의지를 갖고 있기

때문입니다. 규칙적이고 힘차며 우리를 발견하기 전이나 뒤나 변화가 없는 그 무관심하고 둔감한 소리들과 결과로는 큰 차이가 없는 경우가 많습니다.

내가 가장 반가워하는 발걸음 소리는 바로 그 무관심과 둔 감함으로 힘차게 다가오다가 우리를 본 곳에서부터 분노와 혐오감을 느끼고 거칠고 무거워지는 발걸음 소리지요. 이 사람이 내 따귀를 때리러 오는구나, 꼭 나를 힘껏 걷어찰 것 같은 사람이구나, 그런 생각으로 은근히 불안감에 빠질 때쯤이면 딸그락하고 동전 떨어지는 소리가 나는 것입니다. 아무래도 선의라고는 말하기는 어려운 그 발걸음 소리에서 결국 동전이 나오는 것이지요."

이때부터 사내의 말투는 설교에서 훈시조로 바뀌어 갔다.

"말할 것도 없이 여기도 예외는 있습니다. 종잡을 수 없는 발걸음 소리가 갑자기 턱 멈추며 생각하지도 않은 지폐를 흘리는 경우가 그렇습니다. 하지만 그런 사람들은 어떤 형태로든 대가를 요구하기 마련이지요. 공연히 말을 걸어 은근히 감사의 표시를 요구하기도 하고, 무언가 씨알 먹히지 않는 충고나 설교를 늘어놓기도 하지요. 돈을 꺼내는 시간을 끌어 되도록 많은 사람들에게 자신의 선행을 확인시키려 하기도 합니다. 나에게는 애매한 구석이 많지만 어쩌면 그들이야말로 선생이 말한 선의에 가까울는지 모르지요. 설령 그렇다 쳐도 선생은 어느 쪽이 더 진정한 나의 손님들이라 하겠습니까?

한달에 한두 번 있을까 말까 한 그들보다는 돌아서서 욕지거리를 내뱉든 말든 내 수입의 중요한 부분을 이루는 그 수많은 동전들이 더 중요하지 않겠습니까? 그리고 나의 영업 — 이런 표현을 용서하십시오. — 은 그런 진짜 손님들의 기호에 맞추어야 하지 않겠습니까? 그런데 선생은 그걸 못 하게 하셨습니다. 진정한 선의를 가진 사람들에게는 따로 잔재주나 속임수가 필요 없는 법입니다. 내 눈이 멀었고, 그래서 저 어린 것들을 부양하는데 무척 힘드리라는 객관적인 사실만으로도 그들의 동정을 끌어내기에 넉넉하지요. 아이들이 좀 활기 있게 뛰어놀고 내가 좀 편한 자세로 앉아 있다 한들 그게 무슨 상관이겠습니까? 만약 이 이상의 또 다른 연출을 필요로 한다면 우리의 약속은 아무런 뜻이 없습니다. 그것은 무관심과 둔감의 벽을 겨냥한 것이고, 그렇게 되면 최선의 연출은 선생이 끼어들기 이전의 형태가 되고 말 것이니까요."

그 말을 듣자 나는 다시 힘이 쭉 빠졌다. 막연한 무력감뿐, 내 말주변으로는 그에게 반박할 말을 한마디도 찾아낼 수 없었다. 별 의미도 없는 불평을 몇 마디 구시렁거리다가 40만 원가불 봉투에서 이제 마지막 한 장으로 줄어든 만 원짜리를 꺼내 그날의 계산을 치르는 게 고작이었다.

하지만 파국은 그로부터 열흘을 넘기지 않고 나를 찾아왔다. 두려워하던 봉급날이 드디어 다가오고 만 것이다. 어떻게 해야 할 텐데 하면서도 한 달 동안이나 손을 쓰지 못하고 가슴만

졸여 온 내 주제에 월급날이라고 달리 뾰족한 수가 날 리 없었다. 모든 것을 운명에 맡기고 나는 거의 삼분의 일이 잘려 나간 월급봉투를 정직하게 아내에게 갖다 바쳤다.

"아니, 이게 왜 이래요?"

아내는 봉투를 받는 순간 대뜸 그렇게 물었다. 어렸을 적 김장독을 깨뜨려 놓고 달아났다가 날이 저물어서야 집에 돌아와 어머니와 맞닥뜨렸을 때보다 더욱 가슴이 후들거렸다. 궁리궁리해서 짜내 두었던 거짓말들이 일시에 흩어지며 얼어붙은 듯 입이 열리지 않았다. 그사이에 월급봉투의 지급 명세를 훑는 아내가 도끼눈이 되어 나를 쏘아보며 다시 소리쳤다.

"아니, 이게 뭐야? 가불이 40만 원이나 있네."

"응, 그거……."

"빨리 말해 봐요. 속 타 죽겠어."

"응, 그거……. 누가 좀 필요하다고 해서……."

"빌려 줬어요? 그게 누구예요? 이름 대요, 이름."

"이름?"

둘러대긴 해도 하도 터무니없는 거짓말이라 나는 자신도 모르게 그렇게 반문하고 말았다. 그 순간 아내는 일의 대강을 알아차린 것 같았다. 적어도 그 돈이 다시 돌아올 수 없는 곳으로 가 버렸다는 것을…….

그때 찰싹, 하는 야무진 소리와 함께 왼뺨이 얼얼해졌다. 저녁을 짓다 나온 물기 있는 손이라 이전의 그 어떤 때보다 귀싸대기 맛이 매웠다. 이어 주방 바닥에 그대로 퍼질러 앉은 아내의 악다구니가 휑한 내 머릿속을 찔러 왔다.

"아니, 하루 이틀도 아니고 만날 엉뚱한 짓이나 하고 다니고……. 내가 어떻게 살아, 어떻게……."

언제나 내 쪽의 패배로 끝난, 지금까지 수십 번에 걸친 대책 없는 크고 작은 싸움 중에서도 그 어떤 것보다 더 대책 없는 싸움에 드디어 나는 머리끝까지 푹 잠겨 들고 만 것이다.

그 뒤의 경과는 이제 와서 돌이켜 보기조차 끔찍하다. 무엇보다도 죽을 지경은 그 돈의 용도를 다그치는 아내에게 끝내 납득할 만한 용도를 대 주지 못한 것이다. 새벽까지 시달리다 못해 그 맹인 가족의 일을 털어놓았지만 아내는 도무지 믿어 주질 않았다.

"그걸 믿으라고요. 이제는 아주 새빨간 거짓말까지 다 지어 내는군요. 그렇잖아도 요즘 수상쩍더라니……. 그래도 순하고 착한 당신의 마음씨 하나는 믿었는데……."

아내는 그 돈의 용처를 자꾸 외설스러운 방향으로 끌고 가고 있었다. 평소 나의 우유부단한 성격 때문에 술집 여자들에게 홀려 돈을 날렸을 거라는 추측에 나는 그 맹인 사내에게 영수증이라도 받아 놓을걸 하는 후회와 함께 땀만 뻘뻘 흘리다가 마침내 될 대로 되라는 심경으로 이불을 뒤집어쓰고 늘어져 버렸다.

세상이 무너진 듯 절망적인 아내의 흐느낌을 들으며 깜빡

잠이 든 내가 다시 눈을 뜬 것은 다음 날 아침 일찍 아이들이 머릿수대로 왕왕 울어 대는 소리 때문이었다.

"엄마가 가 버렸어……."

그 같은 큰딸 아이의 울먹임을 듣고 장롱 쪽을 보니 평소 아내의 옷가지가 들어 있던 서랍이 나를 조롱하듯 한 자나 혀를 빼물고 있었다. 그제서야 놀라 내가 화닥닥 달려 나갔으나 이미 때는 늦은 뒤였다. 훤히 밝은 큰길가의 보도는 낯익은 청소원뿐 아내 같은 사람은 그림자도 보이지 않았다.

그 휑한 거리에서 내가 가장 먼저 떠올린 것은 불행의 전염성이었다. 왠지 그 맹인 사내의 불행이 내게 옮은 것 같아 가슴이 덜컥했다. 그러나 마냥 멍청히 서 있을 수도 없어 나는 가까운 슈퍼로 갔다. 아내가 없어진 이상 어떻게든 아이들에게 아침을 먹여야 했기 때문이었다.

나는 커다란 식빵 한 덩이와 우유 한 통을 사 들고 돌아왔다. 평소 같으면 환성을 지르며 덤빌 아이들이었으나, 그날은 건포도가 박힌 고급 식빵에 잼까지 발라 주어도 잘 먹지 않았다. 나도 우유만 한 잔 마시고 일어났다. 다음은 나의 출근과 큰딸애의 등교가 문제였다. 나는 생각다 못해 이제 1학년인 큰딸애를 하루 결석시키고, 그 애에게 과자와 라면이 든 큼지막한 봉지 하나를 안겨 준 뒤 회사로 나갔다.

"어이구, 오늘은 허 선생이 일등이네. 기록 깨 버렸구먼. 기록 깨 버렸어."

수위 영감이 나를 보자 그렇게 탄성을 내질렀다. 아이들 울음소리에 깨어나 시간도 모르고 허둥대다가 주르르 회사로 달려 나간 바람에 그리 된 모양이었다. 그런 판국이다 보니 회사에 나갔다 해도 일이 제대로 손에 잡힐 리 없었다. 그날만은 돈 걱정도, 그 맹인 가족의 일도 모두 잊고 집을 나간 아내만을 생각했다. 설마 그만한 일로 영영 떠난 건 아닐 테지. 오빠 집이 아니면 친구들 집쯤 가서 속을 삭이고 있을 거야. 그런 생각으로 처남댁 전화번호가 적힌 수첩을 뒤적이며 전화기에 몇 번이나 손을 댔다가, 그래도 사내 꼬리를 달았다고 남아 있는 오기 때문에 손을 거두어들이곤 했다. 사내자식이 변변찮게 아침부터 그런 일로 처남에게 전화질이나 하려 하고……. 걱정 마라. 저녁이면 여편네는 돌아와 있을 거야. 소갈머리 없는 여자 같으니라고. 나는 그렇게 스스로를 달래며 피곤한 일과를 마치고 퇴근 시간이 되기 무섭게 택시를 타고 달려와 봤으나 아내는 돌아와 있지 않았다. 나를 맞은 것은 불과 하루낮 사이에 딴 애들처럼 달라진 아이들뿐이었다. 막내의 선창(先唱)으로 울음바다를 이루며 나를 맞는 아이들을 보면서 나는 절로 한숨이 푹 나왔다. 어미의 손길이 끊어진 얼굴은 눈물 자국으로 얼룩졌고, 과자 가루와 크림으로 더럽혀진 옷매무새도 저게 내 딸들인가 싶을 정도로 추레하고 어설펐다. 거기다가 당장 골치 아픈 것은 막내와 둘째의 배탈이었다. 하루 종일 밥 한 끼 못 얻어먹고 빵과 과자에 큰딸 애가 끓여 낸 설익은

라면으로 때우다 보니 그리된 것인데, 막내는 제법 열까지 있었다. 내가 안아 주자 한동안 내 무릎 위에서 칭얼대다 축 늘어지듯 잠든 막내의 모습이 신통하리만치 그 맹인 사내의 어린것을 닮아 나는 다시 가슴이 섬뜩해졌다.

나는 허드레옷으로 갈아입기 바쁘게 그런 막내를 들쳐 업고 나머지 둘은 앞세우거니 뒤세우거니 하며 병원을 찾아 나섰다.

치료를 받고 병원 문을 나서니 어느덧 날이 어둑어둑 저물어 오고 있었다. 그래도 아내가 와서 기다릴지 모른다는 생각에 집으로 돌아가는 길을 재촉하는데 문득 저만치 낯익다 싶은 올망졸망한 사람의 덩어리가 다가오는 게 보였다. 하루 종일 깜박 잊고 있었던 바로 그 맹인 가족으로, 말하자면 퇴근하는 참인 것 같았다.

나는 갑작스러운 적의로 걸음을 멈추고 점점 가까워 오는 그 불행의 덩어리를 노려보았다. 나처럼 어린것은 업고 그 손위 둘은 길잡이를 삼아 다가오던 그 맹인 사내도 어떻게 나를 알아차렸는지 두어 발자국 앞에서 걸음을 딱 멈췄다.

"아빠, 그 아저씨예요."

그제서야 나를 알아본 맹인의 큰딸 애가 그렇게 그의 귀에 소곤거렸다.

"그래 벌써부터 알고 있다. 누가 더 있는 것 같아서 좀 더 가까이 와 봤을 뿐이야."

맹인 사내가 그렇게 말하고는 정확히 내 쪽을 향해 머리를 까딱했다.

"선생, 어딜 이렇게 다녀오십니까?"

"네, 아이들 데리고 병원엘 좀 다녀오는 길입니다."

"그렇군요. 둘을 데리고 계신 줄 알았는데 숨소리를 들으니 나처럼 등에 하나 더 업으셨군요."

"네, 형씨처럼 저도 딸만 셋입니다. 그런데 지금 퇴근하십니까?"

"뭐, 퇴근은 무슨……."

사내가 계면쩍게 말끝을 흐렸다.

"어디 좀 쉬어 가시지요. 오늘 계산할 것도 있고……."

나는 문득 그날 몫의 보상을 아직 해 주지 않았다는 걸 떠올리고 그렇게 말했다. 소갈머리 없는 아내를 향한 복수감인지 드디어 자신의 불행을 내게 옮긴 그 맹인 사내에 대한 적의의 변형인지 이상한 오기가 내 목소리를 마음속과는 어울리지 않을 만큼 부드럽게 만들었다.

맹인 사내는 보이지 않는 눈으로 다만 한동안 내 상태를 읽으려고 애쓰는 것 같았다. 그러다가 어떤 결론을 얻었는지 말 없이 나를 따를 자세를 했다. 나는 그를 가까운 식당으로 데리고 갔다. 저녁 한 끼나마 아이들을 제대로 먹여야 했고, 나 자신도 뜨거운 국물이라도 마셔 빈속을 좀 채워야 했다. 그리고 한편으로는 음식이 나올 때까지 그곳 식탁을 빌려 미처 못 한 그날의 계산도 해 줄 작정이었다.

어린것을 하나씩 들쳐 업은 허름한 두 사내와 역시 꾀죄죄한 차림의 고만고만한 아이들 넷이 식당 안으로 들어서자 반갑게 달려 나오던 주인 여자의 얼굴이 떨떠름하게 굳었다. 그는 앞이 보이지 않아서, 그리고 나는 좀 전부터 나를 몰아대는 이상한 오기로, 그런 주인 여자를 무시하고 안쪽으로 들어가 협상 테이블에 앉은 양쪽 대표처럼 자연스럽게 갈라 앉았다.

되는 대로 음식을 주문한 뒤 우리는 그날의 수입을 점검했다. 왠지 그날은 좀 나아져서 거의 4만 원에 육박했다. 나는 아무 일도 없었던 사람처럼 모자라는 부분을 채워 주었다. 전에 없이 머뭇거리며 그 돈을 챙긴 맹인 사내가 한동안의 침묵 끝에 조심스레 말을 꺼냈다.

"선생께선 원래 그러셨군요."

"무엇 말입니까?"

"부인과 사별하신 건가요?"

"아, 아닙니다. 잠시 집을 비운 거지요."

나는 여전히 이상한 오기에 차서 강경하게 부인했다. 어찌 보면 다행이라는 듯하기도 하고, 어찌 보면 다 안다는 듯하기도 한 엷은 미소와 함께 사내가 가만히 털어놓았다.

"진작 말씀드리지 못했지만, 사실 애들 어멈은 도망친 게 아닙니다."

"그래요? 그럼 사람들이 공연한 오해를 했군요."

나는 애써 담담하게 받았으나 마음속으로 받은 충격은 컸다.

그걸 알아차렸는지 그의 말투가 어딘가 변명조를 띠기 시작했다.

"아니지요. 언젠가 말씀드렸듯 그건 내가 의도적으로 조작한 겁니다. 사람들의 분노를 일으킬 조건을 일부러 유발한 셈이지요. 실은 내 아내도 앞을 못 봅니다. 젖먹이도 하나 더 있지요.

하지만 그렇다고 식구대로 한 덩어리가 되어 몰려다닐 수도 없는 일 아닙니까? 그런다고 머릿수 맞춰 돈을 더 주지도 않으니까 양쪽으로 갈라서게 된 겁니다. 지금 같은 머릿수 배정은 내가 궁리 끝에 정한 이상적인 비율이지요. 3 대 3으로 하면 너무 균형이 맞고 5 대 1로 하면 또 너무 균형이 깨져 이쪽이 넷, 저쪽이 둘로 나누었습니다. 그것은 또한 우리에게 유리한 분노를 이끌어 낼 세상 사람들의 속단과 억측을 유발하기에도 매우 적절한 방법이었지요. 젖먹이 딸린 맹인 여자라면 딸 셋을 달고 나온 맹인 홀아비보다 동냥질에 불리할 건 별로 없지요. 그런데 선생……."

거기서 갑자기 그의 표정이 만난 후 처음으로 진지해졌다. 목소리도 어떤 예사롭지 않은 결의를 담은 그런 것이었다.

"오늘은 아무래도 선생과 우리의 관계를 정리해야 될 것 같습니다."

"정리……라니요?"

나는 얼른 짐작이 가면서도 갑작스레 그게 아니기를 비는 마음이 되어 그렇게 되물었다. 그 물음에 대한 답이라기보다는 하던 얘기를 계속한다는 투로 그가 내 말을 받았다.

"그동안 우리는 여러 가지로 선생께 많은 부담을 드렸을 것입니다. 이미 말씀드렸듯 원래 우리의 구걸 대상은 비정한 다중(多衆)의 우발적인 자기포기(自己抛己), 곧 충동자선(衝動慈善)이었습니다. 목적 있는 자선이나 가뭄에 콩 나듯 하는 순수한 선의(善意)의 지폐보다는 분노나 혐오감에 차 내던지고 돌아서서는 사기 당한 기분을 느끼는 여럿의 동전이 더 소중한 것이었지요. 그런 면에서 선생 같은 분은 처음부터 우리에게 거북한 손님이었습니다.

팽개치는 것이 아니라 조용히 떨어뜨리는 동전이 비슷한 시간대에 거듭해서 내 동냥 그릇으로 들어옴을 확인한 때부터 솔직히 나는 불안했습니다. 또 무슨 오해가 일어나고 있구나, 오래잖아 그 오해에 호된 값을 치르게 되겠구나, 대개 그런 불안이었는데 과연 그게 적중하고 말더군요. 바로 지난달에 있은 선생의 제의였습니다.

역시 앞서 여러 번 말씀드렸듯이 그때 선생의 가장 큰 오해는 구걸의 본질에 대한 것이었습니다. 도덕 교과서의 막연한 관념적 선행(善行)을 아무런 비판 없이 믿어 버림으로써 모든 걸 혼자서 떠맡으신 것입니다. 무모한 짓이며 낭비였지요. 우선 경제적으로도 그동안 선생은 이래저래 40만 원이 훨씬 넘는 돈을 내놓았습니다만 우리에게는 조금도 도움이 되지 않았습니다. 선생이 아니었더라도 어차피 내게 그만한 돈이 들어

왔을 것이니까요. 누가 준 돈이냐에 따라 그 효과가 달라지는 게 아니라면 오히려 나는 선생과의 거래로 다소간의 손해까지 봤다고 할 수 있습니다.

정신적으로도 마찬가지지요. 그게 적극적으로 선생에게 어떤 즐거움을 주었든, 아니면 소극적으로 어떤 주관적인 괴로움을 덜어 주었을 뿐이든, 선생은 무언가 정신적인 이득이 있었기 때문에 그 힘든 일을 계속했을 겁니다. 하지만 내게는 그게 도움이나 위안이 되기는커녕 전에 없던 열등감과 무력감만 느끼게 해 주었을 뿐입니다. 전에는 불특정한 다수에게로 분산되어 별로 느끼지 못했던 그런 감정들이 선생 하나에게로 집중됨으로써 새삼 나를 짓씹어 댄 까닭이지요.

거기다가 이번 일의 가장 나쁜 결과 중 하나는 내가 좋은 목을 하나 잃게 되었다는 것입니다. 바로 이 자리지요. 이 자리는 내가 불편한 몸을 끌고 수없는 답사와 통계를 거듭한 끝에 찾아 낸, 집에서 가장 가깝고도 벌이가 좋은 목이었습니다. 하지만 안심하십시오. 나는 이 자리를 홧김에 팽개치는 게 아니라 선생의 순수함에 바치는 것입니다."

그런 맹인 사내의 얼굴에는 잔잔한 미소가 흘렀다. 악의나 빈정거림의 그늘이 조금도 끼지 않은 밝은 미소였다. 무언가 대꾸해야겠다고 생각하면서도 이상한 감동으로 얼른 말문이 열리지 않아 우물거리고 있는 사이에 그가 가만히 일어났다.

"음식을 준비하는 냄새도 나지 않고 상을 차리는 소리도 들

리지 않는 것으로 보아 주인은 우리에게 음식을 팔 생각이 없
는 것 같습니다. 아무래도 우리가 얘기할 자리를 빌려 준 것만
으로도 고맙게 생각하고 이 식당을 나가야겠습니다. 다른 곳
도 대강 이곳과 비슷할 테니 여기서 이만 헤어지지요. 그럼 안
녕히 계십시오."

미처 그 말이 끝나기도 전에 그때껏 저만치서 우리를 살피
고만 있던 주인 여자가 드디어 결심이 선 듯 우리에게 다가와
차갑게 말했다.

"안 되겠어요. 단체 손님이 오게 돼서. 딴 데로 가보세요."

개
와
맥
주

오늘도 상태는 이른 퇴근을 하고 돌아와 창가에 붙어 서서 담배를 피워 물었다.

그러자 길 건너 초라한 맥줏집이 그의 시선을 가로막았다. 늘 그랬듯이 이 맥줏집을 바라보고 있으면 어쩐지 치사하고 조롱 당한 듯한 기분이 들곤 했다. 그가 그런 느낌을 받는 것은 우선 길 쪽으로 난 창문에 새겨 놓은 조잡한 광고 문구에서 부터였다.

창문 상단에서부터 켄터키 치킨, 통닭, 생맥주, 호프라는 그 소리가 그 소리 같은 문구를 내리닫이로 썼는데 그게 전문 업자가 쓴 게 아니라 서툰 솜씨로 써서 오려 붙인 것이어서 여간 조잡하고 천박스러운 게 아니었다.

그러다 보니 글자의 크기가 고르지 않은 것은 물론 행도 맞지 않아서 들쭉날쭉하고 자모의 배열이나 간격도 일정하지 않아 ㅁ자가 이가 안 맞고 벌어져 맥주가 백주가 되고 호프가 호므로 보이기도 했다. 거기다 더 신경을 긁는 것은 도무지 말도 안 되는 색상 배열이었다.

창문 안쪽으로 검은 바탕을 대고 주황색이랄까? 금적색이랄까? 하여튼 불타듯 강렬한 색깔로 켄터키 치킨이라고 쓰고, 그 밑에는 연초록으로 생맥주라고 써 놓았다.

그리고 그다음은 노란색, 파란색 등으로 또 통닭이나 호프라고 알락달락하게 그려 붙여 놓았는데 그 색상이 너무 엉뚱하고 금방이라도 허물어지거나 날아갈 것 같아 언제 봐도 불안하고 울화통이 치밀었다.

얼마 후에는 그것도 못 미더웠던지 이번에는 또 은박지로 '주류 일체'라고 삐딱하게 쓰고 그 꽁무니에다 순 똥색으로 쓴 '또 오세요.'라는 문구가 더 달라붙어 있었다.

"아주 만화를 그려 놨구나."

상태는 어쩔 수 없이 아침저녁 그 집을 쳐다보거나 그 앞을 지나칠 때면 아예 왼고개를 틀고 투덜거렸다.

그러나 그는 싫든 좋든 운명처럼 그 맥줏집을 바라보고 살지 않으면 안 될 처지였다.

우선 지형부터 도로 하나를 사이에 두고 층이 져 있는 언덕배기에 그가 세 들어 살고 있는 다락방이 있어서 창 앞에 서면 영락없이 그 맥줏집을 쳐다보지 않을 수 없게 되어 있고 또 그의 주머니 사정으로는 이제 겨우 도시에 편입된 변두리의 그런 다락방이 아니면 어디 엉덩이 한번 들이밀고 둥지를 틀어 볼 형편이 되지 못했기 때문이다.

거기다 더 그를 괴롭히는 것은 저녁 땅거미가 내리고 술꾼들의 퇴근길 목마름이 시작될 무렵이면 그 맥줏집 앞에 도깨비처럼 나타나는 엉성하고 버썩 마른 사내였다.

아마 호프 집 주인인 듯한 이 사내는 깡마른 체구에 유난히 큰 코와 귀가 얼굴 전체를 가리고 있어서 나이를 짐작할 수 없었다. 그가 하는 일은 그날 영업을 하기 위한 준비 작업이었다.

그는 먼저 엉성하게 이은 전깃줄에 붙은 백열등의 스위치를 켜고 조심스럽게 마당에 물을 뿌리고 구석구석 꼼꼼하게 쓸어냈다. 그런 그의 동작은 벌 청소하는 초등학생처럼 공손하고 정성스러워 보였다.

마당 쓸기가 끝나면 이번에는 도로변에 세울 입간판을 들고 나와 손질하는데, 상태는 대부분 이 대목에서 가서 질리고 만다. 매양 하는 일이건만 사내는 물걸레로 닦고 다시 마른걸레로 물기를 닦아 냈다.

그것도 한 번에 끝이 나지 않았다. 닦고 또 닦았다. 잔 먼지까지 도섭스럽게 갉아 내는 것이다.

그가 이렇게 정성을 들인 입간판이라는 것은 말이 입간판이지 한마디로 찍찍 그어 놓은 빵점짜리 시험 답안지 같은 거였다. 그것은 예의 맥줏집 창문에 붙어 있는 그 알량한 글 솜씨로 똑같은 내용의 문구들은 좀 작은 글씨로 삐뚤삐뚤 늘어놓고 거기다 무슨 생각에서인지 '생맥주'니 '호프'니 하는 품목 아래 빨간 테이프 혹은 파란 테이프로 선을 한두 개씩 그어 놓은 것이었다.

그런데 그 선들은 한결같이 어느 한쪽이 올라가거나 처져 있어서 삐딱하게 보였다. 그도 그럴 수밖에 없는 것이 글씨 자체가 삐뚤어져 있으니 글씨에 따라 선을 긋다 보면 그렇게 될 수밖에 없었다.

그는 그렇게 정성껏 손질한 입간판을 도로 한 모퉁이에 세워 놓고 신기한 발명품이라도 내보이는 듯 스위치를 넣어 반짝 불을 켰다.

그리고 뒤로 몇 발자국 물러서서 허리에 두 손을 얹고 고개를 갸우뚱거리며 노려보다가 쪼르르 달려가 위치를 조금 고쳐보거나 삐딱한 선을 더 삐딱하게 고쳐 붙여 놓고 다시 물러서서 자세를 낮추거나 한쪽 눈을 찌그러뜨리고 째려봤다.

마치 사진사처럼 요리조리 가늠하다가 다시 선을 한두 개 덧붙이거나 떼고 간판을 밀고 당기다가 문득 자신의 심오한 예술적 영감에 취한 듯 두 손을 턱에 모으고 바라보기도 하고, 벌떡 일어나 다시는 돌아오지 않을 사람처럼 허적허적 걷다가 핼끔 고개를 돌려 바라보기도 하고, 아예 길모퉁이를 돌아가

고개를 빠끔히 내밀기도 했다.

상태는 도무지 좀이 쑤셔 견딜 수가 없었다.

그러나 입간판의 구도가 이 안목 높은 사내의 성에 차지 않는 듯 끊임없이 새로운 시도를 해 보지만 그는 끝내 눈알이 확 튀어 나올 만한 화끈한 구도를 찾아내지 못한 듯 결국은 처음 위치나 모양과 별반 다름없는 구도로 끝을 내고 지친 듯 가게 앞에 놓여 있는 등받이 나무 의자에 달랑 올라앉고 말았다.

약간의 차이는 있어도 이것이 거의 매일 반복되는 그의 유일한 일과였다. 그 외에 그가 하는 일은 없었다. 다만 끊임없이 주방을 들락거리며 닭 대가리나 닭발 같은 것을 주워다 뜯어먹으면 그만이었다.

다른 업소 같으면 미리 손질한 닭을 사용하지만 이 도섭스러운 사내는 낮 동안 생닭을 사다가 고기를 발라내고 남은 대가리와 발을 튀겨 놓고 뜯어 먹는 모양이었다.

그 사내가 그렇게 까만 벨벳 같은 어둠의 장막을 등지고 백열등 아래 놓인 의자 위에서 팬터마임을 하는 것은 대부분 자정까지 계속되는데, 그 무렵 할 일이 없어진 회사 사정으로 이른 퇴근을 하는 상태는 그 사내의 일과를 처음부터 끝날 때까지 매일 바라보아야 하는 따분한 신세가 지겹기도 하고 화가 치밀기도 했던 것이다.

사실 상태가 자신과는 별 상관이 없는 그 사내와 맥줏집에 대고 분풀이를 하는 것은 하루 종일 회사에서 쌓인 불만의 덩

어리를 이고 있기 때문이기도 했지만 그보다는 당장 달려가
시원한 호프 한 잔도 맘껏 마실 수 없는 그의 주머니 사정이
더욱 그의 의식을 비틀어 놓았기 때문이었다.

***

상태의 불운은 어제오늘의 일이 아니었다.

그가 남보다 뛰어난 것은 아니지만 또 그렇게 뒤떨어지는
것도 아닌데 세상은 항상 그에게 말석을 권유했다. 사지육신
멀쩡하고, 일류 대학은 아니라도 그저 그런 대학도 나왔고, 사
나이로서 반드시 거쳐야 할 국방의 의무도 다했고, 아직은 젊
은 30대 초반의 노총각일 뿐이었다.

그의 불운은 지극히 사소한 것들에서 비롯됐다. 그는 성격
상 조금은 소심하고 심약해서 매사에 소극적이고, 그러다 보
니 우유부단해 보이고 쉽게 타의에 끌려 다니는, 흔히 사람 좋
다는 소리 듣는 그런 사람이었다.

또, 그의 선량한 천성에서 나오는 의협심과 정의감이 현실
과 부딪치면서 일으키는 불협화음 같은 것들은 다분히 돈키호
테적인 요소가 되기도 했지만 그리 우려할 만한 상태는 아니
었다.

그러나 상태의 이런 순수한 품성은 영악한 세상 사람들에게

그렇게 곱게 받아들여지지 않았다. 회사에서 그는 좀 덜떨어진 사람 아니면 한물간 얼간이로 취급 받기까지 했다.

그가 갓 제대를 하고 진출한 취업 전선은 살벌했다.

처음에는 대기업이나 국영기업을 찾아다니며 응시를 했으나, 추풍낙엽이었다.

10여 차례 고배를 마신 후 그는 친구들과 눈길을 돌려 신문 광고 구직난을 뒤져 이력서를 보내기 시작했다. 그는 아예 수십 장씩 이력서를 쌓아 놓고 우편으로 발송해 댔다.

그때까지만 해도 그들은 그 경쟁의 심각성을 그렇게 심각하게 실감하지 못하고 키득거렸다. 그러나 100여 통에 가까운 이력서를 발사해도 소식이 없자 친구들은 차츰 의기소침해져서 흩어지기 시작했다.

그래도 다른 친구들은 더러 합격의 행운을 얻기도 하고 인척들의 힘을 빌리거나 아니면 부정한 방법을 써서라도 하나 둘 그의 곁은 떠났고, 오래지 않아 청첩장이 날아들었다.

결국 혼자만 남겨진 상태는 마음만 조급했지, 대안을 찾지 못하고 미로를 헤매고 있었다. 결국 백수 생활 3년 만에 나이 30을 넘기고 극심한 강박관념과 열등감 때문에 학과 시험에 합격을 하고도 면접 시험관 앞에 서면 벌겋게 달아올라 미처 대답도 못하고 에…… 에…… 하다가 문밖으로 떠밀려 나가는 신세가 됐다. 더 이상 취업 경쟁을 할 수 없게 된 그가 다급하게 적을 둔 회사가 한둘 있었으나 몇 달 견디지 못하고 그만두었다. 신문광고로 사원 모집을 하는 개인 회사라는 게 대부분 재정이 부실하여 사원들이 견딜 수 없는 열악한 조건이거나 아니면 처음부터 보증금을 요구하거나 다단계 판매 사원으로 고용하려는 불순한 의도가 숨어 있어서 자칫하다간 취업은커녕 생돈만 날릴 판이었기 때문이다.

그 와중에 상태가 우여곡절 끝에 겨우 입사한 회사가 바로 지금 근무하고 있는 회사였다. 그가 입사했을 때만 해도 사원이 300여 명이 넘는 건실한 중견 기업이었다. 그러던 것이 사장이 갑자기 쓰러져 가는 부실 기업체 하나를 인수하면서부터 흔들리기 시작했다.

빈 독에 물 붓는 식이었다. 기본 여유 자산은 물론 공채, 사채 가릴 것 없이 다 갖다 부어도 항아리는 늘 빈 아가리를 벌리고 있을 뿐이었다. 급기야 본사에까지 한파가 밀려들기 시작했다. 자재 구입이 어려워지고 생산량이 떨어지면서부터 재정이 압박을 받게 되고 이것이 다시 상품의 질이나 양에 영향을 주는 악순환이 거듭되면서 회사는 서서히 파산의 늪으로 빠져 들었다. 산더미 같은 부채와 이자에 시달리다 못한 사장은 어음을 남발하고 그걸 막느라고 종업원의 봉급까지 털어 넣었지만 끝내는 부도의 덫에 걸리고 말았다.

결국 조업이 중단되고 호구지책이 막연한 사원들은 제 갈 길 찾아 거미 떼처럼 흩어지고, 상태같이 오갈 곳 없는 잼병들만 몇 남아 애사심을 발휘하며 '회사를 살리자.'는 플래카

드를 걸어 놓고 단합 대회나 하다가 술이 불콰하게 오르면 옛 노랫가락을 흥얼거리며 술타령이나 늘어놓는 신세가 되고 말 았다.

이러는 동안 능력 있는 사원들이 다 빠져나가 버려서 중요 부서까지 결원이 생기자 상태는 졸지에 경리 과장으로 진급을 했다. 입사한 지 채 1년도 안 되어 과장이 됐다는 것은 벼락출 세였다. 직장 생활의 꽃이라 할 수 있는 진급을 누가 마다할까 마는 그에게는 반드시 그렇지만도 않았다.

부도난 회사의 경리 과장이란 빈 금고를 지키고 앉아 있는 허수아비나 빚쟁이 뒷수발해 주는 탄알받이 역할에 불과하다 는 것을 잘 알고 있기 때문이었다.

한때 전무, 상무, 부장하던 위세 좋던 간부들은 자취를 감 추고 지금은 사장의 충실한 청지기에 불과하던 관리 부장이 전무 행세를 하며 빚쟁이만 나타나면 자신은 쑥 빠지고 빈 쭉 정이 같은 경리 과장에게 떠넘겼다. 빚쟁이들은 눈에 핏발을 세우고 덤벼들었다.

몇 마디 안 가서 "개새끼" 소리가 튀어나오고 멱살을 낚아 채고 귀싸대기에 번갯불이 치고 사람들이 도무지 인사불성이 었다. 전화에서도 자동 녹음 장치같이 개새끼 소리가 저절로 흘러나왔다. 거래처에 수금을 나가도 부도난 회사의 경리 과 장은 개새끼 소리 면할 길이 없고 회사에 들어와도 돈만 꼬이 면 경리 과장 타령이었다. 여차하면 개새끼고 좆도 모르는 새끼로 내몰렸다.

그러다 보니 길을 걷다가도 개새끼 소리만 들리면 찔끔해서 되돌아보고 강아지를 만나도 그냥 지나쳐지지 않았다. 이런 상태를 보고 사내에서도 처음에는 돌아앉아서 낄낄거렸으나 이제는 드러내 놓고 비아냥거렸다.

"이봐, 이 과장. 당신은 이미 개새끼로 낙인찍힌 몸이니까 이 과장, 저 과장 하지 말고 부르는 사람 편하게 아예 개 과장으로 통일해 버리지!"

"아니야. 개 과장은 너무하고 고상하게 견 과장이 어때?"

그러자 옆에 있던 다른 과장이 노골적으로 야유했다.

"아니지. 이름만 그런 것이 아니고 아무래도 당신은 우리와는 조금 다른 데가 있어. 당신은 특히 고기 종류를 즐기지 않나요?"

"그런 편이죠. 한국 사람 대부분 그렇잖습니까?"

"그렇지만 당신은 특히 소 뼈다귀나 개뼈다귀 같은 걸 즐겨 뜯지 않습니까?"

"예, 그렇습니다만, 그건 그저 즐기는 거죠."

"그러시겠죠. 어떤 날이 즐겁습니까? 혹시 눈 오는 날이 즐겁지 않습니까?"

"그렇지요. 그래도 눈 오는 날은 낭만이 있지 않습니까?"

"그럼 눈 오는 날은 어떻게 지냅니까? 친구들과 어울려 눈밭을 이리 뛰고 저리 뛰며 꼬리를 칩니까?"

"꼬리는 무슨 꼬리. 그저 친구들과 어울려 거니는 정도지요."

"성 경험은?"

"있습니다."

"몇 번, 아니 후위 체형입니까?"

"예, 그럴 때도 있고……."

"그럼 보통 몇 시간씩 붙어 있습니까?"

"몇 시간은 무슨 몇 시간입니까. 그저 일이십 분이지요."

"소변 볼 때는 뒷다리를 들고 쌉니까?"

"뒷다리는 무슨 뒷다리를 들고 쌉니까? 아니 이거! 사람을 뭐로 취급하는 겁니까?"

"아니면 말고. 그래도 나는 개라고 말하지는 않았어!"

"하하하하……."

물 젖은 솜처럼 가라앉아 있던 사무실은 한바탕 웃음바다가 되었다.

상태는 차라리 한 마리 개가 되고 싶은 기분이었다. 그는 당장 사표를 던지고 뛰쳐나가고 싶었지만 그런 용기는 사라진 지 오래여서 정말 충직하게 길들여진 개처럼 꼬리를 내리고 엎드려 있었다. 그래도 그는 과장이라고 특별한 보수가 있는 것도 아니고 과원 하나 없는 과장이 별난 권위가 있을 리도 없었지만 그저 결재 서류의 과장란에 사인을 하고 말석이긴 해도 간부 회의에 참석하여 잔심부름이나 해 주는 것으로 과장의 영광을 누리고 있었다.

그 무렵 전무는 사장이 정치권을 움직여 100억 원대의 구조 자금 대출을 추진하고 있으며 머지않아 회사가 다시 정상화될 것이라고 둘러대고 있었지만 회사는 그로기 상태였다. 몇 달째 월급이 밀린 것은 물론이고 회사 건물마저 경매에 넘어갈 지경이었다. 그런데도 전무는 묘하게 돈을 굴려 직원들에게 매일 영업비 명목으로 소액이지만 일당을 지불하고 식사는 이웃 식당에 외상 장부를 만들어 최소한의 편의를 봐 주고 있었다.

이런 전무의 속셈은 빤한 것이었다. 공장의 재고품을 헐값에 내다 팔거나 자재나 기계류를 닥치는 대로 팔고 미수금을 받아 현상 유지를 하라는 사장의 지시에 따라 하루하루 버티어 나가고 있는 것뿐이었다.

이에 따라 10여 명밖에 남지 않은 사원들은 부서에 따라 이런 전무의 일을 돕고 간간이 수금을 하는 것으로 일과를 삼는데, 보수도 제대로 받지 못하는 일에 직원들이 힘을 낼 리 없었다. 직원들은 이 핑계 저 핑계 대며 잔꾀만 부리고 틈만 나면 이웃 호프 집에 모여 앉아 술타령 돈타령 욕 타령으로 시간을 갉아먹고 있었다.

이러다 보니 퇴근 시간도 일정하지 않아서 전무가 수금을 독촉하면 수금 장부를 들고 회사를 나오는데 그것이 바로 퇴근 시간이 되었다. 설사 수금이 되었다 하더라도 아무도 없는 회사에 다시 돌아와 보고를 하는 일은 없었다.

***

그날도 상태는 내일의 출근이 보장되지 않는 퇴근을 한 후 사원들과 단골 호프 집에 모여 앉아 대책 없는 대책 회의를 하고 늦은 저녁 귀갓길에 어쩔 수 없이 그 맥줏집 앞에 쭈그리고 앉아 있는 사내를 만났다. 그는 여전히 맥줏집 앞에서 팬터마임을 계속하고 있었다.

사내는 등받이 의자를 거꾸로 돌려놓고 말 타듯 걸터앉아 있었는데, 항상 그런 자세였다. 그러면 등받이가 영락없이 그의 턱 아래 와 닿았다. 그는 보기에도 편안하게 두 팔을 등받이 위에 얹고 닭 대가리를 물어뜯는데 자세히 보면 닭 대가리를 사타구니 사이에서 쑥쑥 뽑아 올리는 것이었다. 나중에야 안 일이지만 그의 이런 자세는 상당한 타당성을 지니고 있었다.

그가 예의 그 중요 업무를 마치고 먹는 일에 몰두하면 동네 개들이 조건반사적으로 모여들었다. 그 동네는 도시 변두리였으므로 아파트보다는 구 가옥들이 더 많고 대부분 옛날처럼 개를 놓아기르는 집이 많았다.

그러나 개들은 이미 서구화되어 있어서 털북숭이 푸들 종류나 치와와 잡종, 시추, 몰티즈, 퍼그, 포메라니안 같은 몸집이 작은 애완용 서양개 잡종이 대부분이고, 가끔씩 불도그나 셰퍼드 잡종이나 토종 개 같은 큰 개들을 식용으로 기르고 있다가 복날 대목을 보는 집도 있었다. 이 개들은 벌써 오랜 기간 그 시간이면 사내가 먹다 버린 닭 대가리 맛을 들여 놔서 만사를 제쳐 놓고라도 달려오지 않을 수 없었던 것이다. 많게는 10여 마리에서 적어도 서너 마리는 상근을 했다.

그러므로 그는 개들로부터 닭 대가리를 보호하기 위해 그릇을 등받이와 사타구니 사이에 감추고 있었던 것이다. 이렇게 되면 개들은 가련하게도 귀를 쫑긋 세우고 말똥말똥 쳐다볼 수밖에 없었다.

사내는 거만한 자세로 보라는 듯 닭 대가리 하나를 뽑아 든다. 개들은 더 조급해진다. 입을 크게 벌렸다가 혀로 날름 닦아 내고 한 걸음 더 바짝 다가앉는다.

사내가 지긋이 한 입 물어뜯는다. 아니 저걸! 개들은 아예 눈을 감아 버린다.

이제 사내는 본격적으로 닭 대가리를 뜯기 시작한다. 고기 부위에 따라 고개를 요리조리 갸우뚱거리며 이빨로 물어뜯거나 앞발로 버티고 뒤를 물어뜯고 살살 고기를 발라 혀로 굴리고 지그시 뼈다귀를 물어 훑어 내린다. 그러다가 뼈다귀 하나를 무작위로 집어 던진다.

개들이 사생결단을 하고 우르르 달려가지만 한 마리가 선취득권을 행사하는 바람에 다른 개들은 무료하게 돌아와 사내를 쳐다본다.

개들은 사내의 공평성을 믿었다. 그들은 신뢰 속에 질서를 유지했다. 개들은 참을성 있게 기다렸다. 과연 오래잖아 다른 뼈다귀 하나가 툭 떨어졌고 연이어 다른 뼈다귀들이 던져져서 모든 개들은 공평하게 닭 대가리를 하나씩 물고 사내 곁에 옹기종기 모여 앉아 느슨하게 닭 대가리 맛을 즐길 수 있게 되었다.

밤이 깊을수록 무대는 더 뚜렷이 둥실 떠오르고, 표정도 없고 의미도 없고 소리도 없는 그들의 무언극은 온전히 무르익어 가고 있었다.

오래지 않아 먹기를 끝낸 사내는 두 손을 의자 등받이에 대고 그 위에 턱을 고인 채 졸기 시작했다. 길게 늘어진 코에 쫑긋한 두 귀, 얼굴 양옆으로 갈라져 붙은 두 눈. 그것은 영락없이 포만감에 취해 잠든 늙은 개였다.

"흐음, 바로 당신이었군. 세상 사람들이 그토록 즐겨 부르고 있는 개새끼란 족속은……."

술에 젖어 아물아물한 상태는 진귀한 보물이라도 발견한 듯 사내를 바라보며 이죽거렸다.

"당신은 그 특이한 용모로 봐서 보신탕 집 쪽으로 가 보는 게 좋을 듯한데……."

늙은 개는 듣기도 싫다는 듯 두 귀를 쫑긋해 보이고는 가느다랗게 구시렁거렸다.

"그렇게 좋은 곳이라면 당신이나 가 보시든지."

"아…… 그건 오해요. 꼭 가라는 것이 아니라 그저 물어본 것뿐이오. 그런데 혹시 여름철이 되면 개장수들이 자주 당신 집을 방문하지는 않소?"

"개장수야 가끔 오지. 우리 집에도 개가 있으니까!"

"그럼 개장수들이 당신 목에 오랏줄을 걸 텐데 어떻게 빠져 나왔습니까?"

"허어, 거참. 개장수들이 왜 주인 목에 오랏줄을 겁니까? 걸기를……. 나 참 딱한 사람 다 보겠네."

"음 그렇군요. 그럼 당신은 개를 팔지 않았군요. 개장수들이 개새끼라고 욕하지는 않던가요?"

"그거야 보통 하는 소리니까. 아! 그러고 보니 당신이라면 그 말이 딱 어울리겠소. 하하…… 당신이야말로 진짜 개새끼 같소. 하하하하하……."

"흐음…… 그래도 꼴에 개새끼가 되기는 싫은가 보군."

그들은 서로 우울한 얼굴로 쳐다보았다. 개들도 눈이 휘둥 그레져서 그들을 바라보았다.

***

몇 달이 지나도 회사는 호전될 기미를 보이지 않았고 사원 들은 점점 줄어들기만 했다. 사세 유지에 위협을 느낀 전무는 단호한 지시를 내렸다.

"이제 우리는 한발도 물러설 수 없는 위기에 놓이게 됐소. 그동안 여러분들의 필사적인 노력으로 회사를 이만큼이라도 유지해 왔지만, 이제 채권단의 법정 경매 일자가 한 달 앞으로 다가왔소. 사장님의 특별한 지시가 계시겠지만 우리가 할 수 있는 일은 아직 상당 부분 정리되어 있지 않은 거래처의 미수금을 확보하는 일이오. 그래서 내가 모든 미수 거래처의 명단을 파악하여 전 직원들에게 골고루 할당했습니다.

앞으로 여러분들은 전보다 더 뜨거운 열의로 자신들에게 할당된 목표를 달성해 주기 바랍니다.

만약 여러분들이 자기 목표를 달성하지 못한다면 회사는 자동 폐업될 테고, 여러분들은 그나마도 직장을 잃게 될 것입니다. 이 점 명심하시기 바랍니다."

"아니 그럼 우리가 지금 푼돈 몇 푼 받는다고 회사가 다시 일어서기라도 한다는 겁니까, 뭡니까?"

"전무님이 그걸 보장할 수 있습니까?"

풀어 놓은 짚단처럼 확 풀어진 김 부장이 퉁명스럽게 되받았다.

"지금 그런 거 따질 때요? 우리가 할 수 있는 한 최선을 다하자는 거지."

그러나 이미 빈 쭉정이에 불과한 회사의 권위라는 게 먹혀들 리 없었다.

"네미 공갈치나!"

"쓸데없는 소리하지 말고 호프나 한 잔 하장께!"

"호프가 밥 미기 주나!"

그들은 호프가 무슨 요술 방망이라도 되는 듯 일만 터지면 호프 타령을 하고 전무를 안주 삼아 씹어 댔다.

사원들에게 전무의 그런 주문은 이미 귀신 씻나락 까먹는 소리에 불과했다. 그들이 심드렁해서 몰려 나가자 조금 전 열 띤 전무의 지시는 정말 쓸데없는 소리가 되어 허공에 맴돌았다.

전무가 상태를 불러 세웠다.

"견 과장, 자네는 다른 사람들이 무슨 소리를 해도 듣지 말고 내 말만 들어. 알겠어? 먼저 개인별 수금 장부를 잘 챙기고 철저히 체크해! 그리고 전 사원들에게 이달 월급은 수금 실적에 따라 지급한다고 일러둬!"

"알겠습니다."

"그리고 자네도 수금 철저히 해! 개새끼들 돈 안 주면 가서 드러누우라고. 그래도 안 되면 멱살이라고 잡고 끌고 와. 알았어!"

"그래도 또 안 되면…… 콧등이라도 물어뜯어 버릴까요?"

그들은 먼저 호프 집으로 몰려가 노가리를 뜯고 호프를 마시고 터덜터덜 거래처를 찾아 나섰다. 그러나 이미 부도난 회사의 동태를 훤히 꿰뚫고 있는 거래처의 사장들은 얼마 동안만 버티면 회사가 제풀에 주저앉아 부채 잔액을 지급하지 않아도 될 것이라는 판단 아래 꼬리를 감춘 후여서 집 지키는 개들만 만나고 돌아왔다.

그날도 상태는 도시 변두리 대리점을 찾아갔다. 점포 문은 열려 있는데 사람도 없고 안으로 문이 잠겨 있었다. 막 돌아서려는데 애완용 스피츠 두 마리가 캥캥 짖으며 내달았다. 어딜 가나 개들은 그를 알아줬다. 개들은 이내 끙끙거리며 뒤꼍으로 꽁무니를 빼기 시작했다. 상태는 직감적으로 개들의 의도를 알아채고 따라갔다. 거기에 분명히 주인이 있을 것으로 믿었기 때문이다. 과연 거기엔 지점장의 살림집이 있었다. 개 소리에 놀란 지점장이 의외라는 듯 멀뚱한 얼굴을 하고 나타났다. 그는 드디어 전무의 지시대로 드러누울 곳을 발견한 것이다.

"아니 이 개새끼들이 왜 이렇게 난리를 치는 거야! 저리 가! 저리 가라니까."

개들의 성화에 못 이겨 나타난 주인은 화풀이라도 하듯 대뜸 시비조로 나왔다

"그래, 사장도 없는 회사에 당신들이 무슨 권리로 수금을 하겠다는 거야? 난 사장에게 빚졌지 당신한테 빚진 거 없으니까 가시오."

"무슨 말씀입니까? 나는 지금 사장님의 지시에 따라 온 것입니다. 자 여기 신분증을 보십시오. 사장님은 내게 일정 권한을 위임한 것입니다."

"사장? 사장이 어디 있어? 삼십육계 줄행랑 친 사장이 지시는 무슨 놈의 지시야?"

"개새끼도 대가리가 있는데 회사에 왜 사장님이 없겠습니까? 사장님이 출근은 안 하셔도 전무님을 통해서 회사를 경영하고 계신데 줄행랑은 왜 줄행랑입니까? 지금도 우리는 사장님의 지시를 받고 있습니다. 수금을 해 주지 않으면 한 발짝도 이곳을 떠날 수가 없습니다."

상태는 모처럼의 기회를 맞아 작심한 듯 응접용 긴 의자에 두 다리를 펴고 드러누워 버렸다.

"아니! 이 개새끼가 어디서 행패야! 여기가 네 집 안방인 줄 알아?"

"개새끼라고요? 그러지 말고 차라리 회사에서처럼 견 과장이라고 부르세요!"

"견 과장이고 개새끼고 당장 나가지 못해!"

여기서도 그는 수십 번 개새끼가 되고 전무의 지시와는 반대로 멱살이 잡히고 콧등이 깨지면서도 줄기차게 물고 늘어졌다. 한바탕 공방전 끝나자 지점장이 문득 생각난 듯 내뱉었다.

"아까, 당신이 견 과장이랬지? 그럼 당신이 경리 과장이야?"

"예, 그렇습니다. 경리 과장 이상태입니다."

서울 시내 구역별 대리점 지점장들은 회사 내부 사정에도 밝아서 새로 임명된 경리 과장의 존재를 의식하고 있었던 모양이었다. 그는 그 순간 뭔가 새로운 아이디어를 발견한 듯 한결 부드러운 말투로 상태에게 말을 건넸다.

"아, 그래요. 그럼 진작 말을 하지! 욕을 해서 미안합니다만 거래 장부 있으면 좀 보여 줄 수 있겠소?"

"괜찮습니다. 개새끼는 내 전매특허니까요."

지점장은 장부를 펴 놓고 나서부터 태도가 달라지고 호칭도 경리 과장님으로 바뀌었다. 그는 꼼꼼하게 거래 내역을 체크하면서 군데군데 별도로 표시를 했다. 그리고 계산기를 두드려 총계를 내더니 볼펜을 딱 소리 나게 내려놓았다.

"경리 과장님, 이 장부를 좀 보십시오. 지금 내가 체크한 것이 본사 물건을 들여와서 우리가 적자를 본 것들입니다. 어떻게 생각하십니까?"

"그거야 거래 규정에 따라 대리점이 책임질 부분 아닙니까?"

"그걸 누가 모릅니까? 내가 이렇게 적자를 내다 보니까 부채 잔액이 늘어난 겁니다. 나도 웬만하면 빚지고 살고 싶지 않으니까 여기 적자 부분만 좀 봐 주세요. 아무리 회사가 망했다 하더라도 그냥 넘어가지는 않을 테고, 또 소액 청구 소송이라도 들어오면 골치 아프니까 오늘 아주 쇼부(결판) 칩시다."

상태는 얼른 지점장이 탕감해 달라는 부채 총액을 계산해 봤다. 전체 총액의 절반이 훨씬 넘는 금액이었다. 절반도 아닌 삼분의 이를 깎아 달라는 거였다. 회사의 약점을 이용해 생돈을 잘라먹으려는 수작이었다. 그는 전무에게 전화 결제라도 받아 볼까 하다가 평소에 절반이 아니라 반의 반이라도 좋으니까 닥치는 대로 수금을 하라는 지시가 있었기 때문에 그만두고 지급 관계부터 확인했다.

"결손 금액이 너무 커서 어렵겠습니다. 절반 정도면 상의해 보겠는데 지급 방법은 어떻게 하실 겁니까?"

"아니 이 마당에 또 무슨 흥정이야? 되면 되고 말면 말지! 내 요구대로 해 주면 즉시 지급하고 말지 뒤로 미루고 할 거 뭐 있어?"

불만스러웠지만 어쩔 수 없는 상황이었다. 두 번 다시 생각할 겨를도 없이 상태는 못 이기는 척 미적거리다가 승낙을 하고 잔액의 30퍼센트에 불과한 금액을 받아 들었다. 불리한 조건이긴 하지만 일단 수금을 했다. 그는 내심 뛸 듯이 기뻤다. 사냥꾼의 총에 맞아 떨어진 꿩을 물고 주인에게 달려가는 그레이하운드처럼 한달음에 회사로 달려갔다.

***

사무실은 추수가 끝난 가을 들판만큼이나 황량했다. 꼭 있어야 할 자리에 무엇이 없다는 것, 그 빈자리가 주는 공허함과 상실감, 그리고 서글픔 같은 것들만 남아 있었다. 얼마 전까지만 해도 하느님 지팡이만큼이나 경외스럽기만 하던 사장실, 공연히 주눅이 들어 발걸음조차 자유롭지 못했던 중역실, 그리고 턱없이 뒤통수가 가렵기만 하던 부장석. 지금 이 시간쯤이면 전화통이 몸살을 앓고 아가씨들의 전화 소리가 요란

했다.

그러나 그들이 모두 떠난 휑뎅그렁한 사무실의 유난히 넓어 보이는 책상들과 사람의 둔부를 기다리듯 쩍쩍 벌어진 의자들은 청상과부의 음부처럼 외롭고 서글퍼 보였다. 몇 안 되는 사원들마저 저마다 할당 받은 거래처로 떠나고 해삼처럼 늘어진 김 부장만 남아 빈 사무실을 지키고 있었다.

그는 아예 양말도 벗어 놓고 바짓가랑이까지 둘둘 걷어붙인 채 두 발을 책상 위에 올려놓고 비스듬히 앉아서 콧노래를 부르고 있었다.

"다녀왔습니다."

그가 인사도 하는 둥 마는 둥 얼버무리고 의기양양하게 중역실로 뛰어 들어가자 김 부장은 눈이 휘둥그레졌다.

"뭐야? 어떻게 된 거야, 견 과장!"

"아…… 아닙니다. 전무님 어디 가셨습니까?"

"전무가 낮에 사무실을 붙어 있는 거 봤어? 무슨 일이야? 나한테 얘기해!"

"네, 제 거래처에서 수금이 절반 가까이 됐습니다."

"그래서? 전무한테 입금하겠다, 이거야?"

"네, 그런데 뭐 잘못된 거라도?"

"가만있어. 이 친구 이거 정말 맹물이네. 한 번 생각해 보라고. 자네 말이야, 수금 장부 관리하고 있지? 지금까지 입금된 게 얼마야?"

"없습니다. 그렇지만 모두 전무님한테 바로 입금했기 때문이죠."

"어휴! 이 답답이. 내 말 잘 들으라고. 자네 생각엔 이달 말까지 사장이 모든 부채를 다 변제할 수 있을 것 같아? 어림없는 소리야. 모든 게 이달 말로 끝이야! 그럼 우린 밀린 월급이나 퇴직금을 어디서 받아? 지금 우리가 말이야 자네처럼 수금한 돈 꼬박꼬박 갖다 바친다고 전무가 우리 돈 내줄 것 같아? 한번 생각해 보라고. 사방이 빚투성이인데 그 빚 갚았다고 오리발 내밀면 어쩔 거야? 그러니까 다 소용없어. 제 밥그릇은 제가 챙기는 거야, 알아? 전무도 마찬가지야. 나는 전무가 해먹고 있는 루트까지 알고 있어. 전무도 나한테는 꼼짝 못 해. 그래도 돈 갖다 바칠 거야?"

"글쎄요. 그래도 어쩔 수 없잖습니까?"

"이런 네미! 여태 얘기해도 못 알아듣네. 여러 말 할 것 없이 돈 이리 내! 내가 책임질 테니까."

김 부장은 벌떡 일어나 빼앗다시피 돈을 가져가더니 그중 절반 정도를 뚝 떼어 주며 작지만 힘이 실린 어조로 소곤거렸다.

"우리 둘만 입 다물면 그만이야. 알았지? 이제 며칠 남지도 않았어. 이달만 지나면 끝장이야."

엉겁결에 당하긴 했어도 그는 무엇을 어떻게 해야 할지 갈피가 잡히지 않았다. 일견 김 부장의 논리도 현실적으로 타당성이 있어 보였으나 양심적으로 수용할 수 없고 전무의 지시만 따르기엔 전무의 양심을 믿기 어려웠다.

그는 단호한 결론을 내렸다. 부정한 실리보다는 정의로운 명분을, 그리고 회사를 살려야 한다는 사명감과 애사심을 발휘하여 전무의 지시를 따르기로 결심했다. 그리고 퇴근 무렵 사규에 따라 사실대로 출장 보고서를 쓰고 남은 돈과 함께 전무에게 제출했다.

전무는 너무 화가 나서 코끝까지 빨개졌다. 사실을 알아차린 부장도 독이 올라 코브라 대가리처럼 마름모꼴로 부풀어 올랐다.

그는 실실 웃으며 관망자다운 여유를 보였다. 축 늘어져 있던 사무실 분위기가 갑자기 기타 줄처럼 팽팽하게 올라붙었다. 김 부장이 중역실로 불려 들어가고 난 후부터 중역실은 음대 발성 연습장이 되어 버렸다. 사기, 절도, 횡령, 해고 등 그럴듯한 죄명들이 고음으로 터져 나오고 중저음으로 구시렁거리는 김 부장의 목소리가 흘러나올 뿐 그가 갖고 있다던 비상의 무기가 특효를 발휘하는 것 같지는 않았다.

얼마 후 돈 빼앗기고 그 알량한 부장 자리까지 잃은 김 부장이 맥없이 중역실에서 풀려나와 몽둥이 맞은 개새끼처럼 처량한 눈으로 상태를 노려봤다. 상태는 그 보란 듯 실실 웃으며 조금이라도 그에게 위로가 될 만한 말을 찾고 있었다. 그때 그는 돌연 광견병이라도 발작한 듯 맹렬한 기세로 돌진하여 아직 채 웃음기도 가시지 않은 상태의 멱살을 잡고 사무실 밖으로 끌고 나갔다.

"야! 이 개새끼야. 너도 사람이냐?"

그는 두 마디도 더 하지 않고 삼복에 개 패듯 했다. 숫제 사람 취급을 하지 않았다. 개 같은 세상에 사람으로 태어난 것이 잘못이었다.

그날 밤 퉁퉁 부은 얼굴을 감싸 안고 신음하던 상태는 어느 덧 맑은 햇살이 작열하는 아프리카 초원을 달리고 있었다. 여러 마리의 들개 무리에 휩싸여 잡초 더미를 뚫고 숲을 지나 들판을 가로질러 푸른 냇가에서 서로 몸을 부비고 솟구쳐 뛰어오르면서 물고기도 잡고 토끼를 따라 마냥 내달리기도 했다. 이글거리는 붉은 태양도, 숲을 뒤흔들며 스쳐 가는 초원의 광풍도 그들의 자유를 가로막지는 못했다.

상태는 마음껏 울부짖었다. "나는 자유다! 사자나 호랑이, 치타도 우리를 어쩔 수 없다. 저 높은 하늘의 태양과 광활한 대지가 우리를 지켜 주는 한 우리는 영원하다. 나는 인간의 습성대로 길들여지고 인간들의 기호에 따라 아양을 떨며 겨우 인조 사료 몇 알씩을 얻어먹는 애완견도 아니고, 시골 농가에서 밥찌꺼기나 얻어먹고 주인에게 충성을 보이며 좀도적이나 지키다가 어느 삼복더위에 오랏줄에 묶여 대추나무에 매달려 뇌수가 터지도록 얻어맞고 뜨거운 가마솥에 던져지는 가련한 똥개는 더더구나 아니다. 나는 온갖 기만과 배신, 음모와 살육이 판치는 인간의 무리가 아니고 아프리카의 초원을 재패한

들개의 왕자다!" 상태는 이를 악물고 바동거렸다.

이튿날 상태는 단호한 결단을 내렸다. 비록 김 부장이 이 사실을 다시 전무에게 보고하면 죽이겠다고 협박까지 했지만 상태는 이에 굴복하지 않고 전무에게 사실대로 보고했다. 그러자 전무가 눈알을 부라리며 물었다.

"그래 김 부장이 어제 자네를 개 패듯 했다는데 그게 사실인가?"

"에…… 에…… 사실이라고는 할 수 없고. 에…….."

"무슨 소리야! 에, 에 하지 말고 똑똑히 말해 봐."

"그러니까, 에…… 나는 개가 아니니까, 개 패듯 했다는 것은 에…… 사실이 아닐 수도 있고…….."

"그래도 맞긴 맞았어?"

"에…… 에…… 그렇다고 내가 개처럼 맞지는 않았겠죠. 에…… 나는 개가 아니니까…….."

"다친 데는 없어?"

"에…… 원래 치과 병원에 가려던 참이었으니까요. 에 뭐랄까…… 에…….."

"이가 부러졌단 말이야? 이런, 맹물 같은 위인 봤나? 그럼 김 부장이 치과 의사라도 된다는 거야, 뭐야!"

"그래도 그분은 정확하게 아픈 이를 골라냈으니까요."

"쯧쯧, 그래도 의리는 살아 가지고 말하기 싫어하는군."

그날따라 전무는 유난히 귀도 쫑긋하고 코도 길어 보였다.

그는 몇 마디 더 끙끙거리며 짖다가 상태의 머리를 쓰다듬어 주었다. 상태도 꼬리를 살래살래 흔들어 보였다.

이튿날 썰렁한 사무실에서 난데없는 임명장 수여식이 있었다.

"그동안 사원 여러분께서는 회사의 어려운 상황 아래서도 맡은바 자기 업무를 충실히 수행하여 존폐의 위기에 놓인 회사를 여기까지 이끌어 왔습니다. 그중에서도 오늘은 특히 회사 유지 관리에 공이 많은 견 과장에게 1계급 특진의 영광이 주어지는 날입니다. 이상태를 총무 부장으로 임명하는 바입니다."

전무가 이런 엉뚱한 연설을 하고 임명장을 수여하자 그동안 웬만큼 제 몫을 챙긴 사원들은 다 빠져나가고 어리보기 서너 명이 남아 헤헤 웃으며 박수를 쳤다.

"이봐, 하루살이가 모기 보고 술 한잔 사라고 했더니 모기가 뭐랬는지 알아?"

"내일 사겠다고 했겠지."

그날 그들은 전무가 던져 준 회식비를 바닥내고 외상 장부에 번갈아 가며 사인을 하며 술에 원수진 사람들처럼 노가리와 호프를 퍼마셨다.

"이봐, 견 과장 아니 견 부장! 당신 말이야, 속 좀 차리라고 속 좀 차려. 왜 그 돈을 전무에게 주나?"

나이 든 사원이 설교조로 나오자 옆에 있던 다른 사원이 끼어들었다.

"견 부장이고 좆 부장이고 다 무슨 소용 있어! 괜히 수금 해

다가 전무 새끼한테 갖다 바치는 바람에 동네 개싸움만 붙이고 말이야, 응? 다 끝났어. 전무 새끼가 돈이 생겼는데 왜 회사에 나와 뒤치다꺼리를 하겠냐고."

"그래, 끝난 건 나도 알아. 전무는 진급주라고 했지만 이 술은 이별주야."

"암! 이별주지."

사실 그랬는지 모른다. 그날로 개와 맥주 사이를 오락가락하던 이상태의 영광도 끝이 난 것이다.

***

상태가 진급주에 흠씬 취해 비틀거리며 집으로 돌아왔을 때 맥줏집 앞에는 뿌연 백열등이 작열하고 늙은 개는 여전히 개들에게 둘러싸여 닭 대가리를 뜯고 있었다.

그때 어둠 속에서 갑자기 애완견 몰티즈 한 마리가 뛰어나와 그 사내 앞으로 달려갔다. 그러자 연이어 개를 찾으러 나온 여자가 눈부시게 흰 홈웨어를 입고 프리마돈나처럼 두 팔을 벌리고 춤추듯 무대 중앙으로 뛰어나왔다.

"엘리자베스, 마거릿…… 쫑……. 쫑……! 이리 와. 엘리자베스! 마거릿, 쫑, 쫑, 이리 오라니까!"

"개가 그 긴 이름을 다 외우기나 할까요?"

사내가 뿌연 시선으로 개를 쳐다보며 구시렁거렸다.

개는 정말 그 긴 이름을 다 외우지 못했는지 여자가 가까이 다가가 손뼉을 치며 손을 벌려 보여도 꼼짝도 하지 않았다. 그러다가 여자가 잡으려고 손을 뻗자 깽! 하며 팔짝 뛰어올라 사내가 들고 있던 닭 대가리를 냉큼 물고 달아났다.

"아니! 이 개새끼가 제일 큰 걸 물고 갔잖아?"

사내는 즉시 뛰어나가 개 꽁무니를 쫓아갔다. 개는 먹이를 빼앗기지 않으려고 결사적으로 마당을 뱅글뱅글 돌았다. 그러자 여자도 기겁을 하고 그 뒤를 따랐다.

"우리 엘리자베스 때리지 마세요. 제발요!"

두 사람은 한참 동안 마당을 돌며 원무를 췄다. 상태는 진급주에 취해 얼얼한 시선으로 그들을 쳐다보며 키득거렸다.

"개새끼 세 마리가 춤을 추는구나!"

결국 여자가 돌부리를 걸어차고 나동그라져서 연분홍 팬티를 수줍게 선보임으로써 개들의 원무는 끝났다. 여자는 쩔뚝거리며 소중한 듯 개를 꼭 껴안고 돌아갔다.

그러나 개는 우울해 보였다. 사내는 아직도 가쁜 숨을 몰아쉬며 남은 닭 대가리를 셌다.

"서이, 너이……."

그는 몽롱한 의식으로 다시 고 알량한 맥줏집을 바라보았다.

갑자기 오색 무지갯빛으로 찬란한 맥줏집이 둥실 허공에 떠오르고, 수많은 닭 대가리와 거품이 뽀그르 피어오르는 맥주

잔들이 우박처럼 쏟아져 내렸다. 사내는 의자 위에 잠들어 있고 어둠 속에서 하얀 손이 그를 부르는 듯했다.

그는 비실비실 맥줏집으로 빨려 들어갔다. 다소 육감적이고 음습한 실내등 아래 한 사내가 지루한 듯 하품을 하며 맥주를 마시고 있었다. 통로 양쪽에 놓인 네 개의 테이블을 지나 반달이 칸막이 쪽에 주방이 있고, 그 안쪽에는 큰 문이 달린 방이 있었다. 그 방에서는 종잡을 수 없는 음악이 흐르고 희미한 사람의 그림자가 일렁거리고 있었다. 갈증을 느낀 상태가 주인을 찾으려고 방문을 열자 거기엔 남녀가 개 홀레붙듯 후형 체위로 달라붙어 있었다.

"호프 한 잔!"

상태가 희미하게 말을 흘리자 여자는 대답도 못 하고 그저 흥얼거리기만 했다.

오래지 않아 여자가 치마를 둘둘 말아 쥐고 신발을 끌며 뒤켠으로 사라지자 혼자서 술을 마시던 사내가 차례를 기다리는 지루함을 떨쳐 내기라도 하듯 술잔을 딱 소리 나게 내려놓고 기지개를 켰다. 이윽고 옷매무새를 가다듬은 여자가 나타나 물씬한 미소를 흘리며 다가앉자 사내가 마지막 잔을 벌컥 들이켜고 방 쪽으로 사라졌다.

상태가 다시 가느다랗게 여자의 뒤통수에 대고 "호프 한 잔!"을 요구했을 때 여자는 반사적으로 손사래를 치며 문 쪽에 대고 소리쳤다.

"여보, 이제 손님 그만 받아."

그러자 밖에서 늙은 개가 무어라고 구시렁거렸지만 들리지 않았다.

아마 "나도 차라리 한 마리 개가 되고 싶어."라고 중얼거렸을 것이다.

입
석

'좌석 매진.' '입석 발매.' 창구마다 그런 팻말을 내건 대합실에 들어서면서 그는 낭패한 기분이 되었다.

"좌석이 없다는 거로군. 야단났네. 내일은 무슨 일이 있어도 출근을 해야 할 텐데……."

그는 허둥거리며 안내소를 찾아가 특실이며 침대 실까지 확인해 본 후에야 일이 그릇되었음을 알게 되었다. 그날은 일요일이고 밤 10시를 넘긴 시간이어서 새벽 4시까지의 모든 좌석이 이미 예매가 되어 있었던 것이다.

"자, 이거 어떻게 한다……."

한두 시간도 아니고 장장 여섯 시간을 뜬눈으로 서서 가야 한다는 게 그에게는 끔찍스럽게까지 느껴졌다. 그러나 상황은 그렇게 허둥거리고 있을 수만 있는 형편이 아니었다. 이미 '입석'이라는 팻말이 붙은 창구에마저 사람들이 줄을 지어 늘어서고 있었기 때문에 그도 이것저것 생각할 겨를도 없이 뒤에 가 붙어 섰다.

"조금 일찍 나섰어야 하는 건데……."

그는 아직도 불쾌한 목덜미를 몇 번 쓸어내리며 조금 전의 터무니없이 길게 늘어뜨린 술자리의 꼬리를 후회했다. 그는 출장을 마치고 귀가하는 참이었다. 모처럼의 출장길이었고 처음 출발할 때는 자칫하면 까다로울 뻔해 고민했던 출장 업무가 의외로 쉽게 풀린 데다 지사 직원들의 각근한 예우와 호의로 뜻밖의 흰 봉투까지 받게 되어서 그의 기분은 날 듯 가벼웠다. 거기다 송별연을 겸한 주연은 자못 호사스러울 만큼의 성찬이어서 원래 호주가인 그가 코끝에 아슴푸레 배어 오는 미주의 향취를 떨치기도 어려웠지만 아침 섞인 술잔이 싫지 않아서 뭉그적거리다가 거기서 9시를 넘긴 것인데 일이 이렇게 뒤틀린 지금에 와서는 조금 전의 술자리에서 느꼈던 자신의 얇은 감상과 방만한 주의력이 한심스럽기까지 했다.

"망아지 새끼도 아니고 밤새도록 서서 가야 하다니……."

그는 투덜거리며 주위를 둘러보다가 여행객 가운데 굴비 두름 엮이듯 서민들 사이에 끼어 있는 자신을 발견하고는 어쩐지 쑥스럽고 초라한 느낌마저 들었다. 그런 기분은 반드시 특권 의식이랄 수만은 없는, 나이가 든 사람이나 사람을 거느리는 위치에 있는 사람이면 흔히 빠질 수 있는 타성에 불과한 것이지만 그에게는 좀 다른 의미가 있었다.

그는 가난의 상징처럼 느껴지는 서민의 대열에 낀다는 것이 마치 20여 년 직장 생활을 통해 간신히 탈출해 나온 가난의 늪으로 다시 빠져 들어가는 듯한 기분이 들기 때문에 지금의 위치가 마음에 차지 않았던 것이다.

그가 그렇게 느끼는 것은 적어도 자신은 중견 기업의 간부이고, 40대 중반에 이르도록 쌓아 온 부장이라는 지위와 경제적 기반이 비록 상류계급이 될 수는 없어도 중산층에는 소속될 수 있으리라는 강한 의식이 작용하고 있었기 때문이다.

그는 '중산층'이 노동계급의 집이요 상류계급의 '앞잡이'라는 몰아붙임을 감수하고라도 화이트칼라의 일원으로 신중산층(新中産層)을 자처하는 사람이기도 했다. 그러므로 지금 그가 느끼는 우울은 충동적인 것이 아니라 중산층에 대한 평소의 신념에서 비롯된 것이었다. 그는 한껏 의기소침해져서 차례를 기다리다가 간신히 입석 표 하나를 사 들었다.

다행히도 그가 산 기차표는 입석이라도 무궁화호였다. 하지만 그에게는 무궁화호가 새마을호에 가장 가깝다는 사실을 다행으로 여길 틈조차 없었다. 기차표에 찍힌 발차 시간이 겨우 2분밖에 남아 있지 않았기 때문이었다. 개표원에게 재촉까지 받으며 그는 허둥지둥 지정된 홈으로 뛰어갔다. 지하도 층계 하나를 다 내려가기도 전에 벌써 숨이 턱턱 막히고 다리가 후들거리기 시작했다. 처음에 그는 그 까닭을 마흔 줄 제법 깊숙이 들어선 나이와 얼마 전까지 사양 없이 받아 마신 양주 탓으로만 여겼다. 그러나 지하도를 지나 홈으로 나가는 층계를 오르면서 그는 이내 또 하나의 원인을 깨닫게 되었다. 그 무렵들어 더욱 가속도가 붙는 듯한 비만이 바로 그것이었다.

그가 슬금슬금 몸이 불기 시작한 것은 삼십대 중반부터였다. 1년에 두어 근씩 몸무게가 늘어나 마흔이 되었을 때는 벌써 젊었을 때보다 10킬로그램이나 더 늘어나 있었다. 거기다가 그 뒤로는 1년에도 4~5킬로그램씩이나 늘어 그 무렵에는 85킬로그램을 훨씬 넘어서고 있었다. 거의 비만이 눈에 띌 만큼 진행되면서부터 가까운 사람들은 하나같이 걱정도 하고 충고도 해주었다. 그가 가진 의학 상식도 비만에 그리 낙관적인 것만은 아니었다. 그러나 내심은 어쩐지 남의 맞장구로 엄살을 떨 때와는 달라서, 그게 꼭 그렇게 싫지도 걱정스럽지도 않았다. 보기 흉하지만 않다면 어느 정도 살집이 있는 쪽이 위엄 있고 여유로워 보이던 청소년 시절의 기억 탓인 듯했다. 아내도 남 앞에서는 그의 부푼 몸을 타박하고 나섰지만, 그리고 단둘이 있을 때도 더러 걱정이 늘어놓을 때가 있었지만, 또한 그게 절실하거나 심각해 보이지는 않았다. 오히려 이웃 여인네에게, "애 아빠도 이젠 골프를 시작할 때가 됐나 봐요." 어쩌고 할 때 보면 비만도 중산층의 필수적인 고민이라고 여기는 눈치마저 보였다.

이젠 정말로 살을 좀 빼야겠군. 실제로 거북함을 겪고 나서야 그런 다짐을 하며 그는 급히 층계를 뛰어올랐다. 두어 해 전부터 출퇴근길에 회사가 제공한 승용차 덕분에 비만의 거북스러움을 제대로 느껴 볼 기회가 거의 없었던 것이다.

그가 막 홈에 도착했을 때 기차는 벌써 조금씩 움직이기 시작하고 있었다. 그는 턱까지 차오르는 숨을 헉헉 내뱉으며 기차에 뛰어올랐다. 승강구에서 잠깐 숨결을 고른 그가 객실 문을 열면서 힐끗 차창 밖을 보니 기차는 이미 역 구내를 빠져나가고 있었다.

객실 안은 후텁지근했다. 봄이라고는 해도 아직 밤은 쌀쌀해서 스팀 장치를 가동 중인 것 같았다. 거기다가 술까지 마신 무거운 몸으로 한참을 달려왔으니 객실 안이 무겁게 느껴지는 건 정한 이치였다. 그는 손수건을 꺼내 그새 비죽비죽 솟아나는 이마와 목 어름의 땀을 닦으며 객실 안을 휘 둘러보았다. 혹시 기차를 잘못 탄 게 아닌가 싶어 잠시 더위마저 잊을 만큼 객실 안은 낯설었다. 이 나라에서 두 번째 가는 등급의 기차라 어느 정도 옛날의 '곱베(기차간)'와 달라졌으리라 예측은 했지만 이건 달라도 너무 달랐다. 베이지 색으로 잘 도장된 객실 벽이며 시원하게 트인 차창, 그리고 통로를 중심으로 널찍하게 놓인 2인용 객석과 그걸 덮은 녹색 우단, 그 등받이에 덧씌운 물새 배때기같이 희디흰 커버……. 한마디로 외국 영화에서나 보는 풍경 같았다. 그렇게 보아서 그런지 거기 앉은 사람들 또한 그의 기억은 물론 상상과도 거리가 멀었다. 반드시 정장은 아니었지만, 그들의 입성은 한결같이 돈푼이나 들인 디자인과 멋스러운 색상으로 조화된 것이었다. 그들의 태도는 긴 여행을 불편스럽고 피로해하는 느낌을 전혀 주지 않았다. 신문을 보거나, 졸고 있거나, 모두가 제 집 소파에 앉아 잠깐의 휴식을 즐기는 사람들 같았다.

그에게 기차에 대한 기억은 전쟁 직후의 무질서 속에서 운행하던 증기 기관 열차의 잔상들이었다. 썰렁한 공기, 음산한 조명, 칠이 벗겨지거나 때가 묻은 벽, 좁고 모퉁이가 깨진 창틀, 군데군데 구두닦이용으로 잘려 나간 객석의 우단 덮개, 소주를 홀짝거리는 남자들, 때때로 터져 나오는 그들의 고성방가, 칭얼거리는 아이에게 젖을 물리고 있는 후줄근한 아주머니들, 홍익회 판매원이나 승무원의 눈을 피해 잽싸게 불량 상품을 팔고 달리는 열차에서 뛰어내리기 묘기를 보이는 잡상인들, 무임 승차자들, 이따금씩 끼어드는 약장수의 걸쭉한 만담, 이런 것들이 있었다. 지난 20여 년간 줄곧 기차 여행을 기피하게 해 주었던 그런 어두운 기억들밖에 없는 그에게 객실 안은 낯설다 못해 서먹하기까지 했다.

그는 다시 훅훅 느껴지는 열기에 손수건으로 연신 이마를 훔치며 이번에는 전혀 다른 목적으로 객실 안을 둘러보았다. 어디 빈자리라도 없나 해서였다. 그러나 그것은 습관적인 의식일 뿐, 차표가 매진돼 입석 표를 산 판이니 비어 있는 좌석이 있을 리 없었다. 할 수 없이 서울까지 서서 갈 각오를 세운 그는 무거운 체중의 일부라도 줄여 볼 양으로 입구 가까운 객석 등받이에 몸을 기댔다. 화사한 차림에 얼굴도 그리 보기 싫지는 않은 30대의 여자 둘이 나눠 앉은 객석이었다.

한동안 몸의 중심을 이리저리 바꿔 가며 견뎌 냈지만, 80킬로그램을 훨씬 넘는 몸무게는 운동 부족인 그의 두 다리가 지기에는 아무래도 무리한 짐이었다. 곧 두 무릎뿐만 아니라 허리까지 뻐근해 왔다. 더구나 그가 선 곳은 객석과 마주 보이는 입구 쪽으로, 승객들의 시선이 절로 모이게 되어 있었다. 자신의 모습이 꼭 교실 앞에 불려 나가 벌을 서는 아이 꼴 같으리라는 생각이, 새삼 오르는 술기운과 함께 이제는 온몸에서 땀이 솟아나게 했다.

그러나 괴로움은 그뿐만이 아니었다.

"아휴, 이 술 냄새…… 꼭 뭐가 썩어 문드러지는 거 같네."

"그러게 말이야. 누가 얌체같이 이 사람 많은데 마구잡이로 술을 퍼마시고 와서……."

그가 기대고 선 의자에 앉은 여자들이 갑자기 저희끼리 하던 얘기를 그치고 그렇게 깐죽대기 시작했다. 그는 찔끔해서 고개를 딴 쪽으로 돌렸으나 이내 쓸데없는 노력임을 깨달았다. 얼굴이 화끈거리는 것으로 보아 얼굴이 벌겋게 술이 오른 게 틀림없으니, 술 냄새의 진원지를 감출 수도 없는 일이었다. 여자들은 빤히 알면서도 계속해 간죽거렸다.

"남자들은 말이야, 술 먹는 걸 무슨 큰 자랑으로 아나 봐. 아휴, 지독해, 이 냄새."

"그러게 말이야. 글쎄 제 집 안방도 아닌데 부끄러운 줄도 모르고……."

"제 집 안방이래도 그렇지. 저만 사나? 아휴, 무식하게……."

그쯤 되자 아무리 사람 좋다는 소리를 듣는 그라도 그냥 배겨 낼 수 없었다. 은근히 치미는 부아를 다독이고 술 냄새라도 좀 씻어 볼 양으로 담배를 꺼냈다.

"아휴, 눈 따가워. 누가 또 담배까지 피워 대네."

미처 그가 한 모금을 빨기도 전에 "아휴."를 많이 쓰는 여자가 다섯 번째의 "아휴."와 함께 이번에는 담배를 걸고넘어졌다. "아휴." 못지않게 "그러게 말이야."를 자주 쓰는 여자가 그걸 질세라 받았다.

"그러게 말이야. 요즘 좀 알 만한 사람들은 모두 담배를 끊더라고. 그런데 꼭 보면 못돼 먹은 사람들이 마구 피워 대는 거야."

"왜 남자들은 제 몸 축가는 줄 모르고 그런 야만적인 짓을 하는지 모르겠어."

"그러게 말이야. 몸에 해롭고, 돈 들고 하는데 왜 그 독한 풀에 불을 붙여 빨아 대는지, 원."

"그것도 무슨 멋으로 아나 보지?"

"멋은 무슨 놈의 멋, 잠깐 동안 입 못 참아 그 짓이지. 옛날 영국에서는 담배를 피우면 사형까지 시켰다지, 아마? 우리도 그런 법 하나 만들면 좋겠어."

"아휴, 법이고 뭐고, 우선 그놈의 담뱃불이나 빨리 꺼 줬으면 좋겠어."

"아휴."가 그 말과 함께 안 나오는 기침까지 해 댔다. "그러게 말이야."는 노골적으로 그를 쏘아보기까지 했다. 거기다가 통로 건너편 좌석의 새하얀 와이셔츠 청년들도 눈길이 곱지 않아 그는 얼른 담뱃불을 껐다. 그래 놓고 보니 좌석 번호 곁에 금연 표시가 그려져 있는 게 얼핏 눈에 들어왔다. 그는 무안하기도 하고 미안스럽기도 해 허둥거리다가 엉겁결에 그녀들에게 사과의 뜻이 섞인 미소를 지어 보였다. 그게 또 잘못되어 "아휴."가 새침한 얼굴로 톡 쏘아붙였다.

"누가 자기 보고 웃자고 했나? 어디서 하던 수작이야!"

옆 좌석의 사람들이 알아듣고 그를 힐끔거릴 만큼 높고 야멸친 목소리였다. 졸지에 이번에는 치한으로까지 몰리게 된 그는 부끄럽고도 속이 상한 나머지 정신이 다 멍해졌다.

"자, 사이다, 맥주, 땅콩, 오징어 있이미야……."

그때 그런 외침과 함께 홍익회 판매원이 손수레를 끌고 출입구로 들어섰다. 갑자기 시원한 맥주 한 잔이 생각났으나 방금 술 때문에 욕을 본 뒤끝이라 못 본 척하고 있는데 뭔가 엉덩이를 세차게 쿡 찔렀다.

"죄송합니다. 조금 지나가겠어요."

뒤이어 판매원의 목소리가 들리는 걸로 보아 손수레의 목소리인 듯했다. 그는 아무 말 없이 엉덩이를 좌석 등받이에 바싹 갖다 붙이며 그가 빠져나갈 수 있도록 몸을 움츠렸다. 그러나 신형(新型) 객차라 통로가 좁아졌는지 아니면 그의 뱃구레가 너무 늘어졌는지 손수레는 좀처럼 빠져나가질 못했다.

"아이고, 선생님 조금만 안쪽으로 더 물러나 주십시오."

판매원이 엄살인지 핀잔인지 모를 소리를 필요 이상으로 크게 내질렀다. 그 바람에 쏠리는 주위의 시선에 쫓긴 그는 얼결에 등받이에서 몸을 빼내어 객석 쪽으로 엉덩이를 디밀었다. 그때를 기다렸다는 듯 판매원이 세차게 의자를 밀고 지나갔다.

"자, 지나갑니다."

"아이코!"

비명소리와 함께 그는 자신도 모르게 의자 팔걸이에 털썩 주저앉고 말았다. 그러잖아도 곱게 보이지 못한 "아휴." 쪽이었는데 엉덩이께 물컹한 감촉이 오는 게 그녀의 젖가슴을 짓누른 게 틀림없었다.

"아니, 이 양반이 왜 이래요? 술을 마셨으면 곱게 마시지, 이젠 아주……."

발끈한 "아휴."가 쇳소리를 냈다. 그러자 "그러게 말이야." 가 또 제 일인 것처럼 핏대를 올렸다.

"보자 보자 하니까 이 아저씨 정말 너무하시네. 가정주부들한테 이게 무슨 짓이에요?"

거기 힘을 얻은 "아휴."가 노골적으로 퇴거 명령을 내렸다.

"저리 가세요. 나도 좀 편하려고 돈 더 내고 특실을 끊은 거란 말이에요. 딴 데로 가욧."

"아이고, 죄송합니다. 수레가 밀치는 바람에……."

그가 떠듬떠듬 변명했으나 "아휴."는 들은 체도 않았다.

"수레고 뭐고, 아휴, 이 술 냄새. 저리 비키세욧. 나 원 별꼴 다 보겠네."

그러면서 과장스레 코를 싸쥐는 게 이 기회에 그를 멀리 쫓아 버리기로 단단히 결심한 사람 같았다. 박정하게 등받이에 붙어 서는 것조차 마다할 수 없어 참아 왔을 뿐, 처음부터 한껏 그를 못마땅하게 여겨 온 것임에 틀림없었다. 여자들의 목소리가 높아지자 객차 안의 시선이 다시 그곳으로 쏠려 왔다. 멀리 떨어져 있어 앞 좌석 등받이 때문에 잘 보이지 않는 사람은 일어서서 빠히 건너다보기까지 했다.

"이게 무슨 꼴이람!"

그는 갑자기 비참한 기분이 들어 사과고 변명이고 할 생각 없이 그 자리를 떴다. 자존심과 체통이 휴지처럼 구겨져 사정없이 짓밟히는 기분이었다. 그러나 어디나 똑같이 생겨 먹은 객차 안이라 대여섯 칸 어정어정 물러났을 뿐 또 다른 좌석에 붙어 서지 않을 수 없었다. 성격이 좀 느긋해 뵈는 중년 곁이

었다. *그*가 떠난 뒤에도 "아휴."와 "그러게 말이야."의 성토
는 계속되었고, 이웃 남자들까지도 힐끗힐끗 돌아보며 그녀들
을 거들었다. 자신들의 짐작으로는 그의 귀에 들리지 않으리
라 믿어 그러는지, 일부러 들으라고 그러는지는 알 수 없었지
만 제법 뚜렷하게 알아들을 만한 목소리들이었다.

"아휴, 거기다가 똥배까지 나와 가지고……."

"그게 그렇다는구먼, 저렇게 뚱뚱한 사람은 사실 영양실조
라는 거야. 접때 텔레비전에서 들었는데, 요즘은 오히려 못
사는 사람들이 불필요한 영양분만 섭취해 저렇게 된다고 그
러대."

"그렇겠지. 음식의 질이 낮을수록 탄수화물과 지방질만 많
아서 군살이 끼게 되니까."

그러자 "아휴."와 "그러게 말이야."가 그들에게 맞장구를
쳐 그에 대한 성토는 이내 남녀 혼성 코러스로 발전했다.

"그럼요. 미군들도 보세요. 흑인이나 중사, 상사 따위만 뚱
뚱하지 장교들은 다 날씬하잖아요."

"동네에서도 마찬가지예요. 꼭 보면 구멍가게 주인이나 노
가다 십장 같은 사람들만 뚱뚱하거든요."

"저런 사람들은 다 오래 못 산다고. 거 왜 일본 스모 씨름꾼
있잖아? 그게 체중으로 때우는 경기라 몸을 자꾸 불려야 하는
데, 그러다 보니 마흔을 못 넘기고 다 죽는다더군."

"그뿐 아냐. 내가 외국에서 보니까 알코올중독자, 흡연자,

비만증 환자는 못 들어오게 하는 식당이 있더라고. 다 무지해서 그렇지 알고 보면 참 불쌍한 사람들이라고."

"그런데 실은 비만증을 가진 사람들은 대체로 열등감 때문에 의도적으로 체중을 불리는 경우가 많다더군요. 예를 들면 키가 작은 사람들은 작은 키에 대한 불안과 열등감 때문에 부피라도 키워서 만회하고자 하는 심리가 기초가 되고, 정치한다는 사람들은 묵직한 외모를 보여서 신뢰감을 얻어 내자는 것이고, 외모가 기형인 사람, 심지어 사회적, 경제적 지위가 낮은 사람일수록 열등감이나 반발 심리에서 오는 자기과시 같은 것들이 주원인이라고 합디다."

"그러니까 속은 어쨌건 덩치로라도 한몫 본다 이거군요."

"그래서 고기 값이라는 말이 생겨난 거 아니오."

그는 숨을 헐떡거릴 만큼 부아가 치밀었으나 달려가 항의하거나 싸움을 벌일 엄두까지는 나지 않았다. 멱살잡이를 해 본 기억조차 까마득할 만큼 오랫동안 직장 생활에 유순하게만 길들어져 온 그였다. 끝 모를 그들의 악의에 시달리다 못한 결론은 오히려 절이 싫으면 중이 떠나야지 같은 도피적인 것이었다.

한 발 한 발 그들로부터 멀어지던 그는 출입구를 지나 아예 그 객차를 나와 버렸다. 승강구의 서늘한 공기가 그 어느 때보다 상쾌하게 느껴지며 헝클어진 머릿속이 조금 맑아졌다. 주위를 돌아보니 자신과 비슷한 처지인 듯한 사람 몇이 승강구 출입문 차창에 붙어 서 있었다. 개중에는 찬 밤공기 때문인지 바바리코트의 깃을 올려 세운 채 웅크린 사람도 있었다. 그러면서도 객차 안으로는 기어이 들어가지 않는 게 자신과 비슷한 이유에서일 거라는 단정이 가자 그는 다시 울컥 부아가 치밀었다.

"병신 같은 놈들!"

그는 왠지 같은 입장의 사람들에게 부아가 치밀었다. 엉뚱한 곳에 부아를 터뜨린 격이었지만 속은 좀 후련했다. 다행히도 객차의 이음매가 덜컹거리는 소리 때문에 알아듣지 못했는지 그곳에 있던 너덧 가운데 어느 누구도 그 말을 걸고넘어지지는 않았다. 속이 좀 풀리자 다시 다리가 아프기 시작했다. 그런 그의 눈에 한 군데 구원 같은 자리가 보였다. 왼쪽 승강구 뚜껑에 누가 앉았다 갔는지 신문지 한 장이 펼쳐져 있는 것이었다. 그는 중산층의 체면 같은 건 잠시 접어 두기로 하고 거기 퍼질러 앉았다. 서늘한 승강구 출입문이 등받이가 되어 짐작보다 훨씬 편한 자리였다.

술기운 덕분인지 아니면 그동안 겪은 심신의 소모 탓인지 거기 앉은 지 얼마 안 돼 그는 아슴아슴 졸기 시작했다. 하지만 길지도 깊지도 못할 잠이었다. 한동안 쾌적함으로까지 느껴지던 그곳의 서늘함이 추위가 되어 그의 잠을 방해하기 시작했다. 어쩌면 그 자리의 전 주인도 그 추위 때문에 객차 안으로 되쫓겨 들어갔는지도 모를 일이었다.

그도 마침내 견디다 못해 그 싫은 객차 안으로 되돌아갔다. 그러나 객차 깊숙이 들어가 좌석 등받이에 붙어 섰다가는 또 무슨 꼴을 당할지 몰라 이번에는 아예 출입구 문에 붙어 섰다. 그새 밤도 꽤 깊어져 드나드는 사람들이 없다 보니 출입문이 그런 대로 기댈 만한 등받이가 되어 주었다. 객차 안의 따뜻한 공기 때문일까. 출입문에 기대선 지 얼마 안 돼 바깥의 추위에 몰려났던 졸음이 다시 그를 덮쳐 왔다. 그러나 깜박할 때마다 무릎이 접힐 것 같아 힘들여 졸음과 싸우고 있는데 갑자기 출입문이 덜컥 열리면서 쿵 소리가 들릴 만큼 강하게 그의 뒤통수를 쳤다.

"아이코!"

그는 자신도 모르게 비명을 지르며 머리통을 싸안았다. 수난의 연속이었다. 그가 낑낑거리며 골이 터질 듯한 고통을 미처 수습하기도 전에 객실 문이 벌컥 열리고 10여 명의 다른 입석자들이 꾸역꾸역 쏟아져 들어왔다. 그리고 그 끝에서 개떼몰 듯 몰아대고 있는 것은 누런 금테를 두른 여객전무와 젊은 승무원이었다. 그들은 마치 노래의 후렴처럼 똑같이 말을 되풀이하고 있었다.

"자아…… 앞으로 나갑시다. 앞으로! 한 칸만 더 나가 주세요. 여기는 특실인데, 입석자들이 들어오면 안 됩니다. 다음 칸부터는 일반석 차량이니 거기 가서들 서도록 하세요."

그리고 검표용 가위로 반대편 문 쪽을 가리키며 맨 앞장이 된 그에게 다가오더니 명령조로 반복했다.

"자, 어서 가요. 앞으로⋯⋯."

그렇잖아도 열차에 오른 뒤로 겪은 이 일 저 일에다 문짝에 뒤통수까지 맞아 폭발 직전이던 그는 사람을 개 몰 듯 하는 그 여객전무의 무례함에 더 참지 못했다.

"이봐요. 당신 지금 뭐라고 했소?"

그가 정색을 하고 목청을 높이자 여객전무가 찔끔해서 그를 바라보았다. 그러나 겁을 먹었다기보다는 그를 살피는 것 같은 눈초리였다. 그런 여객전무의 태도를 어떻게 해석했는지 그때껏 말없이 몰리던 입석자들이 저마다 입을 열어 툴툴거리기 시작했다.

"특실이라고 입석자들이 못 탄다는 법이 어디 있소?"

"입석도 일반 입석, 특실 입석 따로 있는감?"

그제서야 자신의 실수를 알아차린 여객전무가 잠시 손상된 권위를 되세우려는 듯 그들의 항의를 강하게 맞받았다.

"특실에 어떻게 입석자가 타요? 다 편하자고 돈 더 내고 특실 표를 끊은 분들인데 입석자들이 와서 소란을 피워서야 되겠소?"

"우리도 돈 내고 탄 사람들이오. 좌석에 앉지 않으면 됐지, 어떤 칸이든 무슨 상관이오?"

"철도청 규칙이 그렇지 않단 말입니다. 규칙상 금지돼 있는데 난들 어쩌란 말요?"

"규칙 좋아하네. 그런 돼먹잖은 규칙이 어디 있어?"

강하게 나가 봐도 입석자들이 수그러들지 않자 뒤에 처져 있던 젊은 승무원이 여객전무를 거들어 소리쳤다.

"자, 그러지 말고 한 칸만 더 갑시다. 공공질서를 지킵시다."

"금테 두른 놈 치고 질서 안 좋아하는 놈 없제. 요새는 똥 강아지도 금테만 둘러 주면 질서, 질서, 카며 짖는다더라."

누군가가 다시 그렇게 받았다. 불끈한 김에 모처럼 여객전무를 호되게 몰아붙이려고 별렀던 그였으나, 입석자들의 말투가 왠지 야비하게 들려 그럴 흥이 나지 않았다. 그들과 한 동아리로 묶이는 게 싫어서였다. 그 바람에 처음 기세와는 달리 말을 잊고 서 있던 여객전무가 어쩐 일인지, 그에게만은 다시 공손해져 사정하듯 말했다.

"자, 그럼 선생님부터 나가시죠."

"……."

"나가십시다. 한 칸만 더 가시면 됩니다. 제가 모시지요."

여객전무가 한층 더 나긋나긋하게 나왔으나, 그는 아직 앞장서서 걸을 기분까지는 없었다. 그래서 이제라도 한마디 따끔하게 쏘아 줄까 하는데 갑자기 여객전무가 실력 행사로 나왔다.

"그럼 이제 모십니다."

응석 부리는 소년처럼 그의 팔에 매달린 여객전무는 그런 예고와 함께 그의 팔을 꺾어 등 뒤로 돌리게 한 뒤 힘을 주어 앞으로 밀었다.

"아니, 이거 왜 이래요?"

그가 그런 외침과 함께 버텨 보려 했으나 팔이 비틀린 탓인지 힘을 쓸 수가 없었다. 그 바람에 몇 발자국 앞으로 주춤주춤 밀려 나가는데 뒤에서 다시 젊은 승무원의 목소리가 들렸다.

"자, 모두들 저분을 따라 나가요."

그가 안 밀리려고 버티면서 힐끗 돌아보니 젊은 승무원에게 내몰린 입석자들이 무어라 툴툴거리면서도 줄지어 자신의 뒤를 따르고 있었다. 꼭 아이들 기차놀이의 화통(火筒) 꼴이 되고 만 것이다. 거기다가 여객전무는 정말로 힘이 들어서인지 아니면 장난기가 있어서인지 으이샤, 으이샤, 구령까지 붙여 가며 그의 등을 밀어 댔다. 잠깐 방심하는 사이에 그런 우스꽝스러운 꼴로 개 몰리듯 하는 입석자들의 앞장을 서게 된 그는 정말로 화가 났다. 그러나 팔이 꺾인 채 등 뒤에서 밀리는 판이라 여객전무를 돌아보고 호통 한번 제대로 쳐 보기 어려운 자세였다. 얼마 동안 그렇게 밀리다가 볼품없이 떠밀려 가는 수모만 면해 보려고 육중한 체구에 힘을 주어 버티기 시작했다. 그러나 여객전무에게는 또 그 나름의 전문가적 기술이 있었다.

그가 두 발에 힘을 주고 몸무게로 버티자, 여객전무는 재빨리 그의 등을 밀던 손으로 그의 뒤통수를 우악스레 눌러 버렸다. 갑자기 등 뒤를 받쳐 주던 게 없어진 대신 무게도 힘도 주어지지 않는 뒤통수를 내리누르는 바람에 그는 하마터면 주저 앉을 뻔했다. 그게 또한 꼴사나울 것 같아 그는 얼른 허리에서 힘을 빼 목에 주었다. 그러나 이번에는 금세 고꾸라질 듯 몸의 중심이 앞으로 쏠렸다. 그는 할 수 없이 발을 번쩍 들어 한 걸음 앞으로 나감으로써 겨우 통로 바닥에 고꾸라지는 추태를 면했다. 그러자 그림자처럼 잽싸게 따라붙은 여객전무가 계속해서 뒤통수를 눌러 대는 바람에 사정은 이내 전과 같이 되고 말았다. 한 발 움직였다. 버티면 뒤로 자빠질 것 같고, 자빠지지 않으려고 애쓰다 보면 앞으로 고꾸라질 지경이 되고, 다시 한 걸음 떼어 놓게 되는……

그러는 동안에 그의 전진은 가속도가 붙고, 미는 여객전무도 힘이 나는지 으이샤, 으이샤, 하는 구령 소리를 한층 높여 객차 안의 시선은 완전히 그를 선두로 한 기묘한 그 행렬에 쏠려 왔다.

"어머, 저 아저씨 기차놀이 하네."

"아니, 아까 그 아저씨 아니야? 결국 사고 치고 마네."

"아휴."와 "그러게 말이야." 앞을 지나가다 보니 고소하다는 듯 그렇게 주고받는 소리가 들렸다.

그로 보아서는 단지(독) 걸음을 한 셈이지만, 여객전무가 쓴 방법은 중심선 이동이라 할 만했다. 무거운 물건을 옮길 때 그 물건의 한 모서리를 땅에서 떼지 않고 한쪽으로만 힘을 가해 중심을 이리저리 바꿈으로써 움직여 가는 방법이었다. 거기서 차차 붙기 마련인 가속도로 그가 객차 반대편 출입구로 밀려갔을 때는 제법 가벼운 구보 속도가 되어 있었다.

그대로 가다가는 출입문과 충돌할까 걱정될 무렵 그때껏 뒤통수와 등짝을 번갈아 밀어 대던 여객전무가 살짝 그의 옆을 빠져나가 출입문을 열고 나가 다음 일반 객차의 출입문을 열었다.

"자, 이리로 드십시오."

그러면서 슬쩍 몸까지 구부리는 것이 마치 귀한 분을 문간에서 기다리다 맞아들이는 사람 같았다. 뒤꼭지가 눌려 일반 객차 안에까지 고스란히 밀리게 된 그가 겨우 몸을 가누고 선 것은 거의 객차 한가운데에 이른 뒤였다.

"이게 무슨 짓이야? 어디서 이따위 행패를 부려. 공무원이……."

그는 몸의 중심을 바로잡자마자 뒤를 돌아보며 눈을 부라렸다. 그러나 여객전무는 벌써 저만치 멀어져 있었고 정중하게 거수경례를 올리며 소리쳤다.

"수고하셨습니다. 협조해 주셔서 감사합니다."

"아니 저걸 그냥……."

그는 여객전무를 향해 소리쳤으나 목소리는 이미 힘이 빠져 있었고, 여남은 명이 가로막고 있는 통로 저편에서 슬금슬금 꽁무니는 빼고 있는 여객전무를 붙든다는 것은 어려운 일이었다.

그는 이미 보이지도 않는 여객전무에게 그렇게 그 한마디를 퍼부은 뒤에야 객차 한 칸을 버둥거리며 밀려오느라 엉망이 된 자신의 옷매무새를 추스르기 시작했다. 밀리고 버티고 하는 동안에 멋대로 돌아가 버린 양복 윗저고리와 허리띠 밑으로 혀를 쑥 빼 민 와이셔츠, 눈을 찌르는 것으로 보아 꼴사납게 헝클어졌음에 틀림없는 머리칼, 뒤집힌 채 윗저고리 단추에 걸려 있는 넥타이……. 그러나 무엇보다도 옆사람들 보기에 민망스러운 것은 온몸에서 쏟아지는 땀이었다. 얼굴은 물론 온몸이 구정물 뒤집어 쓴 강아지 꼴이 된 그는 이미 물걸레가 된 손수건을 쥐어 짜 가며 닦아 내면서도 연신 주위를 두리번거렸다. 얼마 전 여자들처럼 또 누군가가 시비를 걸어 올 것 같았기 때문이다.

"아저씨 누구한테 얻어맞았소?"

그때 처음으로 허둥거리는 그의 행동을 유심히 지켜보던 한 중년이 심드렁하게 물었다. 그는 이미 몇 차례 봉변을 당해 온 터라 서둘러 변명부터 늘어놓았다.

"아니요, 여객전무가 강제로 객실 밖으로 밀어내는 바람에……."

"여객전무가 왜 손님을 강제로 끌어낸단 말이오? 승차권이 없었소?"

"그게 아니라 내가 시간이 늦어서 좌석 표를 사지 못하고 입석 표를 끊었는데 이 앞쪽 칸이 깨끗하고 비어 있기에 들어가 있었더니 이렇게 행패를 부리잖소!"

"이 앞 칸이라면 특실인데 입석 표를 가지고 거기 들어가면 안 되지요. 그러니까 승무원들이 강제 퇴출시킨 것 같소만! 그건 그 사람들 죄가 아니라 입석 표가 죄지!"

"아 그래요? 난 그런 줄도 모르고 승무원들이 몇 차례 나가라고 해도 빈자리 두고 왜 나가느냐고 버텼지요."

"나 참 답답한 양반이네, 아니 입석 표를 가지고 어디 특실에 가서 개개요? 그러니까 쫓겨났지. 이보시오 형씨. 입석 표하고 특석 표하고 차이가 얼마나 나는지 알기나 해요? 아마 5배 차이는 될 거요."

"개개다니 무슨 말씀을 그렇게 하시오. 나는 그런 사실을 모르고 실수를 범한 것에 불과한 것이지 다른 의도는 없었소. 그리고 돈도 그까짓 특실 표 값이 없어서가 아니라 어쩌다 시간을 놓쳐 입석 표를 사게 된 것뿐인데 그렇게까지 잘라 말해서는 안 되지요. 적어도 나는 이 사회에서 지도급 인사는 되지 못하더라도 중산층으로서 충분히 사회에 기여하고 있다고 생각하는데 승객들에게 편의를 제공해야 할 열차 승무원들한테까지 이런 대우를 받아서야 쓰겠소?"

"보아하니 형씨도 고집이 보통은 넘는 것 같은데 내가 입석 표의 실질적인 가치를 가르쳐 주겠소. 지금 이 열차 안에서 입석 표의 의미는 최하 등급 미만인 등외 계급이오. 비록 서울과 부산 사이의 여섯 시간 동안 존재하는 인간 계급이긴 해도 이 열차를 탄 모든 승객들은 어떤 이유에서든 자신이 선택한 승차권의 계급에 따라 대우받게 되는 거요. 그러니까 침실, 특실, 일반석, 입석의 4계급으로 구분되는데 승무원들의 복무 규정에는 앞의 세 계급에 대한 규정만 있지 입석 표 소지자에 대한 배려는 없소. 다만 승객 자신들이 필요에 의해서 모든 편의 시설을 포기하는 조건으로 승차하는 것이오. 그러니까 당연히 승무원들의 서비스를 받을 수 없고 요금도 그만큼 싼 것이오. 그런데도 형씨는 그런 규칙을 위반했고 또 승무원들에게 대가도 치르지 않은 서비스를 요구한 것이오.

그것은 형씨가 조금 전 느닷없이 들고 나온 중산층에 대한 과신 때문인 것 같소만, 내가 보기엔 형씨는 아직 정상적인 중산층이 되지 못했다고 볼 수밖에 없소. 그 증거가 바로 당신은 아직도 정신적인 부(富), 즉 여유를 갖지 못했다는 점이오. 형씨는 자신이 중산계급이라고 주장하지만 그것은 외형상의 재산과 사회적 지위에 도취하여 성급하게 자가진단한 결과지 사실은 소시민의 범주를 벗어나지 못하고 있는 것 같소. 그러므로 바탕엔 늘 조급하고 허둥거리는 소시민의 습성이 살아 있는 거 아니오? 그러므로 당신은 오늘도 그 습성에서 벗어나지 못해서 시간에 쫓기고 무분별한 판단을 하게 된 것이지요. 그렇기 때문에 형씨는 내일 다시 기차를 타도 또 일반석 표나 입석 표밖에는 사지 못할 거요. 그리고 또 이리저리 부대낄 거요."

"그럼 난 아직 근본적으로 빈곤 상태를 벗어나지 못한 정신적 거지라는 뜻인 것 같은데 일리가 있는 것 같소. 그런데 또 입석 표밖에 살 수 없다는 것은 뭘 의미하는 거죠?"

"정신적인 여유죠. 이것은 반드시 부와 명예 다음에 따르는 포만감에서 오는 보살핌이오. 그래서 현실보다 미래를 준비하는 예비 정신이 발생하는 거죠. 서구 문화는 모두가 신용과 예비로 채워진 복지 프로그램에 의해서 진행되니까 모든 구매도 사전 예약되고 작은 기차표 한 장도 모두 사전에 계획되고 예매가 되는 겁니다. 그런 것이 진정한 중산층이고 상류사회의 관행입니다."

그는 낯선 중년 사나이로부터 뜻밖의 일격을 당하고 보니 이번에는 정신적인 피로까지 겹쳐 왔다. 그는 지친 몸을 비어 있는 좌석 등받이에 기대며 나직히 중얼거렸다.

조급한 자가 진단! 그래 그럴 수도 있지. 마치 이 열차의 입석 표처럼 나는 아직 등외 인간일 수도 있지. 따지고 보면 자신을 중산층에 편입하게 한 중간 관리자로서의 부장이라는 직위만 해도 국영기업이나 정부 기관의 그것과 기능은 같을지 몰라도 사회적인 인식과 경제적인 여건은 현격한 차이가 있고, 특히 중소기업에서 부장이니 과장이니 하는 것도 알고 보면 단계적인 경쟁심을 유발하여 노동력을 착취하기 위한 가진 자의 트릭이 아니었는지 하는 생각이 들었다. 또한 그가 굳게 믿어 왔던 직위에 대한 자긍심도 사실은 대안 없는 굴종과 한심하고 암담한 세월의 누적일 뿐이었다. 그리고 그가 자신의 재산이라고 믿고 있는 주택만 해도 겉보기에는 40여 평의 제법 번지르르한 것이지만 은행 융자 주택부금 잔여분을 털고 나면 실제 그의 소유 분은 몇 평에 불과했다.

더구나 그의 중산층 의식을 가장 크게 부채질한 승용차만 해도 처음 부장이 되고 나서 자가 운전을 전제로 지급된 소형 승용차를 보고 대뜸 자신을 자가용족으로 믿어 버린 경솔함도 뉘우쳐졌다. 그후 그 차마저 낡아서 이웃의 눈총에 쫓기다 못해 월부로 빼낸 승용차를 타기는 했으나 아직도 매월 빠듯한 월급에서 잘려 나가는 월부금은 단순한 소비 이상의, 미리 준비된 회사의 강제 징발의 혐의가 더 짙어 보였다. 가재도구가 다 그러하고 입성이며 가재용품이 다 월부와 분납의 형태를 벗어나지 못한 빠듯한 월급쟁이면서도 이런저런 부추김에 들떠 어이없게 중산층이라는 환상에 빠져 과시 소비만 일삼아 온 것이 아니었는지. 새삼 자신이 되돌아봐졌다. 더구나 40대 중반의 그로서 이미 5년 전 차지한 부장 자리가 이제 고참을 넘어서 진급 아니면 퇴사의 위기까지 몰리고 있음을 생각하자 쓸쓸하기 그지없었다.

거기다가 지금까지 별 생각 없이 즐겨 온 술, 담배와 죄 없는 비만으로 받게 된 수모는 쓸쓸함을 지나 참담함까지 느끼게 했다. 그 중년 사내의 말이 단순한 빈정거림이나 빈축이 아니라 이유 있는 충고라면, 그는 이미 모든 사람이 내던져 버린 골동품 같은 폐습을 무슨 소중한 재산처럼 끌어안고 살아온 셈이었다.

그가 한껏 비참해진 심경으로 금세 무너져 내릴 것 같은 몸을 버티고 있는데 문득 특실 쪽 출입문이 열리면서 아까 그 여객전무와 열차 승무원이 들어섰다. 입석자들을 몰아낸 뒤 특실로 돌아가 검표(檢票)를 마치고 그리로 건너온 모양이었다.

그 여객전무를 보자, 얼마 전의 감정이 되살아났으나 그것은 이미 전의(戰意)나 분노가 사라진 후회 같은 것이었다. 오히려 아직도 옮겨 놓인 자리에 그대로 놓여 있는 스스로가 까닭 없이 부끄럽고 당황스런 느낌까지 들었다. 그 바람에 그는 대단찮은 요의(尿意)를 핑계로 여객전무가 검표를 해 오는 반대편 출입구의 화장실로 갔다. 소변을 마치고 나오자 객실보다 한결 시원한 공기가 후줄근하게 땀에 젖은 몸을 시원하게 해 주면서 그를 승강구 쪽으로 유혹했다. 거기서 어름어름 검표를 때워 넘겼으면 하는 마음도 그를 승강구로 끌어내는 데 한몫을 했다. 뚜렷하지는 않지만 그는 되도록 그 여객전무가 자신을 알아보지 못하고 지나가 주기를 바랐다.

하지만 얼마 뒤에 거기까지 온 여객전무는 한눈에 그를 알아보았다. 아니, 그 이상 처음부터 그를 찾고 있었다는 듯 머리까지 숙이며 새삼스러운 사과를 했다.

"선생님 죄송합니다. 조금 전의 무례를 용서하십시오. 많은 승객을 다루다 보니 본의 아니게 결례를 하게 되었습니다."

"알고 계시는군. 그런 사람이 어떻게……."

말은 퉁명스러워도 전의는 전혀 없었다. 여객전무가 허리까지 굽실거리며 한 번 더 사과했다.

"죄송합니다. 저희들도 어쩔 수 없습니다. 특실은 통로가 넓은 데다 언제나 비어 있어 입석자들이 흔히 그곳으로 몰리거든요. 그래도 특실 손님들이 좀 이해를 해 주면 좋은데, 그분들이 가만히 있질 않아요. 그래서 언제나 그런 일이 벌어지곤 하지요."

"알겠소. 어쩔 수 없지. 특실을 몰라보고 들어간 사람의 과오도 있으니까."

그가 제법 대범한 척 그렇게 받다가 문득 떠오르는 의문이 있어 물었다.

"그런데 말이오. 왜 하필이면 나를 앞장세웠소?"

"아, 그것 말입니까?"

여객전무가 잠깐 망설이는 눈치더니 이내 희미한 웃음과 함께 털어놓았다.

"바로 말씀드리지요. 여러 승객을 다른 칸으로 이동시키려면 아무래도 약한 사람을 골라 앞장세워야 하는데 몸이 뚱뚱한 분들이 뜻밖에도 약하더라고요. 흔히들 비대한 체구에 위압감을 느끼는 모양이지만 저희들이 경험으로는 다릅니다. 몸을 잘 가누지 못해 그런지 팔 하나쯤만 슬쩍 꺾어도 쉽게 밀리더라 이겁니다. 거기다가 몸피가 있으니 길을 트기도 좋고……."

"……."

"이거 선생님을 두고 하는 말은 아니지만 그 밖에 저희가 일쑤 비만한 사람을 앞장으로 삼는 이유는 더 있습니다. 배가 나오면 장관이나 사장이라는 소리는 옛날 얘기고, 그런 사람들이 오히려 몸뿐 아니라 사회적인 지위도 허약한 수가 많더라고요. 그래서 약간 거칠게 모셔도 나중에 말썽을 일으키지 않으니까……. 죄송합니다. 물론 선생님 경우는 아닙니다만……."

여객전무는 제풀에 털어놓다가 갑자기 실수를 깨달았는지 죄송합니다를 연발하는 것으로 말허리를 끊었다. 그러나 여객전무의 그런 대답은 그야말로 통렬(痛烈)한 일격과도 같았다. 조금 전 그는 냉정하게 자신의 근거 없는 의사의식(疑似意識)을 반성했지만, 그래도 마음 한구석에는 약간의 믿음을 가지고 있었다. 그런데 여객전무의 마지막 대답이 그 가냘픈 믿음마저 송두리째 뭉개 버렸다.

"솔직히 말해 줘서 고맙소! 그런데 한 가지만 더 물어보겠소. 사실 입석객이라 해도 요금 차이는 대단한 게 없을 것 같은데. 당신들은 나뿐만 아니라 다른 입석객도 함부로 다루었소. 특별히 다른 이유라도 있소?"

얼마전 중년 사내의 입석 표에 대한 설명의 진위를 알고 싶어서 그렇게 물었다.

"아, 그것 말입니까? 원칙적으로 차별 대우를 할 수는 없지만 근무 규정상 약간의 차이가 있기 때문입니다."

여객전무가 그렇게 얼버무리려 들다가 말없이 쳐다보는 그의 눈길에서 무얼 느꼈는지 이내 정색을 했다.

"굳이 밝히자면 이유가 전혀 없는 것은 아닙니다. 선생님은 여러 좌석권의 차이를 돈 몇 푼의 차이로 보시지만 실은 그렇지가 않아요. 본질적인 차이가 있는 겁니다. 먼저 일반석과 특석의 차이만 해도 그래요. 주머니에 돈 몇 푼이 더 있다고 사람들이 모두 특석 표를 끊는 건 아닙니다. 무언가 자신은 특석에 앉아야 한다는 의식이 생길 때라야 하지요. 그래서 웬만한 신분 변화가 일어나지 않는 한 일반석을 타는 사람은 언제나 일반석 표를 사고, 특석을 타는 사람은 특석 표만을 삽니다. 입석 표도 마찬가지지요.

선생님은 동전 몇 개가 아까워 입석 표를 사셨습니까? 아닐 겁니다. 첫째는 오늘 밤의 열차 사정을 짐작하지 못하신 것이고 둘째는 예매 제도에 익숙하지 않아서였을 것입니다. 사람들은 흔히 그 둘을 별거 아닌 걸로 치부하는 경향이 있지만 저희가 보기에는 그렇지 않습니다. 의식의 차이지요. 열차 사정을 아는 것은 역 안내원에게 전화 한 통만 하면 되고, 예매의 귀찮음도 서울까지 서서 가야 할 대여섯 시간에 비하면 아무것도 아닙니다. 그런데도 준비 없이 와서 입석 표를 사는 사람들은 대개 그럴 만한 의식(意識)의 여유가 없거나 고통에 익숙해 있는 경우지요. 그 어느 편도 이런 현대사회에서는 대단한 신분의 징표가 못 됩니다. 물론 극히 드물게 우연이나 어떤 특

별한 도덕적 신조 때문에 예외가 생기기는 하지만 그건 그야
말로 예외지요⋯⋯."

아마도 그 여객전무는 말하기를 좋아하는 사람 같았다. 그
뒤에도 몇 마디 덧붙였으나 그의 귀에는 이미 아무 말도 들어
오지 않았다. 그 무슨 감정의 과장에서인지 갑자기 발밑이 무
너져 내리는 것 같은 아득함에 몸이 휘청거려 승강구 창에 이
마를 기댔다.

밖은 아직 칠흑 같은 어둠이었다.

노조
탄생

창문을 열자 맞은편에 초등학교 운동장이 보이고 그 입구에 후줄근한 점퍼 차림의 세 사내가 삽과 곡괭이를 질질 끌며 들어서고 있었다. 그리고 잇따라 트레이닝복 차림의 젊은 체육 교사가 줄자를 들고 따라와서 배구장 부근을 재더니, 훨씬 더 구석진 곳에 전과 같은 규격의 배구장을 그리고 그 위에 흰 석회 가루로 선을 그었다. 그리고 인부들을 불러 모아 작업 개요를 설명했다.

　　"오늘 작업은 여기 서 있는 배구대 두 개를 파내서 저쪽 새로 그린 배구장 가운데 양쪽에 그려진 원 안에 심는 것입니다. 그런데 이 배구대 밑은 시멘트 모르타르에 박혀 있어서 적어도 1미터 이상 파야 할 겁니다. 세 분이 하시면 오늘 다 끝낼 수 있을 겁니다. 그럼, 수고들 하십시오."

"예, 알겠당께요. 이까짓 게 뭐 하루 일거리가 되겠으라? 우리가 다 알아서 할 텡게 걱정 딱 붙들어 매고 가서 좋게 쉬시오, 잉!"

체육 교사의 설명이 끝나자마자 40대 중반의 사내가 썩 나서며 허풍을 떨었다.

그는 이 학교 관리인 김 씨고, 그 옆에 사람은 50대 중반의 수위 노 씨고, 20대 중반의 박 군은 급사였다. 이들은 이렇게 체육 교사를 좋은 말로 구슬려 돌려보내고 나서 담배부터 한 대씩 피워 물고 배구장 앞에 무질러 앉았다.

"쓰벌 놈들 더러워서 못해 먹겠당께!"

"아니, 이 잡것이 아침부터 워따 대고 욕지거리야?"

"누군 누구다요? 서무과 펜대 굴리는 새끼들이제!"

"야! 이눔아, 그 새끼들이 무슨 죄여? 그렇게 시키는 윗놈들이 나쁜 놈들이제, 안 그냐?"

"누가 그랬든 서무과에서 왜 우리들한테 이런 일을 시키느냐 이거요. 각각 자기 업무가 있는디! 이런 일 한다고 월급 더 주는 것도 아니잖아요?"

"말은 맞다만 그렇다고 어른들한테 그러면 쓰것냐?"

젊은 급사가 작업의 부당성을 성토하고 나서자 아무래도 나잇살이나 먹은 관리인 김 씨가 뒷줄이 당기는지 서둘러 추슬렀다. 그러자 뒤따라오던 수위 노 씨도 못마땅한 듯, 이들의 말꼬리를 자르고 끼어들었다.

"육갑들 고만 떨고 퍼뜩 가서 노동의 즐거움이나 맛보자꼬!"

"아따, 성님은 별 요상한 즐거움도 다 있소. 그런 즐거움 있 걸랑 성님이나 실컷 맛보씨요. 나는 사양할랑께."

"이 느무 자슥들 마 양반 입에 욕은 몬 하것고, 그래 이 쓰 벌 놈들아! 느그가 노동의 즐거움이란 게 뭔지 알기나 하나? 이기 다 노동자 천국이라 카는 공산국가에서 씨는 말인데…… 일하기 싫으믄 먹지도 말라 안 카나! 그만큼 노동은 신성하고 중요한 기라 알겄나?"

"성님은 만날 아는 게 병이랑께. 지금 우리가 노동자 천국 따지게 생겼소? 걸핏하면 차출, 차출해 가며 불쌍한 놈들 등 벗겨 먹는 서무과 새끼들이 문제지!"

"그렇께 우리도 노조를 만들어 갖고 대항해야 한당께요. 그 래야 우리를 함부로 못 부려 먹지! 선생님들도 노조를 만드는 데 우리는 왜 못 한당가요?"

"노조라니? 봐라, 박 군아! 노조 좋은 걸 누가 모르나? 선 생들은 숫자도 많고 배운 사람들이지마는 우리는 뭐가 있노? 우리 힘으로는 안 된다. 목구멍이 포도청이라꼬, 맥제 노조 한 다꼬 꺼떡거리다가 모가지 날아가믄 언 눔이 밥 멕여 줄끼고? 잔소리 말고 가서 땅이나 파레이!"

"내미럴, 꼰대들하고는 통하들 않는당께!"

급사 박 군이 들고 있던 삽을 패대기치고 일어서는 바람에 운동장의 성토 대회는 끝이 났다.

그제서야 그들은 현실로 돌아온 듯 화들짝 놀라 삽질을 몇 번 하는가 싶더니 울고 싶은 놈 따귀 때려 주듯 때맞추어 점심시간을 알리는 버저 소리가 울렸다. 그러자 그들은 마치 감전이라도 된 듯 들고 있던 삽을 내던지고 사라졌다. 무성한 말잔치에 비해 일은 조금, 정말 조금했다. 나는 그 뒤통수에 대고 혀를 끌끌 차며 창문을 닫았다.

그날 오후 2시가 넘어서 운동장을 내다보아도 그들은 여전히 같은 모습으로 담배를 꼬나물고 둘러앉아 뽀얀 연기를 뿜어 올리며 노닥거리고 있었다. 무슨 할 말이 그렇게도 많은지 다른 사람의 말이 채 끝나기도 전에 이야기는 꼬리에 꼬리를 물고 이어졌다. 그러고도 한참을 지나서야 한 살이라도 나이 더 먹은 수위 김 씨가 자리를 털고 일어서며 어디서 처음 온 사람처럼 호통을 쳤다.

"여그 지끔 뭐 하노? 하라 카는 일은 안 하고 조딩이만 까 가주고 씨불이싼노! 어서 구딩 못 파나? 그라믄, 박 군. 니부터 먼저 시작해 봐라!"

"와따메, 찬물도 선후가 있다는디, 아무래도 연세 많은 분들이 경험이 많아도 많을 텡께 먼저 시범을 보여 줘야 할 거 아니당가요!"

"아니, 이 잡것 말하는 거 좀 보소. 대구리에 소똥도 안 벗겨진 것이 어른들 부려 먹을 궁리부터 허네! 후딱 일어나 일

못 하겠어?"

관리인 노 씨가 흙을 한 삽 떠다 뿌리자 박 군이 마지못해 삽을 잡고 일하는 시늉을 했다. 그것도 잠깐이고 박 군이 숟가락질 처음 배우는 어린아이처럼 삽에다 흙을 조금씩 떠다가 공중에 휙휙 뿌리는 것을 노 씨가 한심하다는 듯 쩨려보다가 기어이 참지 못하고 한마디 거들었다.

"자네 그 삽질 워디서 배웠는가?"

"워디서 배워요? 달마대사한테 배웠지라!"

"참, 배우기는 좋게 배웠다마는 밥 빌어먹기는 애저녁에 글렀다. 그래가주고 여즉 밥 묵고 살았는가? 삽 이리 줘 봐. 나가 한번 시범을 보일랑께!"

삽을 받아 든 노 씨가 그야말로 왕년의 농사꾼 솜씨를 발휘하여 제대로 된 삽질을 이삼십여 분 한 것이 아침부터 지금까지 그들이 끼적거린 것보다 많았다. 정확히 말하자면 그들이 파야 할 네 개의 구덩이 가운데 하나를 판 것이다. 이제 순서대로라면 수위 김 씨가 교대를 해야 할 판인데 그는 이에 개의치 않고 분연히 이의를 제기했다.

"아, 이 사람들이 지금 몇 신데 중노동을 시켜 놓고 점심 참도 안 주노? 사람을 뭐로 보고 하는 수작이고. 봐라! 박 군! 니 저 서무과에 가서 한분 따지 봐라! 알것나?"

급사보다 수위가 직급이 높은 건지, 인생 계급으로 막무가내로 짓누르는 건지는 몰라도 확실히 위엄이 있었다. 박 군이 눈치를 흘깃 살핀 후 겸연히 서무실 쪽으로 걸어갔고, 김 씨도 덩달아 일을 멈추고 운동장에 퍼질러 앉아 담배를 피워 물었다. 이 바람에 또 일은 끊어졌다. 도무지 일이 되질 않았다. 아무 대가도 없고 구속력도 없는 노동이 어떤 것인지를 보여 주는 단막극을 보고 있는 듯했다.

얼마 후 박 군이 커다란 비닐 봉투를 들고 의기양양하게 나타났다.

"쓰벌 놈들이 말이시 사람을 무시허고 글쎄 돈 몇천 원을 내놓고 빵이나 몇 개 사 가라 그드랑께요! 나 참 드러워서!"

"뭐라꼬? 언 눔이 그따우 소리 하드노?"

"뻔한 거 아이당가요, 과장 새끼제! 그래서 냅두라고 했당께요! 차라리 내 월급 만 원 가불해 주씨요, 했제. 그랑게 할 수 없이 주드랑께요. 드러워서!"

"글마들이 그 돈이 누구 돈인데 지 돈 씨듯 유세 부리노? 그게 다 국민들 세금 아이고 뭐꼬?"

"와따메 성님이 또 세금 내믄 얼마나 낸다고 그래 큰 소리랑가요?"

"이봐라! 많으나 적으나 우리가 세금 왜 내노? 국민들이 다 같이 골고루 잘살기 위해 내는 긴데 지끔 나라 꼴이 우예 됐노? 정부하고 있는 놈들이 저희끼리 짜서 다 해 묵고 우리 같이 없는 사람들은 쥐꼬리만 한 월급에다 갑근세다 뭐다 해 가며 다 뺏어 가고 돌아오는 기 뭐 있노, 이 말이다."

"아, 그렇게 억울하면 성님도 출세하면 될 거 아니오! 괜히 뒷자락에 앉아 구시렁거리지 말고……. 누가 끄덩이 잡고 말립디까?"

그들은 마치 야외에 놀러 나온 사람들처럼 둘러앉아 술잔을 주거니 받거니 하면서 끝없이 불평, 불만을 늘어놓았다. 그후 술이 불그레하게 오른 세 사람이 삽을 다시 들었을 때는 초여름 특유의 붉은 띠구름이 서편 하늘에 걸리고, 마지막 수업을 끝낸 아이들의 힘찬 재잘거림이 운동장 가득 울려 퍼지며 하루 일과가 끝이 나 있었다. 나는 뒷골에 찡한 통증을 느끼며 공연한 남의 일에 끼어들어 혼자 조바심한 것을 후회했다.

***

그해 봄 나는 재수에 옴 붙은 사나이였다.

오랜 공직 생활에 시달린 탓인지 오후만 되면 나른해지고 기침이 나왔다. 그래도 처음엔 대수롭지 않게 생각했는데 기침이 멎지 않고 점점 더 심해져서 동네 병원엘 갔더니 몸살감기라며 이틀 분의 약을 지어 주었다. 그러나 그것은 아무 효과도 없고 기침이 계속되었다. 그러자 나도 어딘가 불안한 느낌도 들고 정확한 진단도 받아 봐야 할 것 같다는 생각이 들어 대학 병원을 찾아갔다. 일단은 기침이 나니까 폐 전문의에게

진단을 받았는데 폐는 물론 기관지까지 아무 이상이 없다고
했다.

"그럼 왜 기침이 왜 납니까?"

"글쎄! 내 전공이 아니라서…….. 잘 모르겠지만 심장에 이
상이 있으면 기침이 날 수도 있죠." 하며 은근히 심장 쪽으로
떠밀어 냈다. 할 수 없이 심장 전문의한테 진단을 받게 됐는데
이 똘똘하게 생긴 의사는 자신감에 찬 목소리로 심장에 복수
가 차서 지금 당장 복수를 빼야 한다고 단언했다. 정말 자다가
얻은 병 같아서 황당하고 억울했지만 어쩔 수 없이 그날로 입
원하고 수술을 했다.

그런데 이번에도 허탕이었다. 마취에서 깨고 보니 배에다
구멍을 뚫어 호스를 비닐 병에 연결해 놓았는데 약간의 피만
고였을 뿐 복수라는 것은 보이지 않았다. 결과적으로 오진이
었다. 그런데도 영악한 담당 의사는 자신의 과실을 인정하지
않고 미적거리다가 한 달이 지나서야 배에서 나온 적출물을
배양하여 그 세균의 성질을 분석한 결과 결핵균이 발견되었으
므로 결핵 담당의한테 가 보라며 간단하게 빠져나갔다.

그러나 결핵 전문의도 결핵 약만 주고 왜 기침이 나는지는
설명해 주지 않았다.

"그럼 기침은 왜 납니까?"

"글쎄, 내 전공이 아니라서……." 어쩌고 하더니, 바른 대
답은 못 하고 "목의 침샘이 마르면 기침이 나올 수도 있으니

까 이비인후과로 가 보세요." 했다. 억울하고 화도 났지만 어쩔 수 없이 이비인후과로 또 떠밀려 갔다. 그러나 거기서도 검사만 요란스럽게 했지 결과는 이상 없음이었다.

"그럼, 기침은 왜 납니까?"

"글쎄, 내 전공이 아니라서⋯⋯."

거기서도 해답은 나오지 않았고 진절머리 나는 약만 몇 가지 더 붙었을 뿐 기침은 여전히 멈추질 않았다. 도대체 수백 명의 의사들이 모여 앉아 그 단순한 기침 하나를 못 잡는단 말인가? 나는 그동안 의사들이 한 일이 무엇인지 의심이 들기 시작했다. 어쨌든 약 2개월 동안 폐, 심장, 결핵, 이비인후과, 재활의학과까지 요리 굴리고 조리 굴려 가며 다 발라 먹히고 퇴원하게 됐을 때는 웬만한 차 한 대 값이 날아갔고, 병은 더도 덜도 아닌 입원 당시와 똑같은 상태로 쿨럭거리며 기어 나왔다.

아무리 생각해도 이해는커녕 배신감만 들었다. 돈 버리고 건강 버리고 자존심마저 잃고 돌아와서도 여전히 하루에 세 번씩 매번 한 움큼이나 되는 약을 먹으며 자리를 지고 누워 있으려니 도깨비에 홀린 듯한 느낌이었다. 거기다 또 약에 대한 내성이 생긴 탓인지 약을 먹지 않으면 공연히 몸이 으스스해지면서 열이 올랐다. 그러나 약을 먹고 나면 세상이 빙그르 도는 듯한 현기증과 오한이 왔다. 의사들은 심장과 결핵 약이 독해서 원래 그런 증세가 있다고 했지만 더 이상 그 말을 믿고 싶지도 않았고 억울하다는 생각만 들었다.

정말 잔인한 4월과 더러운 계절의 여왕 5월이 그렇게 속절없이 지나갔다. 창밖에는 초여름 싱그러운 잎사귀들이 한창 푸른 윤기를 뿜어내고, 울타리 넝쿨 장미는 피를 뿜어 놓은 듯 붉게 피었는데 몽롱한 약 기운에 취해 어렴풋한 꽃 그림자만 바라보고 있노라면 정말 생의 종말을 맞이한 듯한 허무감에 젖기도 했다.

그때 그래도 내게 생동감을 주는 것이 초등학교를 마주 보고 있는 창문이었다. 우리 집은 강남의 중심에 있는 고층 아파트의 3층으로, 입구 쪽을 제외하면 모든 창이 초등학교 쪽으로 향하고 있었다. 평소에는 교정에서 날아드는 먼지나 소음 때문에 이중으로 된 방음창을 꼭꼭 닫아걸고 지냈지만 병도 아닌 병으로 자리를 보전하고부터는 적어도 내 방 창문만은 대부분 열어 놓고 있었다. 그때는 사방이 차단된 나의 병실에서 오로지 그 창문만이 세계로 열린 유일한 통로였기 때문이었다. 더구나 여름이 가까워지면서 끈적거리는 실내 공기나 선풍기 바람보다는 창문으로 쏟아져 들어오는 바깥바람이 한결 시원하고 신선했다. 비록 아이들이 일으키는 운동장의 흙먼지나 힘차게 뛰어노는 재잘거림이 섞여 들어와도 그때의 나에겐 오히려 그런 것들이 생동감을 주고 위안이 되었다. 그러므로 나는 늘 창문에 붙어 서서 학교와 아이들의 약동하는 함성을 통해 세상과의 대화를 하고 있었다.

***

이튿날은 아침부터 운동장에서 들려오는 남자들의 쩌렁쩌렁한 고함 소리에 잠을 깼다.

"오레이, 오레이…… 도도…… 돕뿌, 돕뿌랑께! 안 되것소. 다시 앞으로 오레이, 오케이. 자 다시 빠꾸 오레이 오레이 빠꾸 오레이 도도, 돕뿌 돕뿌랑께! 에이 쓰벌!"

깜짝 놀라 창밖을 내다보자 인부 세 사람이 버스 범퍼에 체인을 감아 놓고 다른 한쪽은 배구대 끝에 매달고 배구대를 아주 통째로 뽑아 올릴 작정으로 셋이 합창으로 고래고래 소리를 질러 대고 있는 것이었다.

"맙소사! 그게 부러지지! 뽑히겠나?"

나는 바로 일이 글렀음을 직감했다. 그날은 현장학습이 있는지, 관광버스가 몇 대 나란히 서 있었고, 그중 한 대가 지금 그 무모한 작업을 하느라 아우성들을 치고 있는 판이었다. 그러나 배구대는 번번이 약간 휘었다가는 체인이 미끄러지면서 튕겨 나와 온몸을 부르르 떨 뿐 좀처럼 빠져나오지 않았다.

"안 되것다. 봐라, 박 군아! 니 저기 좀 올라가 배구대를 꽉 잡아 봐라."

"어이구, 안 돼요. 거기 올라갔다가 배구대가 부러지기라도 하믄 난 어떡허라고?"

"야, 일마야! 배구대 넘어가믄 그때 뛰내리믄 되지, 뭘 사내가 그래 겁을 내 쌌노?"

"아이고메, 아직 장가도 못 간 놈 아주 쭉정이 만들고 잡소? 난 안 할라요."

수위 노 씨가 박 군에게 씨알도 안 먹힐 주문을 했다가 거절당하자 이번에는 운전수를 보고 닦달을 했다.

"보소! 기사 양반, 거 차가 그래 춘향이 걸음으로 살살 가믄 우째 뽑히것소? 한번 박력 있게 팍팍 밟아 보소."

"그러다 배구대 부러지면 어쩌려고? 그럼 다시 한번 해 봅시다."

운전수는 조심성 많은 사람 같았다. 이번에도 너무 몸을 사리는 바람에 무위로 끝나자 관리인 김 씨가 발끈해서 소리쳤다.

"이 차가 똥차야? 운전수가 시로도(풋내기)야? 이까짓 쪼깐 쇠막대기 하나 못 뽑아 빌빌대고 있어?"

"뭐야? 내 차가 왜 똥차야? 나도 뺑뺑이 30년 돌린 놈이야! 내가 뭐 못 해서 안 하는 건 줄 알아? 이거 부러지면 당신이 책임질 거야?"

"와따메, 그 양반 몸조심 한번 되게 하네! 거 쓰잘데없는 걱정 딱 붙들어 매고 한번 박력 있게 팍팍 밟아 보랑께!"

"좋소. 나중에 딴소리하지 마시오."

드디어 운전수는 열을 받은 모양이었다. 차를 우악스럽게 앞으로 밀어붙이더니 다시 세차게 끌어 당겼다.

부룽부룽······.

"오레이 오레이 돕뿍 쪼께 옆으로 오레이 오레이!"

뿌지직. 땡그렁!

"우메에…… 잡것!"

드디어 일은 벌어졌다. 배구대 밑동이 부러져 공중으로 한 바퀴 치솟았다가 떨어지면서 쾅! 하는 굉음을 울렸다. 결국 일은 예상대로 제 갈 길을 간 것 같은데 인부들만 놀라 두 눈을 까뒤집고 덤벼들었다.

"워메! 요거이 무슨 날벼락이랑가? 이보씨요! 기사 양반 차를 워째 고로코롬 쎄게 밟아 뿐당가요? 우리하고 무슨 원수진 일 있소?"

"뭐야? 이 양반아, 차가 어쨌다는 거야? 난 당신들이 시킨 대로 한 것뿐이니까 더 이상 딴소리 마시오."

"우메! 이 잡것, 생사람 잡것네. 나가 당신더러 배구대를 뽑아 달라고 했제, 언제 부러뜨리라고 시켰소? 한번 말해 보씨요!"

"당신이 금방 박력 있게 콱콱 밟아 보라 그랬잖소? 왜 한 입으로 두 말이야!"

"나가 팍팍 밟으라 그랬제, 언제 콱콱 밟으라 했소?"

"팍팍이나 콱콱이나 그게 그거지 뭐가 달라?"

"아, 요 싸가지 좀 보소! 당신은 팍팍 쑤시는 거하고 콱콱 쑤시는 것도 구별 못 한당가요?"

"마, 차라! 팍팍이고 콱콱이고 간에 지끔 중요한 기 뭔동 알기나 하나? 문제는 돈이다. 저 배구대를 서무실에서 알기 전에 용접이라도 해 놔야 될 거 아이가! 그러이 퍼뜩 돈부터 구해야 된다, 이 말이다. 알겠나!"

옆에 있던 수위 노 씨가 좀 더 현실적인 문제를 들고 나서자 젊은 박 군이 덩달아 팔을 걷어붙이고 나섰다.

"돈이 무슨 문제당가요? 그거야 당연히 배구대 부순 사람이 물어야겠지만 얼마를 변상하느냐가 문제지요. 그렇잖아요? 지끔 이 배구대 봉께 다 썩어 있는디, 여그 어디다 용접을 붙이것소? 나가 보기에는 이만한 쇠 파이프 하나 새로 사서 붙여야 될 거 같은데. 그러자면 돈도 수월찮게 들겄소. 안 그요?"

"아니 그럼, 나더러 아예 통째 새걸로 바꿔 달란 말이오? 이 사람들이 누굴 호구로 보는 거야 뭐야!"

"호구 아니면 어쩐다요? 시방 여그 그 돈 물어 줄 사람 당신 말고 누가 있소?"

"여보시오, 내가 당신들한테 돈 벌려고 한 것도 아니고 그저 편리 봐 주려고 하다가 이렇게 된 건데 나한테 돈까지 물어내라는 건 너무한 거 아니오?"

"그럼, 손도 안 댄 우리 보고 돈 물어내라는 거요, 뭐요? 싫으면 그냥 가씨요! 나가 바로 뺑소니차로 파출소에 신고 해 버릴랑께 알아서 하씨요!"

그사이 운동장에서는 길 떠날 학생들이 줄을 서서 기다리고 있었고, 선생님도 마지막 인원 점검을 마쳤다. 출발 시간에 쫓기게 된 운전수가 어떻게든 이 시비로부터 빠져나오려고 애를 썼지만 집요하게 기물 파손 운운하며 덤비는 일꾼들에게 되말려 쩔쩔매고 있었다. 더구나 '파출소 신고' 이야기가 나오고부터 현저하게 기가 죽은 운전수가 이제는 거꾸로 세 사람을 붙들고 사정을 하고 있었다. 그들이 주고받는 말 가운데 "고발"이니 "작살을 낸다."느니 "조진다."느니 하는 전라도와 경상도 욕지거리가 섞여서 들려 오더니만 얼마 후에는 어떻게 합의점에 도달한 모양이었다. 결국은 운전수 주머니에서 돈지갑이 나오고 얼마를 받았는지 세 사람은 돌아서 가는 운전수 뒤통수에 대고 합창으로 "안녕히 가십시오." 하고 정답게 인사를 했다.

노조 비리라고까진 할 수 없어도 더러운 뒷거래임에는 분명했다. 그리고 그 후 작업 상황이 어떻게 진행됐는지는 챙겨 보지도 않았다. 주머니에 돈이 좀 들어가자, 작업 따위는 까맣게 잊고 오전 참 타령이 나오는 대목에서 내가 창문을 닫고 드러누워 버렸기 때문이다.

그리고 나는 한 움큼이나 되는 약을 입에 털어 넣고 또 한 바탕 밀어닥칠 오한과 현기증을 기다려야 했다. 같은 병이라도 확실한 병명을 알고 진행 과정에 따라 체계적으로 치료하는 것과는 달리 병 자체에 대한 확신이 없으므로 약을 먹어도 나을 것이라는 희망도 없었다.

***

그날 오후에는 번쩍번쩍하는 산소 용접기 섬광이 창문에 비치면서 작업이 시작됐다. 용접공이 부러진 배구대를 용접하는 동안 인부들은 다른 배구대를 파내고 있었다. 웬일인지 그 무성하던 음담패설도 없고, 서로 떠넘기는 일도 없이 부지런히 곡괭이와 삽질을 번갈아 하며 절도 있게 작업을 진행하고 있었다. 나는 오히려 그들의 이런 변화에 의심이 들었다. 그러나 오래잖아 그들의 변화에 대한 정체가 드러났다. 바로 그때 교무실 쪽에서 체육 교사가 놀란 듯 뛰어와 인부들에게 따져 물었기 때문이다. 결국 그들이 유난히 바지런을 떤 것은 바로 용접 때문에 달려올 교사를 의식하고 있었던 것이다.

"이거 어떻게 된 거요? 왜 배구대를 용접합니까? 무슨 사고라도 났습니까?"

"사고는 무슨 사고요! 아까 아침에 버스가 왔기에 운전수한테 밑 동아리 다 파 놓은 배구대를 좀 뽑아 달라켔더만 이 배구대가 오래되다 보이 썩어서 고마 이래 뿌러져 뿐 기라요. 그래 용접공 불러다 때우는 기지 별거 아입니더."

"아니 왜 시키지 않은 짓을 합니까? 그냥 파도 될 걸 괜히 잔꾀 부리다가 일만 키워 놓은 거 아닙니까? 일은 아직 반도 안 해 놓고 사고만 치면 어떻게 합니까?"

"잔꾀라니? 선상님 어째 고러콤 섭한 말씀을 한당가요? 아무리 나이로 아래 위 가리는 세상은 아니라 혀도 우리가 어디 한두 살 먹은 아그들도 아닌데 어째 고로코롬 막말을 한다요?"

"막말이 아니라 나도 속이 타서 하는 말입니다. 이거 벌써 어제 끝났을 일인데 아직 이러고 있으니 내일까지도 못 끝낼 것 같아서 그럽니다."

"요즘 세상에 아무리 아랫것들이라도 고로코롬 막 잡아 돌리면 안 되지요. 솔직히 우리가 왜 이런 일을 한다요? 각자 자기 직책이 있는디? 이런 일을 시키면 누가 좋다 허것소? 그렁께 노조 같은 게 생기잖아요? 선생님들도 부당한 대우 안 받으려고 교원 노조 만든 거 아닙니까요?"

"맞당께요. 우리도 퍼뜩 노조를 만들어야 이런 대우 안 받고 살지 안 그르면 만날 이 꼴 못 면한당께!"

"하기사 선생님들이 노동자라 카믄 우리는 그 밑에 사니까, 비렁뱅이밖에 더 되나? 그래도 선생님들보다는 우리가 진짜 노동잔기라."

관리인 노 씨가 체육 교사의 말을 맞받아치고 나서자 박 군과 수위까지 한마디씩 거들고 나섰다. 체육 교사의 입장에서 보면 뜻밖의 복병을 만난 셈이었다. 마음 같아서는 여태껏 일은 안 하고 이런저런 투정만 부리는 직원들에게 따끔한 힐책이라도 하고 싶은데 오히려 이들로부터 역공을 당하고 보니기가 막혀 할 말이 없었다. 그래도 기왕 노조 얘기까지 거론된 마당에 뭔가 바로잡아 줘야 할 필요를 느꼈다.

"아저씨들이 노조 얘기들을 하시는데 일단 정당한 노동을 제공하고 난 후의 임금의 착취나 부당한 대우 개선 등을 위해 노조가 필요한 것이지, 자기 의무는 다하지 않고 권리만 주장하는 것은 잘못된 것입니다. 그리고 자기 직책이 있는데 왜 이런 일을 시키느냐고 하지만 그것도 다 복무규정에 자기 직무 외에도 일반 관리 업무에 봉사하도록 정해져 있기 때문에 시키는 겁니다. 우선 저도 수업하는 사람이지만 이렇게 일하고 있지 않습니까?"

"거참 듣다 보니 별 서숙 같은 소리 다 듣것네! 그래 선생님이 삽질을 한 번 해 봤소? 괭이질을 한 번 해 봤소? 무슨 일을 했다고 그래쌌소? 그런데도 교원 노조 맹글어 갖고 큰소리 뻥뻥 치면서 왜 우린 노조 못 한다요?"

"우리는 모두 공무원이기 때문에 원칙적으로 노조를 만들 수 없습니다. 교원 노조도 아직은 불법 단체입니다. 그리고 설사 노조를 해도 여러분들의 고용주는 정부고 국민입니다. 학교는 중간 관리자에 불과하므로 투쟁의 대상이 아닙니다. 괜히 학교나 나를 공격하지 마십시오. 공연히 쓸데없는 생각들 마시고 일이나 열심히 하세요. 이만 가겠습니다."

"가시는 건 좋은데 여그 용접비 허고 낮참 값이나 주고 가씨요!"

"전부 얼만지, 서무과에 청구서 내고 받아 가세요"

보아하니 운전수를 겁박하여 용접비를 뜯어낸 듯한데, 또 이중으로 불려 먹을 공산들이었다. 대부분 노동은 임금을 전제로 이루어진다. 그리고 임금은 자본주와의 적대적 투쟁에 의해서 결정된다. 그러나 이들은 처음부터 임금이 없는 노동을 한다고 생각했기 때문에 그 불만을 사보타주 형식으로 표현했다. 그러나 따지고 보면 부실한 노동의 대가로 얻은 그동안의 식비와 참값, 그리고 약간의 부정 수입을 합친다면 최소한의 임금도 챙긴 셈이었다. 그런데도 그들은 이 사실을 자각하지 못하고 노동자로서의 피해 의식에 젖어 과도한 저항만 계속하고 있는 것이다. 그들은 교사가 돌아가자 또 끝없는 농지거리를 늘어놓았다.

"아따메, 인자 성님 한번 파 보씨요. 구멍 파는 것은 성님이 우리보단 많이 해 봤을 텐께."

"야! 이놈아 여자 밑구멍 파는 기라 카믄 니가 하제 날 주겄냐? 나도 이런 구멍 파는 건 사양할 테니까, 니나 많이 파라. 좀 더 파라. 못 올라온다."

구덩이를 파던 노 씨가 올라오면서 김 씨에게 교대해 달라고 농을 했고, 김 씨는 올라오지 못하게 도로 밀어 넣고 있었다. 그러자 옆에 있던 박 군이 일 차례가 된 김 씨를 구덩이에 억지로 밀어 넣었다. 이렇게 한바탕 소동을 치르고 나서야 김 씨가 겨우 삽질을 시작했다. 오래잖아 김 씨가 씩씩거리며 가쁜 숨을 몰아쉬자, 또 노 씨가 말을 하고 나섰다.

"성님, 그란디 고 쌕쌕하는 소리가 무슨 소리당가요? 꼭 수

캐 보하는 소리 같소."

"야! 이놈아, 암캐도 안 보고 보하는 수캐도 있나?"

"그렇지만, 성님 너무 혼자 용쓰다가는 뭐 빠지것소."

"빠지기는 뭐가 빠져. 에라! 이 똥 대가리 같은 놈 우예 생각하는 기 그 모양이고 그래!"

"아니! 내 대가리가 똥 대가리면 성님 대가리는 좆 대가리요?"

"이놈이, 이거, 머라카노?"

"에이! 쓰벌 영감들하고는 일 못 한당게!"

두 사람의 말장난을 보다 못한 박 군이 삽을 받아 신경질적으로 삽질을 했다.

오후가 되자 그들은 또 참을 먹는다며 맥주를 풀풀 마셨고 줄담배를 허옇게 내뿜다가 배구대 하나를 겨우 파내고 종무 버저가 울리자, 경기 들린 듯 삽자루를 내던지고 사라졌다.

"그래 가지고는 밥 빌어먹기 십상이지!"

나는 혼자 탄식했다.

***

3일째 되는 날도 그들은 오전 10시 가까이 돼서야 후반전에 출전하는 축구 선수처럼 느릿느릿 등장했다. 학생들이 조회를 마치고 첫 수업이 시작되자, 조금 전까지 귀가 따갑도록 웃고 울고 고함치던 아이들의 함성이 갑자기 사라져서 운동장은 신기할 만큼 정적 속에 멎어 버린 듯했다.

그들은 운동장 한편 배구대 옆에 둘러앉아 한 시간이 넘도록 잡담을 늘어놓으며 담배 연기만 뿜어 올릴 뿐, 좀처럼 일어설 기미를 보이지 않았다. 그들도 마치 정적 속에 굳어 버린 듯했다. 그러다 한참 후 그 알량한 노조 음모가 가닥이라도 잡혔는지, 마지못해 일어나 죽은 놈 개 발 놀리듯 구덩이를 파는 시늉만 할 뿐, 좀처럼 작업량은 줄어들지 않았다. 그들의 일 투정은 여기서 끝나지 않고 결국 참 때가 되어 서무실로 찾아가 새참 때문에 시비를 하다가 이번에는 정말 화가 난 체육 교사가 달려 나와 호통을 치게 만들었다.

"도대체 당신들 뭐 하는 거요? 하루 일도 안 되는 걸 갖고 이게 벌써 며칠째요? 다 그만두세요. 나 혼자 할 테니까!"

체육 교사는 뒤도 돌아보지 않고 웃옷을 벗어 던지고 구덩이 속으로 뛰어들었다.

"우메, 선생님 우들한테 일 시켜 놓고 어째 자그가 혼자 다 했뿌요?"

"듣기 싫어요! 다 가세요. 나 혼자 하는 게 더 빠르겠어요."

"인자 다 했는데 와 그래 쌌습니꺼? 마 이리 나오이소. 우리가 퍼뜩 하께요."

"아저씨들은 진작부터 노조 타령만 하는데, 노동자의 천국이라는 공산국가들이 왜 망한지 아십니까? 바로 이런 노동력 절취 때문에 망한 겁니다. 북한의 '천 삽 뜨고 허리 펴기 운동'이니 '새벽 별 보기 운동' 같은 것이 왜 생겼겠습니까? 바로 노동자들의 지능적인 노동력 절취를 막아 보려고 만든 것입니다. 그런데 어떻게 됐습니까? 1000삽을 떠도 아저씨들처럼 그렇게 조금씩 뜨면 남쪽의 돗내기(할당제) 일꾼 100삽보다 적으니까 능률이 나지 않는 것입니다. 그런 데다 임금은 고정급이니까 국가재정이 파탄 날 수밖에 없는 거예요. '새벽 별 보기 운동'도 마찬가지예요. 시간을 벌자는 목적이지만 일찍 일어나 새벽 별만 본다고 작업 능률이 오릅니까? 안 움직이는데……. 그래서 집단농장이 폐지되고 나라가 망한 겁니다."

"글치마는 우리는 지금 반대로 일을 해 주고도 임금을 못 받으니 임금 착취를 당한 거 아입니꺼? 그르이 노조라도 만들어 힘을 모아서 항의하자는 긴데 뭐가 잘못됐능교?"

"물론 자본주의 국가에서 자본가들의 임금 착취는 투쟁의 대상이 되지만 지금 아저씨들이 하는 짓을 보면 임금 착취 이전에 노동력 절취가 먼접니다. 벌써 3일이라는 시간 낭비와 식비를 포함한 기타 경비를 계산해 보면 소형 크레인을 불러다 반나절이면 끝낼 비용보다 훨씬 많이 들어갔습니다. 결국 아저씨들은 '천 삽 뜨고 허리 펴기 운동'처럼 노동력을 착취했기 때문에 이미 그에 상응하는 보수 이상을 받아 간 겁니다. 더 이상 뭘 바랍니까? 노조가 그런 불로소득까지 챙겨 줍니까?"

"그라믄 진작 크레인 불러다 시키지 뭐 할라꼬 우리한테 이고생을 시켰습니까?"

"글쎄, 우리가 잘못 판단했습니다. 처음엔 단순하게 경비를 절약해 보려고 아저씨들한테 맡긴 건데 이렇게 시간을 끌 줄 알았으면 다른 조치를 했겠지요. 앞으로는 아저씨들한테 일을 맡기지 않겠습니다. 서무과에서도 이번 일을 계기로 더 이상 아저씨들을 신뢰하고 일을 맡기긴 않을 겁니다."

"그라믄 우리는 우예 되는 깁니꺼?"

"아따, 성님은 말귀도 못 알아듣소! 어터케 되긴 뭐가 어터케 돼? 낙동강 오리 알이지!"

"그렇게까지 생각할 건 아니지만 하여튼 상호 간에 신뢰 관계가 깨진 것만은 틀림없습니다."

결국 사소해 보이던 몽니가 꼬리가 길어지면서 호랑이 콧등을 밟은 꼴이 돼 버렸다. 얼마 전까지만 해도 기세등등하던 그들은 한풀 꺾여 시무룩한 얼굴로 서로 눈치만 살피고 있었다. 결국 그들은 교사의 정연한 논리를 뒤집을 만한 상식을 갖고 있지 못했기 때문에 쉽게 설득 당하여 본래의 종속 관계로 돌아서게 되었다. 뿐만 아니라 교사의 뼈 있는 마지막 말 한마디에 어떤 위기의식을 느껴서인지 그들은 앞 다투어 교사에게 아첨을 떨고 나머지 두 구덩이를 거의 단숨에 파 냈다. 여기까지 지켜본 나는 오랜만에 자신도 모르게 한숨이 나왔다.

그러나 일이라는 것이 한번 꼬이기 시작하면 그 매듭을 찾기가 쉽지 않은 듯했다. 문제의 발단은 그들의 유난히 긴 점심시간이었다.

그들이 모처럼 힘을 모아 구덩이를 파 놓고 점심 식사를 하기 위해 자리를 비우자 아이들은 둥그런 웅덩이를 발견하고 소년 특유의 호기심이 발동했다. 처음에는 아이들 몇이 웅덩이 가에 모여들어 서로 밀어 넣기 장난부터 시작했다. 그러다한 아이가 정말 구덩이 속에 빠지자 이번에는 못 나오게 밀어넣다가 급기야는 삽으로 흙을 떠다 퍼붓기 시작했다. 옆에 있던 다른 아이가 손뼉을 치며 웃었고, 그 여흥은 삽시간에 주변으로 퍼져 나가 많은 아이들이 몰려들어 흙을 퍼다 그 속에 갇힌 아이를 파묻었다. 결국 아이가 반이나 묻히고 울음보가 터지고 나서야 흙 퍼붓기가 끝이 났다. 그 바람에 힘 들여 파 놓은 구덩이 하나가 어이없이 사라져 버렸다. 뿐만 아니라 그 옆구덩이도 아이들이 던져 넣은 흙이나 돌멩이 때문에 온전하지못했다. 그들이 늦은 점심시간을 마치고 게트림을 하며 돌아왔을 때, 이 상상할 수 없는 장면을 이해하는 데는 한참이 걸렸다.

"이게 뭐여? 구덩이가 없어졌잖아⋯⋯."

"아이라, 누가 다 일부러 다 메웠구먼. 그래, 도대체 이기 워뜬 놈 짓이고?"

"캬아, 이거 환장하네. 또 좆빼이 치게 생겼구마!"

저마다 한 마디씩 거하게 욕지거리를 퍼부었지만 별 대안을 내놓지는 못했다.

"혹시 계획이 바뀌어 서무실에서 메워 버린 거 아니당가?"

"씰데없는 소리. 계획이 바뀌면 우리한데 먼저 말하지, 자기들이 뭣 땀새 이래 끌어 묻겠노? 택도 없는 소리 고마하고 다시 파내는 수밖에 없다. 아마 아이 놈들이 장난치다 그런 거 같다. 우리 재수지. 우예노!"

그들은 무언가 서무실 쪽에 평계를 잡아 실랑이라도 해 보고 싶었지만 이미 한 차례 덜미가 잡혀 곤혹을 치른 터라 그럴 용기도 내지 못했다. 그래도 그들은 서무실 쪽을 흘끔거리며 작업이 다 끝날 때까지 끊임없이 불평을 늘어놓았다. 그러나 일단 작업은 시작한 지 3일 만에 배구대 두 개를 파내고 새로 묻을 구덩이 두 개를 다 팠다. 이제 배구대 두 개를 옮겨 묻으면 작업은 완료되는 것이다.

***

첨버덩!

"돼이! 쓰벌, 아새끼 좆 돼야 버렸네!"

"이런, 네미럴 이기 뭐꼬?"

아침부터 창밖에서 장독 터지는 소리가 들렸다. 간밤에 비가 좀 오는가 싶더니 운동장에는 빗물이 가득 고여 있었고, 인부들이 파 놓은 구덩이에도 예외 없이 물이 가득 차 있었다. 자세한 경위는 알 수 없어도 지금껏 보아 온 그들의 품새로 봐서 일을 쉽게 하려고 구덩이에 가득 찬 물을 퍼내지 않고 그냥 배구대를 던져 넣었다가 구정물을 뒤집어쓰게 된 모양이었다. 그래 놓고도 그들은 낄낄거리며 서로 탓을 하며 말싸움을 하고 있었다.

"성님, 보씨요! 나가 아까부터 뭐라 했소? 거그 물구덩이에 물을 퍼내고 세워야 된다고 몇 번 말했소?"

"씰데없는 소리하고 자빠졌네! 거 물 안 퍼내믄 어뜬노? 흙 메워 여문 물 다 빠져 나올 낀데 뭐 할라꼬 물을 퍼내노 말이다."

"니미, 아저씨는 고것만 생각한다요? 지금 이 꼴이 뭐요? 그래 이 옷 다 젖어 가지고 어치 컬라요? 일도 못 하것고 말이씨!"

"그르이 우야겠노? 마, 퍼뜩 묻어 뿌고 가자."

선택의 여지가 없는 제안이었다. 그들은 다시 물에 잠긴 배구대 두 개를 바로 세우고 물을 잔뜩 먹은 주변 흙을 긁어모아 구덩이를 채웠다. 드디어 배구대 두 개가 심판용 의자를 등에 지고 마주섰다. 이제 4일간의 긴 공사도 끝이 났고, 그 알량한 노조 타령도 끝이 났다.

얼마 후 그야말로 물에 빠진 생쥐 꼴이 된 인부들이 서둘러 사라진 다음 귀중하게 얻은 물건을 다시 확인이라도 하듯 창밖을 내다보았을 때 나도 모르게 고개를 절레절레 흔들었다.

"맙소사! 아주 끝장을 보는구나!"

점심시간이 된 아이들이 양쪽 배구대 위에 새카맣게 올라가 흔들어 대고 있었다. 마주 보고 있던 배구대 한 개는 왼쪽으로 비스듬히 기울고, 다른 하나는 오른쪽으로 기울어져 옆에서 보면 처칠의 두 손가락처럼 V자를 그리고 있었다. 원통형의 시멘트 덩어리를 밑에 달고 있는 무거운 배구대를 물렁한 흙구덩이에 그냥 박아 놨으니 견딜 리가 없었다. 아이들은 점점 더 기울어지는 배구대를 올라타고 양쪽에서 시합이라도 하듯 경쟁적으로 흔들며 정말 승리자처럼 만세를 불렀다.

"와아! 우리가 이겼다. 만세!"

"아니야. 우리가 먼저 쓰러뜨렸어! 우리가 이겼다. 만세!"

그 후 나는 다시 이 배구대에 대하여 알려고 하지 않았다. 이 학교 선생님들이 배구 네트를 꽈배기처럼 꼬아서 걸어 놓고 배구를 하는지 아니면 아예 배구 네트를 걷어치우고 배구를 하는지도 알 바 아니었다.

대 大
미 尾

상태가 작가 지망생이 된 것은 우연한 동기에서였다.

어느 날 그가 퇴근길에 길 쪽으로 요란스러운 메뉴가 나붙은 대폿집 앞을 지나다 보니 방금 그 술집에서 나온 듯한 사내가 담벼락에 붙어 서서 오줌을 갈기는 중이었는데, 그 세찬 오줌 줄기가 인도까지 넘쳐서 작은 파도를 일으키며 굽이쳐 흐르고 있었다.

"저런 싸가지 없는 놈, 어디다가 말뚝을 박아."

그는 혼잣소리로 중얼거리다가 마침 바지춤을 추스르며 돌아서는 사내와 시선이 마주쳤다.

사내는 무안한 기색은커녕 그런 일쯤은 내 알 바 아니라는 듯 상태를 흘깃 쳐다보았을 뿐, 도도하게 삻께를 한 번 툭 쳐

올리더니 '또 먹어야지.' 하는 듯이 다시 술집으로 되돌아가고 있었다. 그런데 조금 전 얼핏 본 사내는 어딘가 눈에 익은 얼굴이었다.

'어디서 보았을까?'

그가 이런 생각을 하고 있을 때, 몇 발짝 걸어가던 사내도 걸음을 멈추고 돌아섰다. 한참 동안 그를 뚫어져라 쳐다보던 사내가 한달음에 달려와서 두 손을 움켜잡았다.

"이 사람아, 자네 상태 아닌가?"

"그렇소만 당신은?"

"야, 나야. 성도야. 강성도라고."

"그럼 저기 석산(石山)에……."

"맞아, 이 친구야. 이제 기억이 나나?"

그러고 보니 비록 군살이 붙고 벌겋게 술이 올랐어도 어릴 적 무엇이나 게걸스럽게 먹던 그의 모습이 여기저기 남아 있었다.

그는 분명 동창이었다. 졸업 뒤 25년 만에 만나는 셈이니 반갑지 않을 리 없었다. 그들은 조금 전의 쑥스러움을 털어 버리기라도 하려는 듯 한층 더 왁자지껄하게 떠들어 대며 두 손을 잡아 흔들었다.

이렇게 해서 그는 마뜩잖은 곳에서 달갑지 않은 모습으로 어릴 적 고향 친구를 만나게 된 것인데, 그것이 바로 그를 작가로 만들어 준 동기가 되었다.

"자, 우선 여기라도 들어가서 이야기 좀 하자고."

그는 가타부타 할 것 없이 그가 나온 바로 그 대폿집으로 상태를 끌고 들어갔다. 술집은 어둑했다. 술꾼들이 모여들기는 아직 이른 시간이었지만 벌써 몇 테이블은 술 볼일이 바쁜 사내들이 둘러앉아 카아! 카아! 해 가며 술잔을 돌리고 있었고, 그의 일행인 듯한 허름한 사내들이 이쪽을 흘끔거리고 있었다.

"이봐! 나 오랜만에 고향 친구인 작가 선생을 만났는데 자네들도 이리 와서 인사 드리라고. 이런 데서가 아니면 자네들은 쳐다보지도 못할 유명한 작가라고!"

친구가 난데없이 작가라고 치켜세우는 바람에 상태가 미처 변명할 사이도 없이 사내들은 정중하게 고개를 숙이며 수인사를 청해 왔다.

인사가 끝나자 성도는 서둘러 한쪽 구석진 자리로 그를 안내했다.

보아하니 이미 술이 거나해진 친구가 그를 내세워 호기라도 부리고 싶은 모양이었다.

그런데 당치도 않은 작가 선생이라니, 이왕이면 그 흔해 빠진 사장이니 전무니 하는 것도 있는데, 그는 어리둥절하기도 하고 우습기도 했다.

그래도 듣고 보니 그리 기분이 상하는 일도 아니었다.

"자 앉으라고, 작가 선생! 그런데 도무지 우리가 몇 년 만이지?"

"글쎄, 뭐 초등학교 졸업 이후 처음이니까 25년이 좀 넘는 셈이군."

"정말 세월 한번 빠르군."

"그래 그동안 어떻게 지냈나?"

"나야 뭐 자네도 알다시피 배운 것 없는 놈이 별수 있나? 노가다 인생이지. 그렇지만 자네야 괜찮겠지? 아주 신수가 훤한걸."

"낸들 뭐 별수 있겠어? 다 마찬가지야. 배운 거래야 시골 중학교 겨우 나온 거 누가 알아주나? 요즘 세상은 대학 나와도 빌빌하는데. 만날 남의 밑창에 들어가 뒤나 닦아 주는 월급쟁이 신세지."

"아니, 그럼 자넨 작가가 아닌가?"

"작가라니 무슨 뚱딴지 같은 소리야? 내 주제에 무슨 작가를 해 먹어? 그게 아무나 하는 건 줄 알아? 다 소질도 있고 뭐좀 아는 것도 있어야 하는 거지."

"거 참 이상하네. 내가 누구한테 들었는지는 모르지만 자넨 벌써 유명한 작가가 됐다던데?"

"그럴 리가 있나? 헛소문이겠지. 그래서 자네가 아까부터 작가 작가 했구먼?"

"그렇지. 난 꼭 그렇게 믿고 있었거든. 그렇지만 이 사람아, 자네 같은 재주꾼이 작가 안 하면 위든 놈이 작갈 해 먹어?"

"내가 무슨 재주가 있어? 그것도 작가 해 먹을 만한……."

"아니 자네가 왜 재주가 없어? 초등학교 때는 노상 글짓기 선수로 뽑혀 다녔잖아? 왜 교내는 물론 군 백일장에서까지 장원했잖아?"

"그런 것 가지고 되나? 그래도 대학물도 좀 먹고 팔자가 편해야 해 먹는 거지."

"그래도 글재주로야 우리 또래 중에 자네 따를 사람이 있나? 지금이라도 한번 해 보지 그래? 그 아까운 재주를 썩히다니. 나는 말이야 아까 자넬 보니까 대뜸 그 왜 옛날에 자네가 지은 「코스모스」라는 시 있잖아?

길가에 코스모스 피어 있어요.
하늘하늘 두 팔 벌려 춤을 추어요.
잠자리 너울너울 춤을 출 때면
코스모스 방실방실 눈웃음치네.

라는 시, 그게 생각나더라고."

"용케도 기억하고 있군. 나도 잊어버린 그 동시를 아직도 기억하고 있단 말인가?"

"물론이지, 이 사람아. 그 시가 학교 앞 현관에 커다랗게 써 붙어 있었잖아? 그래 그 시를 모른단 말인가?"

"글쎄, 원체 오래된 일이라서⋯⋯."

"에끼 이 사람, 다됐군, 다됐어. 내가 한번 읊어 보지."

성도는 제법 감정을 잡아 가며 마지막 부분까지 읊어 나갔다.

"하늘엔 뭉게구름 둥실 떠 있고……."

듣고 보니 묘한 느낌이 들었다. 그동안 자기 자신도 까맣게 잊고 있었던 시를 이 엉뚱한 사내가 줄줄 외우고 있는 데는 고마움보다는 송구스러운 느낌마저 들었다. 그리고 자신의 재능에 대한 무관심이 새삼 뉘우쳐졌다.

"이봐! 자네 뭘 생각하고 있나? 이제라도 늦지 않았으니 한번 해 보라고."

"에이 벌써 틀렸어. 나이 40이 다 돼 가지고 뭘 해 먹어? 하려면 벌써 스무 살 때쯤 설쳐야 하는데 이젠 늦었어."

"무슨 소리야? 다른 작가도 나이 많아서 하던데 왜 그래? 만약에 자네가 지금이라도 한 건만 잘하면 베스트셀러라는 거야. 엉 그게 뭔지 알아? 돈방석이야. 그렇게 되면 왕창 먹는 거야. 알았어?"

"그렇지만 그게 그리 쉽나?"

"하아! 이 사람 거 누구야. 우리 담임 선생님도 말했잖아. '네 자신을 알라.'고. 자넨 그렇게도 자신을 모르나? 충분하다고. 자넨 틀림없이 대작가가 될 소질이 있는 사람이야!"

"그래도 그렇지. 내가 어떻게, 자 술이나 들자고 들어."

"아, 만약에 자네가 유명한 작가 됐대 봐. 텔레비전에 나오고, 신문에 나오고 그런 게 문제가 아냐. 우리 동창회 같은 데서 말이야, 가만있나? 가만있어? 회장 자리 같은 거 단박에 내놓을 텐데. 그뿐이야 어디……."

그 친구는 차츰 술기를 받으면서 막무가내로 떠들어 댔다. 듣다 보니 그도 차츰 마음이 들뜨기 시작했다. 친구가 나를 알아주었다는 긍지와 어쩌면 그 친구의 말이 맞을지도 모른다는 가능성이 술기운을 빌려 그를 충동질한 탓이다.

결국 그날 밤은 그게 원인이 되어 잘 마시지도 못하는 술을 자청하여 부르게 되었고, 나중에는 고주망태가 되어 그 친구와는 어떻게 헤어졌는지도 모르게 헤어지고 말았다.

그러나 그에게는 성도의 출연이 중대한 인생의 전환점이 되었다. 이튿날 새벽 지끈거리는 머리로 눈을 떴을 때 그는 이미 작가가 되어 있었기 때문이다.

"작가라니, 그게 무슨 소리예요? 당신이 무슨 작가를 해요? 아직 술이 덜 깼어요?"

그가 작가로서의 포부를 얘기했을 때 아내의 반응은 이런 것이었다.

"그게 아니라니까, 나는 원래 천부적인 문학 소질을 타고난 사람이라고. 어저께 고향 친구를 만났는데 그 친구는 벌써 내가 작가인 줄 알고 있더라고. 그동안 말은 안 했지만 초등학교 시절엔 나도 교내에는 물론 도 대회, 전국 대회에까지 가서 장원을 했었다고. 그 친구는 지금도 내 시를 외우고 있잖아. 실망했다는 거야. 내가 이러고 있는 걸 보고. 그래서 나도 결심을 했어. 이따위 월급쟁이 100년 해 봐야 만날 그 모양이지 별

수 있어? 작가만 된다면 한 건만 잘해 봐. 왕창 먹을 수 있잖아?"

"그게 정말이에요? 당신이 정말 그런 사람이었냐고요?"

"그렇다니까. 아까도 내가 시를 읊었잖아. 그게 옛날에 내가 지은 시야."

"그럼 왜 여태 그러고 있었어요?"

"사실 나도 그걸 생각 못 했거든."

"아유, 당신이 작가만 된다면 그게 얼마나 인기 있는 건데 그래요? 당신 정말 작가 될 자신 있어요?"

"아, 그렇다니까. 이게 어디 마음대로 되는 건 줄 알아? 그 어떤 문학적 계시를 받아야 하는 거야! 늦기는 했지만 이제야 내게도 문신이 내린 거야."

"어머! 그럼 당신은 오늘부터 바로 문학적 개시예요?"

"아니 문학적 개시가 아니고 문학적 계시를 받은 거지. 그러니까 어떤 영감, 인스피레이션을 받았다는 거야."

"알았어요. 그러니까 인스피리……. 그게 바로 작가가 됐다는 증명이군요. 그렇죠?"

"저런 무식하긴, 저래 가지고야 어떻게 작가 사모님을 해 먹어?"

"왜 못 해요? 내 친구도 참 무식한데 남편이 유명한 작가래요. 집도 크고 피아노도 있고요. 계도 몇 개씩 하는데……."

"알았어. 나가 보라고, 나가 봐."

이렇게 해서 그의 작가 생활은 시작되었다. 그러나 당장은 막연했다. 우선 방향을 잡을 수 없었기 때문이다. 중학교 국어 시간에 배운 낭만주의 작가니 현실주의 작가니 하는 것이 떠올랐지만 자신이 무슨 주의 작가로 나아가야 할지 결정할 수가 없었다. 더구나 그 뜻마저 아리송해서 아무리 혼자 추리를 해 봐도 가늠이 가질 않았다. 사실주의라면 사실 그대로 속임없이 자기의 모든 것을 고백하는 것이고 자연주의는 아주 자연스럽게 글을 써 나가는 표현 기법이지만 이 둘 다 장단점이 있었다. 사실주의는 자신의 모든 것을 너무 사실 그대로 쓰자니 좀 창피한 생각이 들고 자연주의는 너무 자연스럽다 보면 글이 밍밍해질 우려가 있었다. 그렇다고 낭만주의로 나가자니 술도 많이 마실 줄 모를 뿐 아니라 현실을 다 초월해 버리면 소재가 궁할 것 같고, 할 수 없이 현실적으로 알맞게 써 나가는 현실주의 작가로 나아가기로 마음먹었다.

　그는 이렇게 일단 현실주의 작가로 방향을 정한 후에 이에 맞게 현실적인 작품을 구상하기 시작했다. 우선 가장 먼저 떠오르는 소재는 그가 10년 가까이 근무해 온 회사였다.

　그는 이 회사를 무대로 하여 가진 자의 횡포와 못 가진 자의 고통 같은 것을 주제로 평소 느끼고 있던 회사 내의 온갖 부정을 적나라하게 파헤칠 작정이었다.

　그가 느닷없이 가진 자와 못 가진 자를 끄집어내게 된 것은 그가 못 가진 자여서라기보다는 언젠가 우연히 끼어든 술자리에서 대졸 출신 신입 사원들이 자본가들에게 임금을 착취당하고 있는 어떤 여공들의 비참한 실태를 고발한 소설에 대해 비분강개하며 그 작가를 대단하게 추켜올리는 걸 본 적이 있었기 때문이다.

그는 분연히 붓을 들었다. 그러자 그동안 쌓인 울분과 설움이 북받쳐서 이런저런 생각할 사이도 없이 수많은 사연이 쏟아져 나왔다. 단숨에 20여 매를 내리 쓰고 그다음은 간부들의 비리를 신랄하게 성토해 나갔다. 사장은 도둑놈이고 깡패며 전무니 상무니 하는 간부는 전부 깡패 똘마니들이라고 썼다. 이들은 탈세와 인권유린을 일삼는 매국노이므로 당장 잡아다 물고를 내야 한다고 주장했다. 또 우리 공장 여자 변소에는 낙태한 아이들의 시체가 득실거리고, 그 아이들의 애비는 모모한 회사의 간부라는 것도 폭로하고, 사장 마누라는 어떤 간부와 정을 통했을지도 모른다고 썼다.

그 밖에는 누가 누구와 붙어먹고, 누가 무얼 얼마나 해 먹었고, 사장 불알 밑에 점이 두 개 있다는 둥 그가 들은 모든 사내의 비밀은 다 털어놓고 끝에는 당국의 관대한 처벌을 바란다고 썼다. 매수를 세어 보니 30여 매 남짓했다. 그러나 막혔던 봇물이 터지듯 한꺼번에 너무 많이 쏟아 낸 탓인지 그 이상은 더 쓸 게 없었다.

그래 놓고 보니 속은 후련했지만 그게 단편도 아니고 콩트도 아니고 무슨 진정서나 고발장 같이 돼 버렸다.

"제기랄, 고발문학이 되버렸잖아!"

그는 혀를 찼다. 그래도 첫 작품이라서인지 그게 대견스러웠다. 그는 재교 삼교 해 가면서 그걸 정성 들여 옮겨 쓴 뒤 끝에는 무협소설에서 본 대로 대미(大尾)라고 쓰고 아내의 눈에 띌 만한 곳에 슬며시 갖다 놓았다. 대미답지 못한 대미로 끝났지만 그래도 아내에게 은근히 자랑하고 싶은 기분이 들어서였다.

과연 그의 기대는 어긋나지 않았다. 저녁 설거지를 마친 아내는 방에 들어서자 대뜸 그것부터 집어 들었다. 한참 동안 정신없이 들여다보던 아내는 죽었다 살아난 자식이나 되는 듯 그 원고 뭉치를 가슴에 찰싹 껴안았다.

"여보오, 드디어 성공했군요! 이제 진짜 작가가 되었군요. 당신이 이런 글을 쓰다니 정말 꿈만 같아요."

아내는 발그레 홍조까지 띠며 감격했다.

"잘 썼어요. 당신 너무너무 잘 썼어요. 꼭 알랭 들롱 작품 같아요."

"엉? 알랭 들롱? 내가 알랭 들롱보다 잘생겼다고?"

"당신 알랭 들롱 영화 못 봤어요? 그 영화보다 이 작품이 낫다고요."

"아니, 그럼 알랭 들롱이 그 영화를 썼다는 거야, 뭐야?"

"어쨌든 이 소설이 그 영화보다 더 재미있다는 거예요."

"그래? 그게 정말이야?"

아내의 말이 미심쩍기는 해도 다소 위로가 되는 듯했다.

"그래? 그럼 또 쓸까?"

"물론이죠. 또 쓰세요. 많이 쓰세요."

"그럼 이번엔 뭘 쓸까?"

"벌써 쓸 게 없어요?"

"글쎄, 좋은 연애 얘기 같은 거 없어?"

"맞아요. 바로 우리 연애 시절 얘기 있잖아요. 그걸 쓰세요. 미스터 곽과 당신 그리고 나……. 이 셋 사이의 심각한 삼각관계. 얼마나 스릴 있어요?"

"뭐라고? 그 게딱지 같은 새끼 얘기를 쓰라고?"

"그게 어때서요? 소설은 스릴이 있어야 되는 거예요. 삼각관계 아닌 소설이 어딨어요? 그리고 결국 당신이 최후의 승자가 됐잖아요. 그게 얼마나 멋있어요?"

"그래, 그럼 그걸로 한번 써 볼까? 그런데 제목을 뭐로 하지?"

"제목? 그거 뭐 사실대로 「빵꾸 난 첫사랑」 하면 되잖아요."

"야, 유치하게 빵꾸가 뭐야? 자동차 타이어도 아니고 말이야?"

"그렇지만 그때 내가 빵꾸 난 건 사실이잖아요. 그럼 아예 「빵꾸 난 아가씨」 하면 어때요?"

"사실대로 하는 건 사실주의 작가고 나는 현실주의 작가니까 꼭 사실대로 안 해도 될 것 같은데……. 그래, 알았어. 「빵꾸 난 첫사랑」으로 하지 뭐. 그런데 그 수많은 사연을 어떻게 칠팔십 매에 다 써넣지?"

"그럼 아주 장편으로 나가세요. 그래야 돈도 좀 낫게 붙을 거 아니에요."

"그렇지, 그럼 아주 상하권으로 나가 버릴까? 왕창 한번 먹게."

"그래요, 아주 그냥 왕창 먹자고요. 그런데 여보, 여보! 나 말이죠. 나 좀 예쁘게 써 주세요. 부탁해요."

"그러지 뭐. 아주 양귀비나 클레오파트라보다 10센티미터는 더 예쁘다고 써 버리지 뭐. 안 그래?"

"고마워요, 여보! 그런데 이걸 어째? 적어도 작가라면 서재하나쯤은 있어야 되는데. 가만히 있어, 좋은 수가 있어요."

아내는 발딱 일어서서 부엌 쪽으로 붙은 다락방 문을 열어젖혔다.

"바로 여기예요. 이걸 우선 서재로 쓰세요. 내가 깨끗이 수리해 드릴 테니까. 알았죠?"

"그렇지만 곰 새끼도 아니고 다락방에 어떻게?"

"에유 당신은 뭘 몰라. 서재는 원래 이 잡다한 세상과는 좀 멀찍이 떨어져 있는 게 좋다고요. 그런 것도 몰라 가지고야 작가 해 먹겠어요?"

"알았어. 좋을 대로 해 보라고."

이때부터 아내는 열을 받기 시작했다. 이튿날은 날 새기 바쁘게 다락의 물건들을 들어내고 알락달락하게 꾸미기 시작했다. 그러고는 책을 사 모았다.

세계 문학 전집으로부터 한국 문학하다가 나중에는 왕비 열전, 기생 열전, 삼국지까지 분량 많은 책을 다 사 모았다. 아내는 그 많은 전집을 닥치는 대로 월부도 사들여다가 다락방을 서재로 꾸며 나갔다. 좁은 다락방에는 금세 책으로 가득 찼고, 거기에 걸맞은 고서화 족자까지 걸어 놓았다.

책상머리엔 난도 한 포기 갖다 놓고, 조악한 모조품에 지나지 않지만 그래도 얼핏 보아서는 골동품 같은 자기도 몇 개 갖다 늘어놓았다. 그래 놓고 방 안을 한 바퀴 휘 둘러보던 아내의 눈길이 마침 담배꽁초에 불을 붙이고 있는 그에게 가서 딱 멈추어졌다.

"안 되겠어요. 당신 꼴이 그게 뭐예요? 어울리지 않아요. 그런 꽁초 따위나 물고 앉았으니 어디 작가 폼이 나야지요. 잠깐만요."

얼마 후 나타난 아내는 어디 가서 좆 대가리만 한 마도로스 파이프와 까만 빵모자 같은 걸 들고 나타났다. 어디서 본 물건들이긴 한데 아무래도 아직 마흔도 안 된 나이에는 상관없을 성싶은 것들이었다.

"자, 이걸로 한번 피워 보세요. 그리고 이 모자도 써 보고요."

"이걸 내가 써야 돼?"

"그럼요. 작가들은 다 그렇게 하는 거예요."

그는 좀 어색한 생각이 들긴 했지만 아내가 부득부득 우기는 데야 별도리가 없었다. 그가 머뭇거리는 사이에 아내가 달려들어 고 앙증스러운 따개비 모자를 정수리에 살짝 올려놓고 파이프를 손에 쥐어 주었다. 아내는 사진사처럼 요리조리 살피다가, "됐어요. 됐어. 인제 작가 선생 같네. 자 여기 화보에 나오는 작가 선생과 비교해 보세요. 꼭 맞죠 그렇죠?"라고 말하며 만족스러워 했다.

그러나 아내가 내미는 여성지 화보의 작가는 소설가가 아니라 미술가였다. 아내는 도무지 그런 건 안중에도 없고 오직 그의 모습이 그 작가의 외모와 닮아 가는 데만 열중하고 있었다.

그런데 그놈의 앙증스러운 따개비 모자가 말썽이었다. 부스스한 머리칼 때문에 자꾸 흘러내리는 것이었다. 한참 혀를 차며 두리번거리던 아내가 쪼르르 달려 나가 가위와 면도기를 들고 들어섰다.

"안 되겠어요. 아주 잘라 버려요. 옛날 선비들은 상투도 틀고 있었는데 이까짓 것쯤 어때요? 자 엎드리세요."

그녀는 다짜고짜 할 것 없이 정수리께 머리칼을 가위로 싹둑 잘라 내고 면도기로 박박 밀어 버렸다. 그러고는 그 자리에 따개비 모자를 찰싹 갖다 붙이고는 핀으로 고정해 버렸다.

"나 참 더러워서 작가 못 해 먹겠네. 그래 노상 이러고 있으란 말이야?"

"에고 그래도 참아야지요. 작가가 품위라는 게 있잖아요? 작가란 뭔가 세상 사람들과는 좀 달라야 하는 거예요. 인생을 음미하고 관조하는 국외자로서의 여유를 가져야 하는 거예요."

아무래도 제 소리 같진 않았지만 그래도 어쩐지 그럴싸하게 들렸다. 별수 없는 일이었다.

그날부터 그는 빵모자에 파이프를 비스듬히 물고 다락 서재에 올라앉아서 자신들의 연애 시절 이야기인「빵꾸 난 첫사랑」을 쓰기 시작했다.

그는 먼저 아내와 처음 만난 장면부터 묘사해 나갔다. 배경은 달리는 버스 안이고, 때는 초여름쯤으로 잡았다.

버스는 언제나 만원이었고 상태는 하루 종일 공장에서 중노동에 시달려 지친 몸으로 선 채로 꾸벅꾸벅 졸고 있었다. 그때 갑자기 버스가 급정거하며 상태가 중심을 잃고 쓰러지면서 옆에 있던 아가씨의 발등을 무작스럽게 밟아 버렸다. 여름철이어서 스타킹 한 겹밖에 신지 않은 여자의 발등은 상태의 우악스러운 구둣발에 짓이겨져 피투성이가 돼 버렸다. 여자는 비명을 지르며 그 자리에 쓰러져 발을 잡고 신음했다. 발에서 피가 멎지 않고 계속 흐르자 사람들이 모여들어 상태를 질책하며 즉시 병원으로 데려가야 한다고 재촉했다. 드디어 운전사가 버스를 세웠고, 어쩔 줄 모르고 쩔쩔매던 상태가 아가씨를 업고 병원으로 뛰어가는 장면까지 묘사했다.

병원에서 X레이 촬영 결과 발가락뼈가 부러져 걸을 수가 없어 입원을 해야 한다는 진단을 받고 허옇게 질려 버린 상태가 한숨을 몰아쉬는 대목에 가서는 자신도 모르게 얼굴이 확

확 달아오르고 콧등에 땀이 송알송알 맺혔다. 상태는 너무 당황한 나머지 응급조치를 마치고 병원에 입원 수속을 할 때까지 감히 얼굴도 한번 쳐다보지 못한 처녀의 얼굴을 모든 절차를 끝내고 나서야 힐끗 훔쳐볼 수 있었다. 여자는 아직 애티를 채 벗지 못한 해말끔한 시골 처녀로 그다지 악의는 없어 보였다. 그 여자는 스물두 살의 처녀였고, 보세 공장 직공이었다. 또한 그녀는 지방 출신으로 공장 기숙사에 기거하고 있었으므로 회사에 사정을 통보했지만 아무도 병구완을 해 줄 사람이 없었다. 어쩔 수 없이 상태가 퇴근 후 바로 병원으로 가서 병수발을 하기로 했다. 이렇게 일단 위기를 넘기기는 했지만 돈이 문제였다. 그러나 당시만 해도 순진하기만 했던 시골 청년은 오직 사고를 낸 죄책감 때문에 돈과 시간을 낭비하면서도 조금도 아까운 줄 모르고 간호에만 열중했다.

그렇게 몇 주가 지나자 처녀의 상처도 많이 아물고 서로가 낯이 익어 가면서 처녀는 자신에게 헌신적인 청년의 간호와 성실함에 감동하여 차츰 마음의 벽을 허물고 친숙해져 갔다. 상태도 처녀의 적의와 경계심이 풀리자 무거운 죄책감에서 벗어나 자연스럽게 이성의 정을 느끼게 되었다. 그러나 그들의 분홍빛 사연은 오래가지 못했다. 처녀의 발뼈가 재생이 되어 걸을 수 있게 되자 그녀는 고향에 전화를 건다며 공중전화 박스에 드나들면서부터 어쩐지 불안한 기색을 보이며 곧 퇴원해야 한다고 서둘렀다. 상태는 어딘가 석연찮은 느낌을 받았지만 처녀의 순정을 믿고 싶었다.

여기까지 쓰고 보니 여주인공 이름이 있어야 하는데 말순이라는 아내의 촌스러운 이름을 그대로 쓸 수는 없고 좀 고상한 이름으로 하나 빼내야 하는데…… 영자, 혜숙이, 애란이……하다가 결국 애란으로 결정했다

그리고 며칠 후 상태가 퇴근길에 장미꽃 한 다발을 사들고 콧노래를 부르며 병실에 들어섰을 때 게딱지같이 여드름이 얼굴에 잔뜩 돋은 낯선 청년이 앞을 딱 막아서며 "아까 네가 말하던 놈이 이치야?" 했다.

처녀가 그렇다고 눈을 깜박거리자 청년은 다짜고짜 멱살을 꼬나 잡고 얼굴을 갈겨 버렸다.

"아이코!"

"너, 남의 애인 꼬여 가지고 이렇게 감춰 놓는다고 아무도 모를 줄 알았어! 이 쪼다 같은 새끼야!"

그는 눈앞이 깜깜했다. 그동안 공들여 쌓은 탑이 와르르 무너지는 기분이었다. 그토록 믿었던 애란 씨의 사랑이 한낱 거짓과 가면이었다는 사실이 좀처럼 믿어지지 않았다. 그러나 벌써 애인이라고 자처하는 게딱지 같은 사내가 나서서 설치는데야 더 할 말도 없었다.

그는 우선 여자 발을 부러뜨린 죄도 있고 남의 여자에게 음심을 품고 있던 것도 사실이어서 오금을 못 쓰고 설설 기는 판인데, 그 게딱지의 호통이 떨어졌다.

"야 인마! 너 이 계집애하고 삐꾸 쳤지? 바른대로 말해! 삐꾸 몇 번 쳤어?"

"아니, 삐꾸라니요? 그게 뭐예요?"

"야, 이 새끼 능청 떨고 있네. 그래, 연놈이 쑤시고 박는 삐꾸도 몰라, 이 새끼야."

"우린 그런 짓 한 일 없는데요."

"없긴 뭘 없어? 너 이 새끼 그럼 고자야? 그리고 너 이 새끼 고의적으로 이 계집애 발등을 밟았지? 그래 놓고 슬슬 꼬이는 거, 그건 이미 놀부가 써먹은 낡은 수법이야, 인마. 그런 거 가지고 통할 줄 알았어? 어쨌든 너 사람 이렇게 일도 못 하게 병신 만들어 놓고 어쩔 거야? 책임 질 수 있어?"

"죄송합니다. 최대한 보상하겠습니다."

정말 속이 뒤집힐 지경이었지만 변명의 여지도, 하소연할 곳도 없었다. 결국 손이 닳도록 빌어 위기는 모면했지만 여자 뺏기고, 그동안 꼬깃꼬깃 모아온 공장 월급을 톡톡 털어 넣고, 아침저녁 찾아다니며 헛물켜던 일을 생각하니 속이 부글부글 끓어올라 도저히 더 이상은 쓸 수가 없었다. 그는 이 장면에서 원고 뭉치를 내동댕이쳤다.

"더러워서 글을 쓸 수가 있어야지. 그 새끼 생각하니까 눈에서 불이 콱콱 나네."

옆에서 이 꼴을 보던 아내가 얼른 쐐기를 박고 나섰다.

"에유, 당신 지난 일 가지고 뭘 그래요? 그리고 내가 그 사

람하고 삐꾸를 쳤으면 몇 번이나 쳤다고 그래요? 한강에 배
지나간 자리지, 남자가 쩨쩨하게……."

그건 아내의 말이 맞았다. 그 후 지금껏 그가 사용해 온 바
로는 아내의 그곳이 그렇게 닳았다거나 망가진 징후는 보이지
않았던 것이다. 그러나 그걸 자기 손으로 다시 쓰고 싶지는 않
았다.

"그러지 말고 계속해서 쓰세요. 그런 것도 못 참아서야 어
떻게 작가를 해 먹어요?"

"못 해! 작가를 안 했으면 안 했지. 제 마누라 삐구 친 얘길
어떻게 써?"

"그렇지만 나중에는 내가 당신하고 사랑했잖아요."

"그래 우린 사랑했지. 그러니까 난 더 못 쓰겠다는 거야."

"그럼 삐구 친 얘긴 좀 뺄 수 없어요?"

"그걸 어떻게 빼? 현실주의 작가로서 현실을 어떻게 무시
해?"

그렇게 소리쳐 놓고 보니 더욱 화가 치밀었다. 당장 귀싸대
기라도 한 대 후리고 싶었지만 지나가도 한참 지나간 일로 새
삼 그럴 수도 없어 씩씩거리다가 홧김에 아내를 엎어놓고 삐
꾸를 쳐 버렸다.

대낮 다락방에서 창문 단속도 않고 그 일을 벌였으니 이웃
눈요깃감이 되었는지도 모르겠으나 속은 좀 트이는 듯했다.

"이봐, 그러지 말고 다른 길로 좀 구상해 보자고."

첫 번째에 이어 두 번째 창작마저 대미다운 대미를 보지 못하고 끝낸 뒤, 며칠 동안은 우울한 날이 계속되었다. 좀처럼 적당한 소재를 찾아낼 수 없었기 때문이었다.

직장에 나가서도 하루 종일 멍하니 앉아서 작품 구상에 여념이 없었다. 물론 이것은 요즘뿐만 아니라 그의 작가 생활이 시작된 지난 몇 주 동안 계속된 버릇이지만 이에 대한 사내의 평은 그리 좋지 않았다. 일은 제쳐 놓고 하루 종일 파이프만 물고 어정거리다가 틈만 나면 긁적거리고, 일과 끝나기 무섭게 내빼고, 결근은 밥 먹듯 하는 사원을 좋아할 리가 없었던 것이다. 마음 착하고 부지런한 걸로 한몫 보던 그의 이미지가 물거품이 돼 버린 것도 당연한 일이었다.

그러나 그는 그런 모든 걸 속물들의 시기심에서 나온 반발이나 불평으로 여겨 가볍게 묵살해 버렸다.

그러다가 며칠이 지난 후에야 겨우 총각 시절 과부와 붙어 먹던 일을 별로 신통치 않은 대로 새로운 소재 삼아 써 내려갔다. 제목은 「과부와 목욕탕」이라고 했다. 주인공인 과부는 마을 어귀에서 구멍가게를 하고 있었다. 동네 청년들은 가끔 가겟방에 모여 화투 놀이를 했다. 대개는 술 내기, 안주 내기 노름인데 팍팍하던 술자리가 끝이 나면 사람들은 바람에 방귀 새듯 흩어진다. 그때부터 과부는 눈을 빛내며 상태를 향해 애원의 눈길을 보낸다. 화투 한 판 더 치고 가라지만 밑은 이미 젖어 있다. 과부는 총각을 좋아해서 화투보다 총각의 손을 더 많이 더듬는다. "손도 곱지.", "힘도 좋지." 하다가 화투는 이미 생각 없고 치마 속 속살만 슬쩍슬쩍 뒤쳐 내보인다. 상태가 슬금슬금 훔쳐보다가 더 깊은 곳으로 빠져들어 꿀깍 침을 삼킬 때면 과부는 비스듬히 누워 잠들어 준다. 과부의 거웃은 뜨겁다. 물은 목욕탕 온수처럼 뜨겁게 흘러넘친다. 상태가 몸을 담근다. 물이 주르르 흘러넘친다. 상태는 목욕을 한다. 목욕탕 주인은 죽어 있다. 그는 새벽 별 아래 땀을 씻으며 족제비처럼 도망쳐 나온다. 내일도 화투 치러 간다. 목욕하러 간다.

여기까지 쓰고 보니 또 뒤가 풀리지 않았다. 상태가 똥파리처럼 두 손을 싹싹 비비며 조바심을 내고 있는데 또 아내가 한심한 듯 째려보며 이죽거렸다.

"당신 그러다가 똥파리 되겠어! 또 글이 막힌 거야? 그럴 땐 차라리 술이나 한잔 쭉 마시고 스트레스를 확 날려 버리라고! 그래야 그 무슨 아스피린인지 뭔지 하는 게 떠오를 거 아녜요?"

"아스피린은 또 뭐야? 인스피레이션이지!"

"인스피고, 아스피린이고 그게 뭐 중요해요? 그보다는 어떻게든 기분 전환을 해야 하는 거 아녜요?"

"그렇지만 난 술을 못 먹는데 어떡해? 그럼 일단 한번 연습부터 해 볼까? 뭐 그것도 스파링 나름이지. 좀 강도 있게 하면 그쯤 못 하겠어? 좋아. 맥주 몇 병 사 와 봐."

"안 돼요. 맥주가 뭐예요? 소주예요. 소주에다 오징어 하나 정도로 해야 되는 거예요."

"거참 곤란한데. 어디서 그런 거지 같은 걸 다 배워 왔어그래. 골치 아프게. 하여튼 그 소주 좀 사 와 봐."

"당신 그렇다고 그렇게 함부로 마시기만 하면 되는 줄 아세요? 작가의 술은 외로움의 술이에요. 아무도 넘겨다볼 수 없는 영혼과의 대화가 있어야 하는 거예요. 거기서 말술이 나오는 거예요."

"말술이라면, 소주 한 말?"

"그렇잖고요? 한 말이 문제가 아니에요. 그 이상일 수도 있어요. 완전히 자기의 혼을 술에 팔아 버릴 수 있어야 돼요."

"그럼 돼지란 말이야?"

"글쎄, 그것도 작가적인 죽음이 돼야지 독약 먹듯 발칵 마시고 자빠지면 파리 죽음밖에 더 되겠어요?"

"하아! 이거 환장하겠네. 죽지도 살지도 못 하게 하네. 이봐 다른 작가도 다 그렇대? 자칫하다간 술 때문에 작가 못 해 먹겠네."

"실망할 건 없어요. 반드시 술에 미쳐야 하는 건 아니니까. 다른 것에 미칠 수도 있잖아요."

"다른 거라면 대마초라도 피우라는 거야?"

"아니죠. 이를테면 좀 고상하게 다도(茶道)라든가 도자기 골동품 수집 같은 거 말이에요."

"아니 그 백말 오줌 같은 엽차 말이야? 차라리 우유 같은 거라도 많이 마시면 안 될까?"

"그럼 됐어요. 내가 커피를 끓여 줄 테니까 그거라도 고상하게 마시고 사색에 잠겨 보세요. 좋은 생각이 떠오를지 모르니까요."

아내는 그를 아주 대작가로 성공시킬 모양이었다. 그러나 불행하게도 과부 이야기마저도 30매를 넘지 못하고 흐지부지 해지고 말았다.

그다음은 동네 처녀와의 불장난, 휴가 때 청량리 사창가에 붙들려 간 일, 어릴 적 남의 호박에 대침 박던 일까지 다 끄집어내서 써 보았으나 그 어느 것도 진정한 의미의 대미를 맛보지 못했다. 전부 30매의 상한선에 가서 나가떨어지고 말았던 것이다. 요리 가도 막히고 조리 가도 막히는 판이었다.

할 수 없이 전에 쓰다 만 그 「빵꾸 난 첫사랑」에 재도전하는 수밖에 없었다. 그래도 그게 가장 실감 나는 일이었으므로 마음이 끌린 탓이었다. 이번에는 그렇게 허무하게 헤어진 애란 씨를 그리워하다가 도저히 참을 수 없어서 그녀가 근무하는 보세 공장으로 찾아가는 장면부터 시작했다.

그가 어렵게 면회를 허락 받아 그녀를 만났을 때 그녀의 태도는 너무나 냉담했다. 처음 보는 사람 대하듯 하다가 겁에 질려서인지 말도 잘 못하고 헬끔헬끔 눈치만 살피곤 했다. 처음 마음 같아선 그동안의 모든 과거를 청산하고 그에게 돌아올 것을 애원하고 싶었지만 막상 그녀가 남 보듯 선을 긋고 경계를 하는 데는 상태도 심통이 틀어지지 않을 수 없었다.

그래도 그는 참았다. 좋은 말로 달래기도 하고 애원도 해 봤지만 이미 돌아선 그녀의 마음을 돌릴 순 없었다. 마지막으로 그가 뜨거운 사람을 고백하는 장면에 가서는 아예 듣지도 않고 발딱 일어나서 면회실을 나가 버렸다.

더 이상 달랠 길이 없어 고민하던 상태는 문득 게딱지가 말하던 놀부 수법이 떠올랐다. 거기서 그는 마지막 수단으로 놀부 수법을 써 보기로 마음먹고 그녀를 뒤따라갔다.

그는 살랑살랑 멀어져 가는 그녀의 뒷모습을 노려보며 한참 뒤따라가다가 한적한 공장 모퉁이에 이르자 댓바람에 그 팡파짐한 히프를 냅다 걷어차 버렸다. 그녀는 가랑잎처럼 발랑 자빠졌다. 그는 두 눈을 질끈 감고 닥치는 대로 짓이겨 버렸다. 그러다가 어느 정도 분이 풀린 뒤에야 살펴보았다. 그녀는 비명도 크게 지르지 못하고 가늘게 신음만 하고 있었다.

일으켜 세워 보았으나 서지를 못했다. 놀부가 제비 다리 부러뜨리듯 다리 몽당이를 부러뜨린 것이다. 놀부 수법이 정석대로 된 셈이었다. 그는 그녀를 냉큼 업어다 아예 그의 자취방에다 들여앉혀 놓고 의사를 부른다, 부러진 다리에 약을 발라 준다, 하며 온갖 정성을 다했다. 그리고 이번에는 그녀가 날아가서 도깨비가 든 커다란 박 씨를 물어 오기 전에 미리 삐꾸를 쳐 버렸다.

아주 날려 보내 주지 않을 그의 결의를 보여 준 작전이었다.

놀부처럼 그렇게 제비를 날려 보내 주고 욕을 치르고 싶진 않았기 때문이다.

과연 그의 작전은 적중했다. 다리가 부러졌으니 공중전화통까지 가지도 못했고, 미스터 곽인지 뭔지 하는 게딱지도 나타나지 않았다. 그리고 얼마 후에는 그녀로부터 진지한 사랑의 고백을 듣게 되었다. 그는 행복했다. 드디어 사랑의 제비는 그의 가슴에서 날개를 접고 안식을 찾고 있었다. 여기까지는 잘나갔다. 그러나 그다음 장면에 또 문제가 생겼다. 행복의 절정에 이른 그들이 사랑의 기쁨을 나누려고 가을에 야외 캠핑을 갔을 때였다. 원수는 외나무다리에서 만난다고 그 즐거운 산행의 귀로에서 마침 친구들과 어울려 캠핑을 온 그 게딱지와 딱 마주치고 말았다.

거기서 그 게딱지에게 흠씬 두들겨 맞고 그의 애란 씨마저 뺏겨 버리는 치욕적인 장면이 연출되는데, 손이 부들부들 떨려서 도무지 글이 되지 않았다.

하지만 아무리 분하고 억울한들 어쩌랴. 이미 현실을 있는 대로 쓰는 현실주의 작가를 자처하고 말았으니 그대로 써 나갈 밖에. 그래도 그가 얻어터지는 장면이나마 어떻게 빼 보고 싶어 애를 쓰고 있는데 그의 아내가 서재로 들어서며 또 방정을 떨었다.

"여보, 자꾸 쓰기만 하면 뭘 해요? 이제 돈 먹을 궁리를 좀 하세요. 작가 좋다는 게 뭐예요? 한 건 잘 해 갖고 왕창 먹자는 거 아녜요?"

"그래, 지금 하고 있잖아."

억누르고 억눌러도 입에서는 볼멘소리가 나왔으나 아내는 그의 그런 기분에는 아랑곳하지 않았다.

"그게 아니고요. 작가 마누라인 내 친구 있잖아요? 걔한테 물어봤더니 돈 벌 길은 얼마든지 있대요. 이제 조금 있으면 각 신문사 신춘문예라는 게 있는데 그게 다 상금이 몇백만 원씩은 넘고요. 지금 당장도 현상금이 걸린 곳이 여러 군데 있대요. 그것도 다 몇백만 원씩은 된대요."

"지금 당장 상금을 준대? 그게 어딘데?"

"어딘지 적어 오진 않았지만 알아 올 순 있어요."

"그래? 그럼 신춘문예고, 잡지사고, 이걸 확 쓸어 버려?"

뜻밖의 낭보에 기분이 풀어진 그가 그렇게 허풍을 떨었다.

"어머, 당신 정말 그럴 자신 있어요?"

말이 떨어지기 바쁘게 방을 나간 아내는 얼마 안 돼 당장 뻣뻣한 장부 하나를 들고 나타났다.

"여보, 내가 다 적어 놨어요. 잘 만하면 이제 우리도 한밑천 잡을 수 있어요."

아내가 내놓은 장부에는 여섯 개 중앙지는 물론 현상금이 붙은 잡지사는 다 적혀 있었고 상금 액수며 매수, 마감 날짜, 보낼 곳까지 또르르하게 적혀 있었다.

아내는 장부를 펴 놓고 하나하나 확인하기 시작했다.

"여기 A 신문 단편 500만 원짜리, 자신 있어요?"

"에이 그쯤이야."

"됐어요. 그럼 500만 원 하나는 수입 장부에 올리겠어요. 그다음 B 사 중편 1000만 원……."

"그쯤이야……."

"좋아요. 그럼 이 1000만 원도 수입으로 잡겠어요."

다음다음으로 넘어갔지만 물어보나 마나였다. 내친김이라 내리 "그쯤이야."로 일관해 버렸는데 그래 놓고 보니 슬며시 뒤가 당겼다. 비록 오합지졸일망정 수백 편씩 응모한다는 그 아귀다툼을 생각하면 아무래도 으스스해지지 않을 수 없었다. 그래도 아내는 그의 이런 객기를 믿고 점점 더 신이 나서 돌아가고 있었다.

"여보! 이젠 됐어요. 이것만 해도 벌써 총계 1억 원이 넘었어요. 연말이면 다 수금 되겠죠?"

"이봐! 그런 건 작가들한테 물어보는 게 아니라고. 작가는 원래 다 그런 돈 따위에는 무관심한 척하는 거야. 알았어?"

"그래도요. 이거야 뭐 입금이 안 된 것뿐이지 내 돈 아니에요? 그러니까 잘 챙겨야죠."

아내는 두 눈을 반짝이며 희망에 찬 앞날을 설계하고 있었다.

"그럼 말이죠. 이 집 있잖아요. 이것도 우리가 아주 사 버리자고요. 지금 전세금 1억 원 들어가 있으니까 우리 저축한 돈하고 은행 융자 좀 내면 될 거 아니에요. 그래야 작가 체면이

서지. 조금 있으면 신문 기자니 출판사, 잡지사 사람들이 들이 닥칠 텐데 그냥 이 꼴로 되겠어요? 당신은 가만 계세요. 내가 알아서 할 테니까요."

"그래, 알아서 해 버려. 그까짓 것 아주 사 버려. 사 버리라고. 그래도 돈이 남을걸?"

"돈이 또 남아요? 어머 이를 어째? 그럼 자가용도 사고⋯⋯."

"이봐. 꿈 깨라고. 나 여기 있어. 당신 남편 김상태 알아보겠어?"

그때부터 상금 붙은 작품 모집 광고는 아내의 눈에 띄거나 귀에 들리기만 하면 그건 다 우리 돈이었다.

"여보 이거 보세요. 이건 아주아주 장편인데 이것도 돼요? 상금이 무려 1억 원이나 돼요."

"그럼, 장부에 올려."

"이건 50매짜린데, 여성 체험 수기⋯⋯."

"이봐, 정신 차려! 내가 여자야? 이젠 아주 돈독이 올라 남편이 여잔지 남잔지도 구별 못 하는구먼!"

"알았어요. 알았어. 근데 당신 그 콧물이나 좀 닦고 하세요."

그는 코가 돌아가도록 훌쩍 들이켜고 좀 미진한 부분은 손으로 문질러 그 언저리에 게발라 버렸다. 일인즉 콧물도 제대로 닦을 틈이 없을 만큼 난감하게 돌아가고 있었다. 비록 아내를 통해서이긴 하지만 그동안 각계로부터 쇄도한 수주량에 비해 완성된 작품이 하나도 없었기 ·때문이다. 다시 말해 단 한

편도 바로 그 진정한 대미의 맛을 보지 못한 것이었다. 그는 초조해지기 시작했다. 그리하여 가는 둥 마는 둥 하던 회사마저 걷어치우고 본격적으로 책상머리에 달라붙었다.

사실 그 무렵 사내의 모든 여론은 그에게 극히 불리한 쪽으로 기울어지고 있었다. 그는 아예 정신병자 취급을 받았고, 그의 빵모자와 파이프는 야유와 조소의 대상이 된 지 오래였다. 그러나 그가 결근하기 시작한 것은 그런 회사 분위기가 싫어서라기보다는 그럭저럭 각 신문사의 마감 날이 며칠 안으로 다가와 어떤 것이건 대미를 맺지 않으면 안 되었기 때문이었다. 그는 싫었지만 「빵꾸 난 첫사랑」을 또 펴 들었다. 그거라도 대미를 보고 싶어 터지려는 분통을 참은 덕분에 이야기는 다시 진전되기 시작했다.

게딱지에게 납치되어 가듯 끌려간 애란이 우여곡절 끝에 다시 돌아오고 드디어 세 사람이 마지막 합의에 도달하는 장면이 되었다. 그동안 서로 합의한 보상금을 받아 쥔 게딱지가 술 한 잔을 꼴깍 들이켜더니 잔을 딱 소리 나게 내려놓았다. 그리고 한참 동안 침통한 표정으로 고개를 숙이고 있다가 고개를 번쩍 쳐들며 선심 쓰듯 말했다.

"좋시다. 형씨나 나나 한 구멍 동서로서 말하는데 내가 졌소. 나도 지치고 또 애란이 생각도 그런 거니까 내가 손을 떼겠소."

그는 너무 감격한 나머지 벌떡 일어나 그의 두 손을 움켜잡았다.

"형씨, 정말 고맙소. 진정 이 은혜 잊지 않겠습니다."

"어 잠깐, 잠깐만. 그 대신 말이오. 마지막 부탁이 하나 있소."

"뭐요? 뭐든지 말해 보시오."

"다른 게 아니고. 나도 그동안 애란이와 미운 정 고운 정 다 들었는데 그냥 헤어질 순 없잖소? 마지막으로 오늘 밤 한 번만 더 애란일 주시오. 그쯤이야 형씨도 이해하시겠지?"

"……."

상태는 기가 차서 할 말을 잃고 쩔쩔매고 있었다. 그렇다고 다 된 판에 거절할 수 없고, 하룻밤 더 내줄 수밖에 없다고 생각하고 있는데 요 소갈머리 없는 여자가 미처 그의 대답이 떨어지기도 전에 핸드백을 챙기며 살랑살랑 따라나설 차비를 하는 것이었다.

이 장면에 와서 그는 더 이상 참을 수가 없었다. 그는 벌떡 일어섰다. 그리고 원고 뭉치를 갈기갈기 찢어 내동댕이쳤다. 그래도 분을 참지 못해 어깨로 숨을 몰아쉬며 씨근거리고 있는데 또 아내가 숨넘어가는 소리를 지르며 내달았다.

"여보, 여보 이제 됐어요. 이젠 우리도 살 길이 났어요. 지금 막 텔레비전에 나왔는데요, ○○문학상 수상 작품을 모집하는데 상금이 5000만 원이래요. 그동안 수입 잡은 거까지 합치면 우리가 먹을 상금이 억대가 넘는다고요."

"5000만 원 같은 소리하고 있네! 그 게딱지 같은 새끼 따라가지 왜 나한테 와서 속을 썩여? 그 새끼 생각하니까 도저히 글 못 쓰겠어! 다 집어치워!"

"여보! 그게 무슨 소리예요? 이제 와서 이런 노다지를 두고 그만둔다는 거예요, 뭐예요? 다 된 밥에 코 빠지게⋯⋯. 여보! 그러지 말고 힘 좀 내세요. 그동안 작가 밑천으로 진 빚이 얼만지 아세요?"

그로부터 아내는 쉬지 않고 조잘거렸다. 각 신문사의 마감 날이 임박했다는 것과 적어도 열두 편은 돼야 한다는 것이었다.

"열두 편이고 스무 편이고 대미가 있어야지⋯⋯."

"대미라는 게 뭐예요? 당신은 왜 대미가 없어요? 어떻게든 빨리 물건이 들어가야 수금이 될 거 아녜요?"

그러나 그는 아내의 말을 등 뒤로 들으며 출근을 서둘렀다. 그날따라 사무실은 침통해 보였다. 사람들은 애써 그의 시선을 피했고, 되도록이면 무거운 어조로 인사말을 건넸다. 그래도 내 자리라고 하얗게 먼지 앉은 책상 앞에 앉는데 느닷없이 하얀 봉투 하나가 배달되었다. 해임 통지서였다.

귀하는 본사 인사 규정 35조(질병 및 기타 건강상의 이유로 업무 수행이 불가능할 때)에 의거 해임 결의함. 인사위원회

다 읽은 뒤 그는 눈을 감고 길게 한숨을 내쉬었다. 드디어 대미를 맛본 것이다. 그가 쓰던 소설의 대미가 아니라 10년 근속의 직장에서 대미를 맛본 것이다. 사대육신 멀쩡한 자신을

'질병 기타 건강상의 이유……'로 내쫓는 것은 얼른 이해가
되지 않았지만 그는 항의 한마디 없이 회사를 나왔다.

집에 돌아오니 아내는 여전히 수금 장부를 든 채 그를 기다
리고 있었다. 그는 그런 아내에 대한 안쓰러움과 함께 까닭 모
를 쓸쓸함을 느끼며 말했다.

"아내여, 각 신문사 수금은 1년만 더 연기해 주어라."

"아니, 뭐라고요? 이제 와서 그게 무슨 소리예요? 또 그놈
의 대미 타령이에요?"

아내는 금세 일어나 얼굴이라도 할퀼 듯 험한 눈길로 그를
쏘아보았다. 그러다가 상태가 흰 봉투를 펴 보이자 아내는 손
에 든 수금 장부를 힘없이 떨어뜨리며 넋두리처럼 늘어놓았다.

"에고 망했네. 대미가 사람잡네……."

인간 심성 또는 합리성의 문제 논하기

권영민(문학평론가 · 서울대 국문과 교수)

1

인간의 심성이란 무엇인가? 인간이 추구하고 있는 인간다운 삶과 그 가치란 무엇인가? 나는 이러한 질문을 던지면서 이현의 첫 소설집 『수라도(修羅圖)』에 수록된 몇 편의 소설들을 읽는다. 소설가 이현은 우리에게 그리 낯익은 이름은 아니다. 이미 1980년대 말에 등단의 절차를 거친 이 작가는 소설보다 더 깊숙한 현실의 혼동을 경험하면서 자기가 구상하고 있는 소설의 세계로 드디어 고개를 들고 나섰다. 나는 '드디어'라는 말에 힘을 주고 싶다. 그 이유는 작가 스스로 조바심치며 주변을 살피고 머뭇거려 온 행정(行程)을 이 책이 그대로 보여

주기 때문이다. 물론 작가이기 위해서는 자기 이야기가 필요
한 법!

2

소설집 『수라도』에는 표제작인 중편소설 「수라도」를 비롯
하여 단편소설 「시선(施善)에 대하여」, 「입석」, 「노조 탄생」 등
의 작품이 함께 실려 있다. 이 작품들은 공통적으로 일상적인
삶에서 부딪게 되는 어떤 하나의 '상황'을 소설적 무대 위로
끌어올려 문제의 영역으로 구체화해 놓는다. 그리고 그 속에
서 이루어지는 인간과 인간의 관계를 합리성이라는 가치의 영
역 안에서 재론한다. 그리고 인간의 심성 또는 의식이라는 것
과 연관하여 상당히 깊이 있는 질문을 제기하기도 한다.

일반적으로 소설은 인간 행위와 관련되는 일련의 사건들을
재현한다. 소설에서 재현되는 일련의 사건들은 인물과 그 인
물들의 행위를 바탕으로 하여 하나의 이야기로 이어지며 어떤
의미를 드러낸다. 이 설명에서 우리가 주목해야 할 것이 행위
라는 말이다. 행위는 인간이 스스로 주체임을 드러내는 존재
의 방식에 해당한다. 인간에게서 행위를 제거하면 그 인간의
존재에서 구체성을 읽어 내기 어렵다. 그러므로 인간을 이야
기의 대상으로 삼고 있는 소설은 인간의 행위를 따라가기 마

련이다. 서사의 원리가 행동의 원리에 근거하는 이유가 여기 있다.

그러나 작가 이현이 문제 삼고 있는 인간의 관계라든지 인간의 심성이라고 하는 것은 행위 이전의 문제일 가능성이 많다. 이것은 인간 본질의 영역에 연결되는 것이기 때문이다. 그러므로 이러한 문제 영역을 놓고 글을 쓰는 일은 그리 간단하지가 않다. 그리고 이 같은 글쓰기는 그 성격 자체가 갖는 메타적 속성 때문에 주제의 관념성을 벗어나기 어렵다. 그러나 소설가 이현은 굳이 이러한 방식의 소설 쓰기를 고집한다. 소설이라는 형식은 인간의 심성을 이야기하는 방식으로 얼마나 적절한가? 이 물음에 대하여 답을 구하는 길은 소설집 『수라도』의 작품들을 차분히 읽어 가는 일뿐이다.

단편소설 「시선에 대하여」는 매우 특이한 문제의식에서 출발한다. 이 소설은 길거리에서 흔히 마주치는 구걸 장면을 소설적 상황으로 끌어들인다. 그리고 그 속에서 '베풀기'와 '구걸하기'라는 인간 행위의 관계를 심성에 근거하여 밝히고자 한다. 그러므로 이 소설에 등장하는 인물들은 행위의 구체성에 그 존재 의미가 담겨 있는 것이 아니라 그 자체가 하나의 상황을 설명하기 위해 끌어들인 소설적 장치처럼 역할을 수행한다. 이 소설에서 문제가 되는 것은 행위의 일방성이다. 동냥을 베푸는 것은 아무것도 갖지 못한 자의 상황이나 형편과는 아무런 관계가 없다. 더구나 선행을 베푸는 일이란 그 심성의 착함과도 관계없이 이루어진다. 그것은 언제나 베푸는 자의 자기만족 또는 자기과시에 의해서 이루어진다. 그러므로 구걸하는 자의 경우도 자연스럽게 베푸는 행위에 내재하는 베푸는 자의 자기만족의 논리에 편승할 수밖에 없다. 결국은 모든 것이 상대적인 논리에 따라 작용하는 셈이다. '구걸하기'와 '베풀기' 사이에 내재해 있는 이 엄청난 허위의식은 인간의 행위와 그 행위를 뒷받침하고 있는 심성의 본질까지도 변질시킨다. 그것이 바로 오늘의 현실에 작용하고 있는 인간 윤리(?)인 셈이다.

「입석」의 경우에는 사회적 제도와 인간의 관습 문제를 연관시킨다. 야간열차의 입석 표를 사 들고 기차에 올라타게 되는 상황은 사실 누구에게나 한 번쯤은 있을 법한 일에 해당한다. 여기서 문제가 되는 것은 편하게 자리에 '앉아 있는 자'와 통로에 끼어 '서 있는 자'의 관계가 아니라 그러한 관계를 필연적으로 만들어 내는 제도이다. 이것은 얼마 되지 않는 기차표의 운임 차이만으로 설명하기 어렵다. 왜냐하면 편하게 자리에 앉아 여행을 즐기기 위해서는 예매를 통해 미리 좌석 표를 사 두면 된다. 제도의 변화에 따라 관습이 바뀌어야 하고 관습을 바꾸기 위해 의식이 먼저 변해야 한다. 이러한 변화의 과정이 제대로 이루어지기 위해서는 제도 자체가 합리적이어야 하고, 그것을 운영하는 방식 또한 합리적이어야 한다. 그러나 이러한 평범한 논리가 자주 망각된다. 한국 사회의 근대화 과정에서 자주 빠져 들었던 혼란이 바로 여기서 비롯된다는 것을 주목할 필요가 있다.

「노조 탄생」에서는 일을 '부리는 자'와 일을 '하는 자' 사이의 관계를 도식적으로 해부하여 보여 준다. 이 작품에서는 학교 운동장에 배구대를 이전 설치하는 작업 과정이 소재로 등장한다. 여기서 주목되는 것은 일을 부리는 자와 일을 하는 자가 서로 자기 입장만을 고집할 때 생기는 엄청난 낭패다. 상대방의 입장을 고려하지 않는 일방적인 행위는 언제나 인간관계의 신뢰성을 망친다. 그러므로 모든 일은 그 절차와 방법에 합리성이 뒷받침되어야 한다. 합리성이 결여되면 일방적인 것이 되고 일방적인 것이 되면 서로 조화를 이루지 못한다.

작가 이현이 문제 삼고자 하는 것은 결국 제도의 합리성과 그것을 운영하는 인간관계의 신뢰성이라고 말할 수 있다. 이 문제는 이른바 현대사회의 모더니티의 궁극점에 해당한다. 그렇기 때문에 그리 쉽사리 그것이 가능해지기를 기대할 수는 없는 일이지만 그것의 구현을 위한 노력이 지속적으로 요청된다.

3

이현의 첫 소설집의 표제작이기도 한 중편소설 「수라도」는 근래에 보기 드문 본격소설의 특성을 지니고 있다. 여기서 본

격소설이라는 것은 이야기 방식과 그 문제의식을 두고 하는 말이다. 이미 한국 소설사에서 그 중요성을 인정받고 있는 중편소설의 양식을 택하고자 했다는 점, 그리고 그 양식이 요구하는 무게의 주제를 담아 내고 있다는 점에서 그렇다. 중편소설의 양식은 단편소설이 추구하는 상황성과 장편소설이 의도하는 역사성을 동시에 포섭한다. 이 중첩된 문제의식 없이는 중편소설이 성공하기 어렵다.

「수라도」는 이야기의 줄거리 속에 외환 위기 사태 이후 한국 중산층의 삶의 기반이 붕괴되고 있는 상황을 담아 놓고 있다. 그러나 이 소설은 글로벌 시대의 경제 구조나 자본의 횡포를 거시적으로 그려 내고자 하는 것이 아니다. 이 소설의 이야기는 외환 위기라는 경제적 혼란 속에서 '나'라는 주인공이 개인적으로 겪어야 했던 고통의 세월을 추적하고 있다. 이것은 어떻게 보면 외환 위기 사태의 후일담 형식으로 읽힐 수도 있다. 하지만 작가는 이 소설에서 사적인 진술 방식으로 그 위기의 시대를 돌아보려 하지 않는다. 작가가 문제 삼고 있는 것은 경제 문제나 노동과 자본의 문제가 아니다. 작가는 인간을 문제 삼고 있으며, 그 인간에 근거하는 제도의 합리성과 신뢰성에 대해 묻고 있다. 인간에 대한 신뢰란 무엇인가? 인간의 심성이라는 것이 어떤 특성을 지니는 것인가? 이런 문제의식으로부터 이 소설은 출발한다.

내가 경영하던 회사는 그해 초에 부도가 났다. 처음에 출판사를 하면서 인쇄물은 외주를 주었는데 인쇄비가 만만치 않았다. 누구나 출판업을 하다 보면 인쇄 시설을 자체적으로 가졌으면 하는 유혹에 한 번쯤은 빠지게 된다. 하지만 인쇄 시설을 갖추려면 엄청난 자금이 소요되는 데다 전문 기술까지 필요하고, 막상 수익성은 낮아 대부분 자체 시설을 갖지 않고 있다. 그런데 이런 사실을 잘 알고 있던 내가 우연히 권오달이라는 한 기술자를 만나면서 그의 유혹에 빠져 엄청난 소모전에 휘말린 끝에 파산하고 만 것이다. 대부유천(大富由天)이라고 했던가 큰 재산이 날아갈 땐 사람뿐만 아니라 국가나 주변의 모든 여건이 하나같이 혼돈의 늪에 빠져서 실상보다는 어떤 허상에 빨려 드는 것 같다.

　　　　　　　　　　　　　　　　　—「수라도」, 26~27쪽

소설 「수라도」의 주인공인 '나'는 외환 위기 사태를 거치면서 파산한 중소기업인이다. '나'는 빚쟁이들의 성화를 피하기 위해 '불암사'라는 암자를 찾아든다. 그리고 이 절간에 살고 있는 여러 인간들을 만난다. 절간의 주지, 총무 스님, 학승, 그리고 법사라는 이름의 살림꾼과 공양 보살 등이 바로 그들이다. 그리고 비슷한 처지에 놓여 있는 문제의 인물 '박봉출'도 여기서 만난다. 이 사람들과 함께 절간에서 겪게 되는 이야기가 소설의 표면에 배치된다. 그러나 소설의 이야기는 탈속의 공간인 절간 이야기로만 꾸며지는 것이 아니다. 주인공인 '나'는 이 절간에 피신하여 있으면서도 자신이 경영하던 인쇄 공장의 뒷정리에 직접 나서기도 하고, 따로 떨어진 가족들과 만나기도 한다. 그러므로 자연스럽게 신성의 도량인 절간과 세속의 인간 사회를 오고갈 수 있도록 배치된 셈이다.

이 절은 규모가 크고 주변 경관이 수려해서 관광지 같은 느낌이 들었고 절의 구도도 아래, 위 절로 나뉘어 있어서 한층 더 운치가 있었다. 위 절 건물은 약사전(藥師殿)과 암자가 기역 자형으로 이어진 형태였다. 그리고 조금 낮은 곳에 승가원(僧家院)이라는 2층 한옥 구조로 된 큰 건물이 있었는데, 건물 규모에 비해 거주하고 있는 사람은 각종 고시 준비생 다섯 명과 관리인 그리고 식당 공양 보살 할머니뿐이었다. 승려라고는 칠순이 넘은 주지 스님이 암자에 홀로 기거하고 있었다.

그리고 아래 절은 위 절에서 70여 미터 아래쪽에 내려서 있었는데, 이 절의 중심부인 대웅전을 가운데 두고 극락전과 관음전이 마주 보고 있는 형태였다. 여기에는 총무 스님이라는 분이 있고 젊은 학승(學僧) 하나와 경내 잡무를 맡아보는 법사(法師) 그리고 50대 중반의 공양 보살이 있었다.

그런데 이 절은 수려한 주변 경관과는 달리 어쩐지 생동감이 없고 도화지에 그려진 절처럼 단조롭고 평면적인 느낌이 들었다. 나중에 알게 된 것이지만, 이 절은 개인 사찰이고 태고종(太古宗) 계열이어서 승려들이 대부분 대처승이었다. 그런 이유에서인지 경내 계율이 엄하지 않고 새벽 타종과 독경, 그리고 간단한 아침 예불 정도가 승려들의 일과 전부라 할 만큼 모든 게 느슨했다. 가끔씩 들리는 신도들의 봉축기원(奉祝祈願)이나 영가천도(靈駕遷度) 같은 것들이 있었지만, 그것도 한 달에 두세 번을 넘지 않았다. 그러니 경내는 늘 휑뎅그렁하게 비어 있고 정적 속에 멈춰 서 있는 듯했다.

—「수라도」, 12~13쪽

소설 「수라도」의 전면에 배치된 불암사의 정경은 세속의 혼동과 대비되는 적요(寂寥)의 공간처럼 묘사된다. 그러나 실제의 이야기는 아수라(阿修羅)의 현실이 도처에 존재한다는 사실을 보여 준다. '나'는 '박 영감(박봉출)'이라는 사내와 만나면서 이 적요의 공간에 자리한 혼탁의 실상을 알게 된다. 절간이라는 도량의 이름으로 포장된 이 공간은 탈속을 가장한 채 속화되어 있기 때문이다.

그러므로 불암사는 세속의 욕망을 털어 버릴 수 있는 신성한 탈속의 공간이 아니다. 그 속에서도 육체의 욕망을 꿈꾸는 더러운 인간들이 존재한다. 그들은 부처의 이름을 가장하여 불공을 올리고 불사를 도모하면서도 교리로 금지하는 색욕을 탐하고 작은 물질적인 것에도 욕심을 드러낸다. '박 영감'은 이렇게 타락한 절간에서 이른바 사찰 정화 작업이라도 해야 할 듯이 나서지만 기실 그도 비슷한 유형의 인간임이 드러난다. 실제로 그는 스스로 이 청량의 도장을 더욱 더럽혀진 욕망의 공간으로 바꾸고 있는 셈이다. 결국 '나'는 신성을 가장한 사찰 그 자체가 이미 아수라임을 알아차린다.

이 소설에서 그려지는 '나'의 일상적 공간도 음모와 사기가 판을 친다. '나'는 부도 상태에 묶여 있는 공장의 기계들을 조금이라도 움직여 보고자 한다. 그때 다시 '나'의 앞에 나타나 기계마저 털어 가고 만 것은 자신이 데리고 있던 공장장이다. 주인공 '나'는 엄청난 대가를 치르면서, 돈으로 묶이고 돈에 의해 움직이는 사람들의 심성에 대해 익히는 것이다.

소설 「수라도」에서 '나'를 통해 제시되는 이야기는 서로 다른 두 개의 공간을 중첩해 놓는다. 그렇지만 이 두 개의 공간은 결국 하나로 이어진다. 물론 여기서 그려지는 불암사라는 절간이라든지 세속의 일상적인 현실은 모두가 표면적으로는 그 성질이 전혀 다른 세계다. 작가는 공교롭게도 신성의 세계와 세속의 영역을 중첩하면서 이 두 개의 공간을 오가는 주인공의 입장을 때로는 방관자처럼, 때로는 피해자처럼 그려 낸다. 그리고 인간이 살고 있는 모든 공간이 아수라의 현장임을 독자가 알아차리게 만드는 데에는 그리 많은 시간이 걸리지 않는다.

소설 「수라도」에서 주인공을 일인칭인 '나'로 등장시킨 것은 소설의 이야기가 기반하고 있는 경험적 현실에 대한 신뢰를 염두에 둔 소설적 장치에 해당한다. 말하자면 소설적 실재

성의 의미를 강조하기 위한 것이라고 할 수 있다. 소설 속의 '나'는 이야기의 주동 인물이면서 동시에 이야기를 이끌어 가는 서술자에 해당한다. 때로는 모든 장면을 자신의 시각에 맞춰 조정해야 하는 절묘한 초점 화자로 등장하기도 한다. 그리고 이 같은 방식에서 비롯되는 서술적 긴장을 놓치지 않는 것이야말로 이 소설을 읽는 재미에 해당한다.

이 소설 속에서 '나'는 두 가지의 서로 다른 시각을 드러낸다. '나'라는 인물이 불암사로 피신해 들어온 후에 전개되는 이야기를 보면, '나'는 모든 인물들의 행동과 사건의 주변에 자리하고 있다. 말하자면 이야기의 한복판에 서 있지 않다는 말이다. '나'는 철저하게 관찰자적 시각으로 절간의 이야기를 보고 듣고 할 뿐이다. 그러므로 '나'의 눈으로 관찰되는 인물들이라든지 '나'의 입장에서 서술되는 사건들로부터 일정한 거리를 유지한다. '서술의 간격'이라고 부르는 이 거리감은 여러 가지의 중요한 감응력을 발휘한다. 그중 하나가 '나'의 의욕 상실과 거기에서 비롯되는 소극성을 암시한다는 점이다.

'나'는 인쇄업이 부도를 맞은 이후부터 모든 일에 의욕을 잃는다. 그리고 인생의 패자처럼 주눅이 들어 있다. 또한 어떤 일에도 간여하고자 하지 않으며 사람들을 피하려 한다. 이러한 위축된 감정 상태를 드러내 주는 것이 바로 이 관찰자적 방관적 시각이다. 그러나 '나'는 공장의 기계를 정리하는 마지막 단계에서 이 관찰자적 방관적 시각을 벗어난다. '나'는 이 야기의 주인공으로서 주체적으로 사고하고 분석적으로 따진 다. 이러한 적극적인 자기 분석적 태도는 '나'라는 일인칭 주 인공의 입장을 떠나서는 달리 드러내기 힘든 부분이다. 공장 장인 권 상무와의 마지막 거래에서 다시 그의 허위와 사기 행 각으로 인해 완벽한 자기 파멸로 내몰리게 되자 '나'는 '나'의 실패가 어디서부터 비롯된 것인지를 알아내려고 한다. 그리 고 그 이유를 인간의 본성 자체의 문제와 결부하여 이렇게 결 론짓는다.

나는 속수무책으로 빤히 쳐다보고 있을 뿐 어떻게 할 방법이 없었다. 기계는 내가 알 수 없는 그의 하수인들에게 낙찰됐다. 그 는 다시 돌아오지 않았다. 훗날 그는 "그 기계는 어차피 남의 손 에 넘어가게 돼 있었고 나도 그들 중 하나임에 불과했다."고 강변 했다. 오래잖아 기계가 사라지고 건물도 다시 옛날처럼 입에 수없 이 많은 자물통을 물고 문을 닫았다. 나는 다시 무(無)로 돌아갔다. 노자는 무로서 본체를 삼았다. 장자는 무 이전에는 무무(無無, 없 음도 없음)가 있고, 또 그 이전에는 무무무(無無無, 없음도 없음이 없음)가 있다고 했다. 그러나 내가 깨달은 것은 무는 유에서 생기 고 유는 반드시 무로 돌아간다는 사실이었다. 그리고 유무(有無) 는 고정된 상태가 아니라 변화무쌍한 것이라고 자위했다. 나는 오 히려 짐을 벗어던진 나무꾼처럼 홀가분한 기분으로 그가 한때 저

질렀던 각종 부정행위의 근거 서류를 정리해 나가기 시작했다. 그리고 장자의 둔중한 유음을 상기했다. 진인(眞人)은 역경을 억지로 거역하지 않고 성공을 자랑하지도 않으며 아무 일도 꾀하지 않는다. 이런 사람은 잘못을 해도 후회하지 않고 잘되어도 자만하지 않는다.

──「수라도」, 133~134쪽

소설 「수라도」는 이 대목에 이르러 스스로 자기 주제를 드러낸다. 여기서 주목되는 것이 바로 모든 것을 벗어던지는 탈속의 경지다. 인간은 어차피 '무'의 상태로 돌아간다는 것이 깨달음일까, 아니면 체념일까를 놓고 고심할 필요는 없다. 그 해답은 불암사의 이야기에서 다음과 같이 예비된다. 이 소설의 마지막 장면은 불암사의 사무장으로 들어앉게 된 '박 영감'의 입을 통해 아수라의 세계를 지배하는 힘의 논리를 다음과 같이 제시하고 있다.

"(전략) 이제 헤어지는 마당에 몇 가지 충고를 하고 싶소. 먼저 당신은 상대에 대한 기대가 너무 높소. 그것도 당신이 규정해 놓은 어떤 도덕률을 게지고 말이오. 기러니께 만날 상대에게 충성이나 의리 같은 것이나 강요하게 되고, 상대의 좋은 점은 안 보이고 악행만 보이는 거 아니오? 내가 보기엔 당신 자신이 먼저 강해진 후에 인을 베풀어야 방어할 수 있지, 기렇지 않고선 만날 잃기만 하게 될 거요. 결국 명분에만 치우치지 말고 실리를 취하라는 거요."

"충고는 고맙습니다만 영감님 말씀처럼 내가 그렇게 일방적이진 않습니다. 나도 늘 마음속에서 그런 선악의 갈등을 느낍니다. 때로는 그것이 정의와 불의라는 형태로 나타나기도 하고 어느 땐 명분과 실리로 갈라지기도 합니다만, 늘 선택에서 비현실적인 면이 있는 것은 사실입니다."

"이보라우, 당신은 좋게 보면 이상주의자고 나쁘게 보면 황당한 몽상가나 독선가에 불과한 거우다. 당신이 들으면 좀 이상하겠지만 나나 권 상무 같은 사람들은 사실은 악의 소굴에서 열렬한 투쟁 끝에 간신히 탈출해 나온 승자들이오. 그러기 위해선 누군가의 희생이 필요했던 거요. 그걸 무조건 악으로만 몰아붙여서는 안 된다는 거요. 당신과 나의 차이는 선악의 기준이 다르다는 것뿐이오. 당신의 선은 명분이고 나의 선은 실리라는 점이오. 내레 굳이 당신을 무능하다거나 악한 사람으로 보지 않소. 당신은 분명히 천성이 선량한 사람이오. 기렇지만 당신은 설 자리를 바로잡지 못한 거요. (후략)"

나는 서서히 허물어져 가는 자신을 느꼈다. 과연 내가 추구해 온 가치 기준은 무엇이었을까. 박 영감의 말대로 정말 실리가 아닌 명분만을 쫓다가 모든 것을 다 잃고 만 것은 아니었을까. 나는 갑자기 길 잃은 아이처럼 사방을 두리번거렸다.

—「수라도」, 157~159쪽

4

작가 이현이 소설을 통해 그려 내고 있는 삶의 현실은 결국 합리성의 문제로 귀착된다. 이 합리성의 문제는 이른바 근대성 담론의 중심에 자리하고 있는 문제다. 한국 사회의 변화 과정을 우리는 흔히 근대화라는 말로 규정한다. 여기서 말하는 근대화는 말할 것도 없이 합리적인 제도와 의식의 확립을 궁극적인 목표로 한다.

그러나 오늘의 현실은 때때로 합리성의 결여라는 위험성을 노출한다. 그리고 그것은 획일적이고도 일방적인 어떤 판단에 의해 더욱 그르쳐지기도 한다. 합리성이 결여된 사회에서는 개인의 삶과 사회적 가치 사이의 조화로운 통합을 꾀할 수가 없다. 그런 속에서 조화로운 삶의 인식이란 가능한 것이 아니다. 인간의 삶의 현실이 타락하고 인간이 추구해야 할 가치가 훼손된 상태에 놓여 있는 것은 모두가 합리성의 결여에서 비롯된다.

이현의 소설집 『수라도』는 비록 단편적인 것이긴 하지만, 인간의 삶에서 궁극적인 영역이 인간 자체임을 강조한다. 이현의 소설 속에 등장하는 인물들은 현실 속에서 자신의 삶을 가로막는 수많은 난관에도 불구하고 자기 정신에 내재해 있는 조화로운 삶에 대한 지향을 포기하지 않는다. 그의 소설의 인물들이 평범한 개인이면서도 문제적인 인물이 되는 까닭이 바로 여기에 있다. 소설집 『수라도』를 읽는 것은 결국 이 같은 문제적 인물과의 대화 통로를 다시 열어 두는 작업이 아닐 수 없다.

이 현(본명 李蓮)

경북 영양에서 태어나 동아대 영문과를 졸업했다.
1988년《문학사상》에 단편 「시선(施善)에 대하여」가 당선되어 등단했으며
10여 편의 중·단편을 발표했다. 특히 「시선에 대하여」는 MBC에 방영된 바 있다.
월간《의료계》및 미래문학 대표,《환경일보》논설위원 등을 역임했다.

1판 1쇄 찍음 · 2007년 8월 10일
1판 1쇄 펴냄 · 2007년 8월 17일

지은이 · 이 현
편집인 · 장은수
발행인 · 박근섭
펴낸곳 · (주) 민음사

출판등록 1966. 5. 19. (제16-490호)
서울 강남구 신사동 506번지 강남출판문화센터 5층 (135-887)
대표전화 515-2000 팩시밀리 515-2007

www.minumsa.com

값 10,000원